बर्फ़ का ज्वालामुखी

(कहानी संग्रह)

बर्फ़ का ज्वालामुखी

रमेश कपूर

*in association with JVP Publication Pvt. Ltd.

प्रलेक प्रकाशन का लोगो विश्वप्रसिद्ध महान चित्रकार **मिकी पटेल** ने बनाया है।

ISBN : 978-81-946472-4-9

पहला पेपरबैक संस्करण : 2020

प्रकाशक :

प्रलेक प्रकाशन प्राइवेट लिमिटेड

PRALEK PRAKASHAN PVT. LTD.

वितरक :

जेवीपी पब्लिकेशन प्राइवेट लिमिटेड

JVP PUBLICATION PVT. LTD.

602, आई-3, ग्लोबल सिटी

विरार (वेस्ट), मुम्बई, महाराष्ट्र-401303

दूरभाष : 9833402902 / 7021263557

Email : pralek.prakashan@gmail.com

Website : www.pralekprakashan.com

बर्फ़ का ज्वालामुखी : रमेश कपूर

Barf ka jwalamukhi : *Stories* of Ramesh Kapur

आवरण : जेवीपी पब्लिकेशन प्रा.लि.

पुस्तक सज्जा : जेवीपी पब्लिकेशन प्रा.लि.

अपने परम आदरणीय माता व पिता को
जिन्होंने उम्र भर अपनी ग़रीबी
और अपने हालात से संघर्ष किया
और विरासत में हमें दिये
एक अच्छा इंसान बनने के संस्कार

रमेश कपूर

जन्म : 14 नवम्बर 1957, नयी दिल्ली।

शिक्षा : वाणिज्य स्नातक, दिल्ली यूनिवर्सिटी।

स्वतंत्र रूप से लेखन, सम्पादन, अनुवाद व ग़ज़ल लेखन के क्षेत्र में कार्यरत। विभिन्न पत्र-पत्रिकाओं में कहानियां, लघुकथायें, समीक्षात्मक लेख और ग़ज़लें लिखने के इलावा पिछले कुछ वर्षों में हिन्दी के लगभग सभी प्रतिष्ठित प्रकाशकों के लिये अब तक लगभग पचास पुस्तकों का अंग्रेजी और पंजाबी से हिन्दी में अनुवाद। राजकमल प्रकाशन से एक संपादित पुस्तक 'नोबेल पुरस्कार कोष' प्रकाशित। यहीं से परम वीर चक्र विजेताओं के शौर्य पर आधारित एक पुस्तक शीघ्र प्रकाश्य।

'बर्फ़ का ज्वालामुखी' उनका प्रथम कहानी संग्रह है।

सम्पर्क : ए-4/14, सैक्टर-18, रोहिणी, दिल्ली-110089

मोबाइल : 9899124593/9891252314

ईमेल : ramesh456capur@gmail.com

क्रम

भूमिका

समय के साथ-साथ दुनिया की हर चीज़ बदलती है। यह प्रक्रिया नश्वरता और अनश्वरता से जुड़ी है। लेखन या साहित्य या सृजनात्मक लेखन की कसौटियां भी इसी चाल से चलती हैं। तो फिर सांसों की तरह लगातार बाहर-भीतर होने वाले क्षण-क्षण जन्म लेते और फ़ना हो जाते साहित्य के समक्ष यह प्रश्न क्यों है कि वह लिखा क्यों जाता है।

मेरे विचार में साहित्य हमारे भीतर रहने तक एक निजता है, अपने एकांतवास, अपने भीतर के एकांतवास से मुक्ति पाने का एक अलौकिक मार्ग। अपने अन्तराल में उगे तमाम पूर्वाग्रहों और दुराग्रहों से मोक्ष प्राप्त करने का एक साधन। जो न जाने किन क्षणों में सूरज की तेज़ धूप में तप कर अचानक एक साध्य हो जाता है और हम उस साध्य को अपने वशीभूत करने के 'असाध्य' प्रयास में जुट जाते हैं।

मेरा मानना है कि हमारे भीतर जो कुछ भी क्षणभंगुर है, साहित्य उस पर विजय पाने का एक हथियार है जिसे हम यदा-कदा इस्तेमाल करते हैं और अपने इर्द-गिर्द फैली (बाहरी और भीतरी) विसंगतियों और दुश्वारियों और उलझनों से जूझने और पार पाने का प्रयास करते हैं। हमारा यही प्रयास वास्तव में हमारे विचारों की एक सार्थक अभिव्यक्ति के रूप में जन्म लेता है और यही हमारे लेखन की एक जवाबदेही तय करता है। लेकिन यह जवाबदेही भी तभी तय होती है जब हमारी निजता बाहर आकर सामाजिकता में रूपांतरित होती है। बेशक रूपांतरित होने की यह प्रक्रिया नितांत 'स्वांतः सुखाय' से आरम्भ होती है किन्तु यही एक ऐसी अनुभूति है जो हमारे लेखन का आधार बनती है।

हालांकि लिखने के 'कारण' उम्र के विभिन्न पड़ावों पर अपना रूप परिवर्तित करते रहते हैं और आपकी उंगली पकड़ कर उस प्रस्थान बिन्दु तक आपको घसीट ले जाते हैं जहां से हमने अपनी साहित्यिक यात्रा आरम्भ की होती है।

अपनी बात करूं तो यही कहूंगा कि सामाजिक संवेदनाओं से मेरे भीतर जो उद्वेलन होता है, वही विचार के रूप में पक कर एक रचना बनता है जो वस्तुतः

एक दायित्वबोध की अनुभूति होती है, बिना इस ग़लतफ़हमी को मन में पाले कि हमारे लेखन से समाज में कोई विस्मयकारी बदलाव आयेगा।...लेकिन इससे अपने भीतर तो बदलाव आता ही है। जहां कहीं उस दोराहे से भिड़ंत होती है जिसके दो सिरे दो भिन्न-भिन्न दिशाओं की ओर मुड़ते हैं और दोनों ही सिरे किन्हीं अंधेरे कुंओं के अंधेरे गहरेपन में रोशनी की एक किरण (चाहे झलक भर ही सही) दिखाते हैं तो लगता है कि जीवन अपने आपको सार्थक करता है।...और सार्थक कर सकता है-आसपास के तमाम सख़्त हालात के बावजूद।

मेरे प्रथम कहानी संग्रह 'बर्फ़ का ज्वालामुखी' में संग्रहीत कहानियों के घटना-प्रसंग कल्पित और अविश्वसनीय विचारों से दूर हैं, बेशक वे कभी-कभी अविश्वसनीय प्रतीत हो सकते हैं। ये तमाम कहानियां दरअसल समाज में व्याप्त विकृतियों की कहानियां हैं, वे चाहे मानव संबंधों में पैठ जमाती विकृतियां हों अथवा खंडित मानसिकताओं से संबंधित विकृतियां या इन विकृतियों से पैदा होती वेदना और मानव मूल्यों में समाई विद्रूपता। ये सब मेरी कहानियों में आते हैं—किसी घटना की तरह नहीं बल्कि किसी चरित्र की तरह जिनकी भूमिका कहानी में सबसे महत्वपूर्ण होती है। इन कहानियों के लिये मुझे उन्हें कभी भी गढ़ने की आवश्यकता नहीं पड़ी क्योंकि वे वास्तविक समाज से निकली कहानियां हैं—कभी अनुभवजन्य परिस्थितियों से तो कभी समाचार-पत्रों की कतरनों से और कभी इर्द-गिर्द के परिवेश से। अधिकांश घटना-प्रसंग ऐसे हैं जिन्हें मैंने बड़े करीब से देखा है। जब यही घटना प्रसंग किसी चाक पर चल कर एक मुकम्मल आकार लेते हैं तो हैरानगी होती है उन्हें पढ़ कर कि क्या यह सब हमने ही लिखा है!

लेकिन यह सन्तोश हमेशा मन में बना रहता है कि हम इन क्रूर स्थितियों और सख़्त हालात के बीच भी कुछ अच्छा कर रहे हैं या अच्छा करने की चेष्टा कर रहे हैं और स्वयं को एक इन्सान बनाये रखने में सफल रहे हैं।

बस, हमारे भीतर का यही विश्वास, यही ताकत हमें रोशनी के मुहाने की ओर जाने की प्रेरणा देते हैं—हमारे भीतर-बाहर के तमाम दमघोंटू दबावों के बावजूद। सम्भवत: यही दबाव और रचना के एक 'ब्रह्म' क्षण का आश्चर्यचकित कर देने वाला यही मायावी तिलिस्म ही हमसे रचना करवा ले जाता है। यह रचना एक अन्तहीन अंतर्यात्रा है जो स्वयं को, समाज को और परिस्थितियों को समझने में हमारी सहायता करती है।

इसलिये अपनी कहानियों पर स्वयं कुछ कहना उचित नहीं होगा। बेहतर तो यह है कि कहानियां स्वयं कुछ कहें और आगे बढ़ कर पाठकों से प्रतिक्रिया हासिल करें।

हां, यहां एक बात मैं अवश्य कहूंगा कि मुझ जैसे 'लेखकों जैसे गुणों वाले व्यक्ति' को एक लेखक के रूप में सामने लाने का श्रेय विद्वान लेखक और

सम्पादक श्री राजेन्द्र यादव को जाता है जिन्होंने मुझ पर दबाव देकर कहानी लिखने के लिये प्रेरित किया जिसका परिणाम था मेरी पहली कहानी 'आख़िरी दस्तक' जो हंस के जुलाई 2000 के अंक में प्रकाशित हुई। बाद में जब 2002 में मेरी कहानी 'हत्यारे' कथाक्रम में प्रकाशित हुई तो उन्होंने लगभग डांटते हुए कहा था, "रमेश, तुमने यह कहानी हंस में न देकर बहुत बड़ी बेवकूफी की है।" उन जैसे कद के लेखक-सम्पादक का मुझ जैसे अदना लेखक की प्रशंसा करने का यह अलग ही अंदाज़ था। बाद में तो प्रथम पंक्ति की लगभग सभी साहित्यिक पत्रिकाओं में कहानियां प्रकाशित हुईं। तब से लेकर आरम्भ हुआ यह सफर अभी तक जारी है।

आज जब मेरा यह प्रथम कहानी संग्रह प्रकाशित हो रहा है तो इसके लिये मैं प्रलेक प्रकाशन, मुंबई के एमडी & सीईओ जितेन्द्र पात्रो जी का आभारी हूं जिन्होंने दिन-रात कड़ी मेहनत करके इसे एक आकार दिया। इसके अतिरिक्त, अपनी धर्मपत्नी विजय लक्ष्मी का आभार प्रकट करना चाहता हूं जिन्होंने मेरी कई कहानियों की प्रथम श्रोता होने के नाते अपने कई अमूल्य सुझाव दिये और वास्तव में कुछ कहानियों के कथानक भी सुझाये जो 'तुम वापस कब लौटोगे, रहमत?' जैसी कहानी का मूर्त रूप बन प्रकट हुए। मैं उन सभी मित्रों का भी धन्यवाद करना चाहता हूं जिन्होंने प्रत्यक्ष अथवा अप्रत्यक्ष रूप में इन कहानियों के लिखने में अपना सहयोग दिया। हालांकि मेरा यह मानना है कि इन सबका आभार प्रकट करके मैं इनके सहयोग को छोटा कर रहा हूं। बहरहाल...।

—रमेश कपूर

नयी दिल्ली

अपने लोग

हां, मैं यह मानता हूं कि उस दिन जो कुछ हुआ, वह होना नहीं चाहिए था। लेकिन मेरे मानने या न मानने से क्या होता है? यह जो दुनिया में रण्डीखाना चल रहा है, क्या यह मेरे मानने से है?...या न मानने से? होना तो वही था जो औरों ने चाहा। मैं तो उस 'होने' का एक बहुत ही अदना सा हिस्सा हूं।

नहीं जी, मैं उस होने की बात नहीं कर रहा, जब किसी की उंगलियां उस दिन बन्दूक के घोड़े पर दबती चली गयी थीं और लहू का एक समन्दर पूरे वेड़े में फैल गया था। ओ मेरे वाहे गुरु! ऐसा मनहूस दिन फिर कभी न दिखाना दुनिया को। वह बेचारी निहत्थी औरत...और वह भी देश की प्रधानमंत्री, किसी पक्षी की तरह ज़मीन पर आ गिरी थी...जिसे किसी शिकारी ने मौका पाकर अपनी बन्दूक से उड़ा दिया था। सोचने...समझने या देखने का वक्त ही कहां था?...अपने ही लहू के समन्दर में नहाना कैसा लगा होगा उसे?

पूरा एक दिन वह समन्दर वहां बना रहा होगा...जैसे ठन्ड की कड़कती रातों में नदी का पानी जम जाये। बिल्कुल वैसे ही जम गया था वह वहां। वह तो वहां पड़ा था...ताकि उसका गीलापन...वह लिज़लिज़ा गीलापन देख कर किसी का भी दिल दहल जाये और वह उसके होने को पूरी शिद्दत से अपने भीतर महसूस कर सके।...ताकि वह लोगों के अन्दर पूरी ताकत के साथ दौड़ सके...गर्मी पैदा कर सके। इतनी गर्मी कि उसके ताप से दिमाग का रेशा-रेशा जल उठे। और फिर पूरी क़ौम को जला सके। मैं नहीं जानता कि उस औरत ने ऐसा चाहा होगा।...उसके चाहने से भी क्या होना था? इतिहास हो गये चेहरे कभी कुछ कर सके हैं? वह जो चेहरे पीछे छोड़ गयी थी, करना तो उन्होंने ही था। हाथ बांध कर खड़े और दिमाग़ बन्द कर चलते लोगों ने एकाएक ही एक मोर्चा खोल दिया था एक जांबाज़ क़ौम के ख़िलाफ, उसे गीदड़ बना देने की खातिर।

सोचता हूं तो उबाल आता है मुझे। याद आता है पीठ पर ठहरा हुआ वह दर्द, जो उस पुलिस वाले ने अपने हाथ में पकड़ी एल.एम.जी. की नाल से मुझे धकेल

कर बनाया था। कितनी नफरत थी उसकी आवाज़ में -"वहां बीट बॉक्स में चलो, सरदार जी! फिर बताते हैं तुम्हें कि क्यों तुम लोगों को बस से उतारा गया है।"

हालांकि इस तरह ठेले जाना मुझे बहुत चंगा नहीं लगा था और मैं भीतर ही भीतर सुलग उठा था लेकिन उन कंजरों से भिड़ना मैंने मुनासिब नहीं समझा। जिस दिन प्रधानमंत्री की हत्या हुई, हम उस दिन गुड़गावां से लौट रहे थे। हमें क्या पता था कि बीच रास्ते में गाड़ी रोक कर ये पुलिस वाले बस में चढ़ जायेंगे और सिखों को नीचे उतार लेंगे?

"क्या बात हो गयी, भाई जी?" मैंने थोड़ी हिम्मत करके पूछा तो मेरे पीछे खड़े पुलिसिए ने एल. एम. जी. की नाल मेरी पीठ पर टिका दी और मुझे ज़ोर से धकेला। जी तो चाहता था कि उसके हाथ से एल. एम. जी. लेकर सारी की सारी गोलियां उसके सीने में उतार दूं। ताकि वह दुबारा किसी की पीठ पर यह नाल न लगा सके। न ही वहां ऐसा कोई निशान बना सके, जो पीढ़ी दर पीढ़ी एक नामालूम-से दर्द को महसूस करवाता रहे।

तुम्हारा नाम क्या है? कहां से आ रहे हो? जाना कहां है? रहते कहां हो? किराए पर हो या अपना मकान है? यहां कोई जान-पहचान का है या नहीं? राशनकार्ड बना है? कितने समय से दिल्ली में हो?

तब तक हमें पता ही नहीं था कि दरअसल बात क्या है, सो हम हक्के-बक्के थे। इसलिये हमारी नज़र में ये प्रश्न ऊल-जलूल थे। किन्तु इस सरकारी ताक़त से भिड़ना हमारे लिये ठीक नहीं था।

अपनी पूरी तसल्ली कर लेने के बाद उन्होंने कहा—"अब आप जा सकते हैं।" हमने राहत की सांस ली। लेकिन उस लम्बी नाक वाले पुलिसिए की एल. एम. जी. की नाल तब भी मेरी पीठ पर चुभ रही थी। मैं अपनी सीट पर बैठ चुकने के बाद भी उस पुलिसिए की ओर कड़ी नज़र से देख रहा था। मेरे देखने के अन्दाज़ से कोई भी मेरे भीतर उबलती नफरत को साफ पहचान सकता था। हरामज़ादे ने कैसे जानवरों की तरह ठेला था मुझे! जैसे हम कोई फालतू सी चीज हैं। एकदम नाकारा। इन भूतनी के पुत्तरों से पूछो कि पूरी बस में क्या हम सिख ही मिले थे उन्हें पूछताछ के लिये?

वापस बस में बैठ कर भी हमें चैन नहीं था। सबकी नज़रें अजीब-अजीब ढंग से हमें घूर रही थीं। जैसे हमारा एक्सरे कर रही हों। जिस्म क्या, दिलों तक में छेद कर देने वाली उन नज़रों में पता नहीं क्या था कि हमें बहुत बुरा लगा। सारे लोग हमें ऐसे घूर रहे थे जैसे हम कोई चोर, उचक्के या हत्यारे हों। वह तो हमें बाद में पता चला कि किसी ने प्रधानमंत्री की हत्या कर दी है और हत्यारे सिख ही थे।

सुन कर हम सन्न रह गये। प्रधानमंत्री को मार डाला? उसी के घर में? उसी के गार्डों ने? वाहे गुरु! वाहे गुरु! रब्ब उनकी आत्मा को शांति बख्शे!...

लेकिन इसका यह तो मतलब नहीं कि हमारी पूरी कौम ही कातिल हो गयी? हम सब कातिल हो गये?

अब मुझे समझ में आया कि उस लम्बी नाक वाले पुलिसिए ने क्यों मुझे बन्दूक से धकेला था।...और क्यों उसकी आवाज़ में इतनी नफरत थी।

"लेकिन इसमें हमने क्या किया है?" अमूमन चुप रहने वाला मेरा साला भी तब गुस्से में बोल उठा था—"दुशमनियां तुम्हारी। तुम उनके दुशमन, वो तुम्हारे। फिर हमें क्यों बरबाद करने पर तुले हो? आप लड़ो-मरो। जो मर्ज़ी आये करो। हमें इससे क्या लेना देना?"

तभी किसी ने पीछे से मेरे साले के कन्धे पर हौले से हाथ रखा—"सरदार जी, चुप कर जाओ।...यहां माहौल ठीक नहीं लग रहा। कहीं ऐसा न हो कि कुछ और ही बखेड़ा खड़ा हो जाये और तुम्हारे साथ-साथ दूसरे भी भारी मुसीबत में पड़ जायें।"

हमें लगा कि माहौल वाकई ठीक नहीं लग रहा। उसने कहा तो ठीक ही था। लेकिन हमारे सामने वाले सरदार जी के बेटे ने जब उनसे पूछा कि-बदारजी, ये लोग हम सिखों को ही क्यों पूछ रहे हैं ऐसे सवाल?"...तो देखा था न उन सरदार जी का चेहरा? कैसे मुंह लटक गया था? आस-पास के लोग भी चुप हो गये थे। क्यों हो गयी न बोलती बन्द? कौन देगा उस मासूम बच्चे के प्रश्नों का जवाब? कौन बताएगा उसे कि सिर्फ हमारी ही तलाशियां क्यों ली गयीं?

मैं रागी हूं। सिर्फ रागी। कोई बहुत बड़ा ज्ञानी नहीं। न बहुत ज़्यादा पढ़ा लिखा। लेकिन इतना तो जानता ही हूं कि मासूम-बेगुनाहों की पीठ पर अपनी बन्दूक की नाल से दबाव बनाओगे तो उसका दर्द एकदम से तो जायेगा नहीं। वह देर तक वहां रहेगा। जुनूनी नफरत की शक्ल में। वह हमेशा के लिये भी वहां ठहर सकता है। सालों-सदियों तक। और फिर नासूर बन कर बूंद—बूंद रिसेगा। जब भी वहां थोड़ा सा दबाव डालोगे, वहां से लहू टपकेगा।...और यह नामुराद किस्म का जानवर, जिसे सब लोग फ़ख्र के साथ इन्सान कहते हैं, एकदम पगला जाता है लहू देख कर। और वह लहू जब दिमाग में घुस कर बोलने लगे तो बुद्धि कुछ नहीं बोलती। बोल सकती भी नहीं।

लहू हमारे दिमागों में भी चढ़ रहा था। मैं सोचता हूं, जिन्होंने प्रधानमंत्री के जिस्म को छेद डाला, उनके भीतर कितनी नफरत भरी पड़ी होगी। उनमें और हममें फ़र्क सिर्फ़ इतना ही है कि उनके हाथो में बन्दूकें थीं इसलिये वे चुप नहीं बैठ सके। शायद हम भी चुप नहीं बैठते अगर हमारे हाथो में भी बन्दूकें होतीं।

हम चुप थे। चुप होना ही था। जब इतने सारे लोग हमें चोर-उचक्कें को घूरने की तरह घूर रहे हों तो चुप होना ही पड़ेगा न। आप तब बोल थोड़े ही सकते हैं। शक्ल से एकदम भोंदू दिखायी देने वाला मेरा साला पता नहीं क्या सोच रहा

था। मैं तो बस अपनी बात कह सकता हूं।

मैं तब भी अपने भीतर बने उस ज़ख़्म के बारे में सोच रहा था। इतनी हिकारत उस ठेलने में! इतनी नफरत! ओ मेरे गुरु महाराज! मुझे शांति बख्शो। मेरी मती को ठन्डा करो। क्यों मुझे इतना दुःख-दर्द दे रहे हो, उस ज़रव्म को याद करा के।...लेकिन मेरा दुःख तो बहुत छोटा है मेरे रब्बा। उनका क्या हुआ होगा जिनके घरों के जवान-जहान बच्चों को इन बन्दूकों ने चिन्दी-चिन्दी उड़ा दिया। शाम होने से पहले ही जिन घरों के दीवे बुझ गये, उनका क्या हुआ होगा? कहां बल्ता होगा उनके घरों का चूल्हा? मुझे छोड़ो, उनकी सोचो मेरे दुःखहारण! उनकी सोचो। हमारी छोड़ो आप।

मैं अपने मन को शान्त करने के लिये आंखें बन्द कर सुखमणि साहिब का जाप करने लगा। अभी जाप शुरू ही किया था कि एक बार फिर हमारी बस को रोक लिया गया। रोकने वाले इस बार फिर पुलिसिए ही थे।

"ओए,ये मां के यार फिर कहां से आ टपके?" मैंने मन ही मन एक भारी भरकम गाली दी उन्हें। साथ ही दूसरे सिख यात्रियों की ओर देखा। वे सब भी एक दूसरे को देख रहे थे। चेहरे सबके फक्क थे। एकदम सफेद। एक ही सवाल टंगा था उनके चेहरे पर—'अब क्या?'

पुलिस वाले ने आते ही ऐलान किया—"भई, इस बस में जितनी भी सिख सवारियां हैं, हो सके तो वे यहीं उतर जायें। आगे मत जायें। क्योंकि आगे बहुत ख़तरा है। दंगा हो रहा है। कुछ लोगों की भीड़ ने सिखों पर हमला कर दिया है। जिस-जिस की रिश्तेदारियां यहां हैं, वे रूक जायें। दूसरे लोग चाहें तो हमारे साथ भी आ सकते हैं।"

अपनी जमात से पूरी तरह काट कर फेंक दिये गये हम केसधारी सुन कर सन्न रह गये। हमारे सामने पहला सवाल था कि जायें कहां। पुलिस वालों के साथ जाने का तो सवाल ही नहीं था। अपने गांव के सोहन सिंह के छोटे पुत्तर का हश्र मुझे अभी तक याद है। वहां यह आम बात है। फिर कहां जायें? आगे हम जा नहीं सकते थे। धरम के नाम पर पगलाई भीड़ का बरताव कोई समझ सका है?

"अब क्या करें?" मैं बोला तो मेरी आवाज़ में कम्पन्न साफ महसूस हुआ मुझे। लेकिन मैं उसे नहीं महसूस कराना चाहता था कि मैं भीतर से डर गया हूं। बाक़ी अब तो रब्ब ही राखा है।

मेरे साले ने मेरी ओर देखा। वह अब भी कुछ सोच रहा था। सोचते-सोचते उसने अपनी दाढ़ी पर हाथ फेरा। मुझे लगा कि जैसे मुझसे पूछ रहा हो कि अगर इसे कटवा दें तो?

"ओए, तू पागल तो नहीं हो गया? हम क्या अपनी दाढ़ियां कटवा लें?" मैं एकदम भड़क उठा। मेरे साले ने हैरान होकर मेरी ओर देखा और बड़े परेशान

लहजे में बोला—'मैने क्या कहा है?

"तूने ही तो इशारा किया।" अब मेरी आवाज़ में गुस्से की जगह खिसियानापन था।

"मैंने?" उसने सिर झटका। ऐसे जैसे मुझे पागल घोशित कर रहा हो। हां, मैं शायद पागल ही हो गया था। ये दाढ़ियां...ये केस...यह पगड़ी और यह पहनावा। पहनावे को मारो गोली। लेकिन इस दाढ़ी-केस का क्या करें? बनी हैं हमारे लिये मुसीबत तो बनें। हमें अपनी पहचान तो हर हाल में बनाए रखनी है। कम से कम मैं तो कट्टर हूं इस मामले में। हां, मेरे साले का बस चले तो वह अभी इस काम को अंजाम दे दे। वह तो पहले भी कई बार कह चुका है मुझे —'भरा जी! कितने सोणें लगते हैं लोग दाढ़ी-केस के बिना।'

"ओए कंजरा! यह हमारे गुरूओं की निशानी है। हमारा धरम।" मैं उसे समझाने की कोशिश करता।

"हमारा धरम तो हमारे मानने से ही है न, भरा जी! केस कटा लेने से हमारा धरम ख़त्म हो जायेगा? वह हमारे दाढ़ी-केस में छुपा है?"

मैं ज़्यादा बहस नहीं करता उससे। जितनी अक्कल है उतनी ही तो बात करेगा। अब इस मूरख को कौन समझाए कि धरम क्या होता है?...और इन्सान की अपनी पहचान क्या होती है?

लेकिन एक बात मानने में मुझे आज भी शरम महसूस होती है कि वह कह तो ठीक ही रहा था। चाहे उसे अच्छी तरह पता हो कि न हो कि उसने कहा क्या है, किन्तु वह था सोलह आने सच। आदमी का धरम आदमी से ही तो ज़िन्दा है, उसकी सोच से, उसके मानने से। वह नहीं तो हमारा धरम कहां जायेगा? हमारे कच्छों में?

मेरा साला तो सारे रास्ते यही रट लगाए रहा कि वह घर पहुंचते ही सबसे पहले इस दाढ़ी-केस से छुटकारा पायेगा। अब इस बेवकूफ को क्या पता कि मुसीबतें इसके दाढ़ी-केस से तो बड़ी हैं नहीं। लो कर दिया न मैंने अपना वही राग शुरु। क्या करूं, मेरा यह रागीपन मुझसे अलग नहीं हो पाता। फिर भी मैंने उसके आगे हाथ जोड़ दिये—' ओए, बख्श मेरे पियो! बख्श मुझे। कटा लेना तू जाते ही। तू तो पहले ही इनसे तंग है।'

मेरी बात सुन कर वह खुल कर हंस दिया। बच्चों की तरह। हद है, इन हालात में भी वह हंस सकता था! या कोई भी हंस सकता था?

वहां से घर तक का रास्ता किसी अन्धे सिरे की तरह दिखायी दे रहा था। सूरज अपनी पूरी गोलाई और गहरी लालिमा के साथ मौजूद था। जैसे सारे दिन की थकान के बाद आराम की तैयारी कर रहा हो। निस्तेज लेकिन आकर्शक।

हम दोनों मन ही मन मना रहे थे कि कोई आदमी सूरज के उस गोले पर गाटी डाल कर उसे नीचे की तरफ़ खींच ले और झप्प से चारों ओर अंधेरा छा जाये।...लेकिन यह हमारी बहुत बड़ी ख़ामख़्याली थी। जितना अन्धेरा या जितनी रोशनी हमारे मत्थे लिखी थी, उतना तो हमें भोगना ही था। कितनी अजीब बात थी यह भी। एक तरफ तो हम चाह रहे थे कि जितनी जल्दी हो सके, अन्धेरा हो जाये। और दूसरी तरफ हम यह भी चाहते थे कि हमारी ज़िंदगियों में रोशनी बनी रहे। अब एक ही वक्त में दोनों का होना तो सम्भव था नहीं। लेकिन उम्मीद करने में हमारा क्या जाता था।...और यही उम्मीद थी कि हम किसी तरह सुरिक्षत घर पहुंच गये थे। कैसे पहुंचे, यह अलग और ख़ौफ़नाक बात है।

घर पहुंचते ही मैं तो सो गया था—बिना कुछ खाये। सिर्फ एक गिलास दूध पिया था। खाने को मन नहीं था। ज़िन्दगी की इस कशमकश में हमारी भूख मर चुकी थी। जब नींद ने मुझे अपने आप में समेटा तो मेरा साला तब भी जाग रहा था। लगातार अपने सिर को खुजाता...और कुछ सोचता हुआ।

इधर मेरी आंख लगी और उधर दूसरी दुनिया मेरी आंखों के भीतर जाग गयी। अपना शहर। सुरमई शामें। चहल-पहल। सरग़र्मियां। लोगों की ऊंची-ऊंची आवाज़ें। बाज़ार की अपनी भगदड़। सौदे-सुलफे पर तक़रारें।...और तभी किसी धमाके की तेज़ आवाज़। थरथराती-कांपती आवाज़ें। हौले-हौले हिलते हुए मकान। छत की कड़ियों में ऐसी कंपकंपाहट कि सीमेंट-मिट्टी भुरभुरा कर हमारे ऊपर आ गिरता। फिर एक धमाका। फिर एक थरथराहट। हम सब डरे-सहमे वाहे गुरू का नाम जपते रहते। मैं उठ कर बैठ जाता।

बच्चे सहम कर हमारी गोदों में दुबक जाते। सतवंत मेरी ओर देखती। एक सवाल अपने आप उसकी आंखों में उग आता—"यह हो क्या रहा है?"

हर रोज़ यही होता था।...और हर रोज़ यही प्रश्न। मैं कई बार तो उबल पड़ता—' ' हो रहा है तेरी मां का सिर। कितनी बार बताया है तुझे कि यह उन हरामखोरों का स्यापा हो रहा है जो दरबार साहब को गन्दा करने पर तुले हैं।"

"गन्दा वे लोग कर रहे हैं या तुम्हारे वे बिरादरी वाले, जिन्हें तुम अपना मानते हो?"—पता नहीं किस झोंक में एक दिन सतवंत ने कह दिया था—"अपना देश अलग बनाएंगे। अपना स्वर्ग।...बेड़ा गर्क हो इन लोगों का। सारे शहर को नरक बना दिया है इन्होंने।" हमेशा शान्त रहने वाली सतवंत कौर ऐसे फट पड़ती कि जैसे गोले उसी के जिस्म पर पड़ रहे हों।

"ठीक ही तो कह रहे हैं वे लोग। आख़िर हम लोगों को मिला ही क्या हैं? सिर्फ भूख।...दरिद्दरता।...ज़हालत। क्या दिया है इस देश ने हमें? बकवास करती

है तू। बड़ी तरफदार बनती है उनकी। जब हम ले लेंगे न अपना हिस्सा तो बैठी रहना तू यहीं पर। अपने इसी स्वर्ग में। छाती पर रख लेना अपने इस देश को।"

मैं पता नहीं क्यों कभी-कभी ऐसे ही बहक जाता था। दूसरे लोगों की तरह मेरी आंखों में भी एक सपना ठहर जाता। लेकिन सतवन्त कौर हमेशा मेरे उस सपने को तोड़ देती थी। तब मैं अपने आपे में नहीं रह पाता था। मुझे सब मंजूर था लेकिन अपने सपने का टूटना मंजूर नहीं था। तब मैं भूल जाता कि मैं एक रागी हूं। मैं भूल जाता कि सतवन्त मेरी बीवी है। मुझे सिर्फ इतना याद रहता कि मैं एक जोड़ी पैर हूं और सतवन्त लोहे की एक मोटी संगल। संगल जो पूरी ताकत से मुझ पर आ गिरती है। लिपट जाती है मुझसे। जकड़ लेती है मुझे। मैं कोशिश करके भी हिल नहीं पाता। बार-बार ज़ोर लगाता हूं। लेकिन वह संगल ऐसे गुंजल बना देती है मेरे इर्द-गिर्द कि छूटते ही नहीं वे।...और मैं थक हार कर बैठ जाता हूं।

लेकिन मैं सच में थक हार कर बैठता नहीं बल्कि किसी वहशी की तरह उस पर टूट पड़ता हूं। मेरी लातें...घूंसे उस पर चलने लगते हैं। वह मेरे इस व्यवहार से हैरान और घबराई हुई सब सहन करती है। फिर निढाल होकर कमरे के एक कोने में लुढ़क जाती है। लेकिन उसके मुंह से कोई आवाज़ नहीं निकलती। आवाज़ आती है तो नीचे से दारजी की।...या बीजी की।

"ओए कंजरा ! फिर शुरु हो गया है तू। ओए, क्यों मार रहा है उस गऊ को? ओए, तुझे मौत पड़े। कीड़े पड़ें तेरे पैरों में। पता नहीं इस कुत्ते के पुत्तर को मौत भी क्यों नहीं आती? क्यों नहीं कोई बम इसके सिर पर ही आ गिरता और सारा स्यापा ही ख़तम हो जाता?"

और फिर देर तक गालियों का सिलसिला जारी रहता। हमारे बच्चे, जिन्हें दुनिया कहती है कि बड़े सुशील और सभ्य बच्चे हैं, डर कर मंजियों में दुबक जाते। टुकुर-टुकुर देखते मेरी तरफ। कभी रोती-सिसकती अपनी मां की तरफ। देखते अपनी मां के फूटे हुए मत्थे को। उसके कटे हुए होंठों को। खून की उस लक़ीर को जो उसके रिसने से बनी होती। फिर देखते मुझे। कुछ कहते नहीं। अपनी मां की तरह ही चुप रहते। शायद मेरे डर से और मैं उनकी आंखों की ताब न लाकर घर से निकल जाता।

मेरे भीतर खुलती इस देखी जानी मगर बेगानी हो गयी दुनिया में वे दिन भी हैं, जब मैं अपने घरवालों से लड़-झगड़ कर दिल्ली भाग आया था। उस वक्त अपनी रोती हुई बीवी के आंसू मेरे लिये कोई मायने नहीं रखते थे। कलपते हुए मेरे बच्चों का रोना मेरे लिये कोई मायने नहीं रखता था। बल्कि मैं तो कभी-कभी इस बात पर भी बिफर पड़ता था कि वे दोनों अपनी मां जैसे क्यों हैं। शान्त और हमेशा चुप रहने वाले। चुप रह कर सब कुछ सहने वाले। क्यों नहीं विरोध करते वे मेरा? क्यों नहीं अपने अंदर के गुस्से को मुझ पर फटने देते? क्यों नहीं वे कमीने

बच्चों की तरह मुझ पर लानतें डालते? ऐसे चुप और सब कुछ सहने वाले बच्चों की कौम ने ही तो हमारा बेड़ागर्क कर रखा है। तभी तो ये सरकारी बंदूकें हमारी छातियों पर बरसती हैं। तभी तो ये हमारे भाई-बन्धु इस शहर की तंग गलियों में सरेआम उड़ा दिये जाते हैं। उनका क्यों नहीं कुछ होता जो उलटे गोलियां बरसाते हैं? उनके सामने तो शेखी नहीं दिखाते ये लोग।

लानत है ऐसे बच्चों पर।...और लानत है मुझ पर जिसने ऐसे बच्चे पैदा किये। एक कमज़ोर और दब्बू हो गयी इस जमात पर लानत है।

ये लानतें मुझे आज भी याद आती हैं। इन्हीं लानतों से परेशान होकर ही तो मैं अपनी बीवी और बच्चों को छोड़ कर यहां आ गया हूं—दिल्ली में।

लेकिन आज इस अकेलेपन के एहसास के बीच मुझे महसूस होता है कि मैं यहां वाकई एकदम अकेला पड़ गया हूं। सबसे डरा हुआ। सबसे कटा हुआ। सबसे अलग। मेरा साला मेरे साथ है लेकिन मैं उसके साथ नहीं हूं।...अपने साथ भी नहीं हूं। अपनों से दूर हूं...और अपने आप से भी दूर। ऐसे में किसी से बातें करने को मन होता है। लेकिन कर नहीं सकता।...रोने को मन होता है लेकिन रो नहीं सकता। सारी सोच...सारे विचारों से मुक्त होकर सोने को मन होता है लेकिन सो नहीं सकता।

हर हल्के से खटके पर दिल धड़कने लगता है। हर समय मौत सामने खड़ी दिखायी देती है। हर समय लोगों की भीड़ अपने आस-पास दिखायी देती है-शोर मचाती...चिल्लाती हुई। हाथों में कृपाणें...लोहे की छड़ें...छुरे...लाठियां लिये हुए। मिट्टी का तेल और मशालें उठाए हुए। कभी इधर तो कभी उधर दौड़ती हुई। हमें खोजती हुई।

...और हम यहां छिपे हुए हैं, इस दीवान के अन्दर। हमारे नीचे गद्दा बिछा है। फिर भी कमर है कि टूट रही है। जैसे हमारी हिम्मत टूट रही है। हमारा हौसला टूट रहा है।...और हमारे जीने...ज़िन्दा रहने की इच्छा टूट रही है।

अब नहीं महसूस होता मुझे कि दब्बू कौम के दब्बू बन्दे कौन हैं। मुझसे लातें-थप्पड़ खाते मेरे वे बच्चे?...या अपनी जान बचाने के वास्ते मल्होत्रा साहब के घर में शरण लिये हम दोनों? उन्हीं मल्होत्रा साहब के घर में,जिनके बड़े लड़के को मैने एक दिन पुलिस में फंसा दिया था। सरदार होने के नाते मैने सरदार अमरीक सिंह की ग़लत बात का समर्थन किया था। मैं अगर इतना ही तीसमारखां था तो भिड़ जाता उस पगलाई भीड़ के साथ, जो बेकसूरों के घरों को फूंकती घूम रही है।

दब्बू और कमज़ोर आदमी तो मैं हूं जो बातें तो करता हूं धरम को सबसे बड़ा मानने की लेकिन मन ही मन, इस मुसीबत के वक्त दाड़ी-मूंछ साफ करने

की सोच रहा हूं, जिसे मैं अपने बाबाजी की निशानी मानता हूं। बल्कि इन्हें साफ करने का पूरा मन भी बना लिया है। बस, एक झिझक है। और एक प्रतीक्षा। कि मेरा साला एक बार दाड़ी-मूंछ से छुटकारा पाने की बात कहे, और मैं झट से हामी भर लूं। किन्तु उस उल्लू के पट्ठे ने मेरी बात को ऐसा अपने दिल से लगाया कि दुबारा उसका कोई जिक्र तक नहीं किया। खैर...।

मैंने निराश भाव से उसे देखा और करवट बदल कर अपनी दुखती पीठ को राहत देने की कोशिश की। यहां इस दीवान में पड़े रहना तो किसी कब्र में पड़े रहने जैसा है। शायद हम यहां न पड़े होते तो हो सकताा है किसी कब्र में ही पड़े होते। क्या पता कब्र भी नसीब होती या नहीं। या पवित्तर अग्नि में हमारा शरीर जल कर अपनी अन्तिम-अनदेखी यात्रा को सफल हो पाता या नहीं। क्या पता हमारा भी वही हश्र होता जो सरदार निहाल सिंह का हुआ जिसे दंगाइयों ने बेरहमी से मार दिया। सोचता हूं तो रूह कांप उठती है। जिस्म का रेशा-रेशा उस के हश्र को याद कर दहल जाता है। आंखों में उस की तस्वीर साफ उभर आती है जैसे यह मेरे सामने ही हुआ हो। लगता ऐसा ही है कि इन वहशी लोगों के अगले शिकार हम ही होंगे। उनका अगला वार हमारे सिरों पर ही होगा और हमारे सिर दो फाड़ हो जायेंगे।

रब्ब ने भी न जाने किस जनम का वैर हमसे निकाला है कि सारी मुसीबतें हमारे सिर पर ही डाल दीं। ज़िन्दगी का मोह क्या होता है मुझे तभी पता चला। मैं लाख सोचता रहूं कि बाहर निकलने से आख़िर होगा क्या। मेरे घर में भी बंदूक पड़ी है। मरूंगा तो दो चार को ले कर ही मरूंगा। लेकिन डॉक्टर सतनाम सिंह के बारे में सोचता हूं तो रूह कांपती है। उसके पास भी तो बंदूक थी, क्या हुआ उसका? मारा ही गया न आख़िर। वैसे इस इलाके में इन दंगो की जड़ डॉक्टर सतनाम सिंह ही है जिसने दो दिन पहले इतने बड़े हादसे के बाद पूरे मुहल्ले में मिठाइयां बांटी थीं। सुना है रात को घर पर रोशनी भी की थी उसने। ओए बेवकूफ के बच्चे, तुझे अगर इतनी ही खुशी हुई थी तो उसे अपने मन में ही रखना था। इस तरह जग ज़ाहिर करने की क्या ज़रूरत थी? खुद मरा सो मरा दूसरों को भी साथ ले मरा। बेवकूफ की औलाद!

उसके मरने के बाद लोगों ने तो उसे भी खाड़कू (आतंकवादी) सिद्ध कर दिया था। कहते हैं कि जब उसका क्लीनिक लूटा तो उन्हें क्लीनिक के नीचे एक तहखाना भी मिला, जहां नकली दवाईयों का भण्डार मिला। उलटे-सीधे इश्तिहार भी मिले जो उसे खाड़कू सिद्ध करते थे। नकली दवाईयों से हुआ मुनाफा वह पंजाब, अपने खाड़कू जानकारों के पास भेजता था। यह तो मैं सुनी-सुनायी बातें बता रहा हूं। सच क्या है, क्या पता? लेकिन इस वक्त का सच तो यह है कि हम अपनी ज़िन्दगी के वास्ते अपने धरम-ईमान को भी छोड़ने पर आमादा हैं। मेरा साला तो मेरी डांट सुनने के बाद पत्थर ही हो गया है लेकिन मेरे भीतर अजीब कशमकश

चल रही है। इन्सान बड़ा है या धरम? इन्सान धरम के वास्ते है या धरम इन्सान के वास्ते? मौकापरस्ती भी अगर करनी पड़े तो कोई इन्सानियत को चुने या धरम को?

सोच-सोच कर तो मेरा दिमाग भी ठप्प हो गया है। वैसे ही जैसे यहां के सारे टेलिफोन ठप्प पड़ गये हैं। अफवाहें इतनी...और इतनी तेजी से फैल रही हैं कि सरकार ने सारे टेलिफोन ही काट दिये हैं। कोई कहता है दिल्ली के कई इलाकों में सिक्खों का पूरा सफाया कर दिया है तो कोई कह रहा है कि सिख बहुल इलाकों में हिन्दुओं के मकान खाली हो गये हैं। लूटपाट मची है चारों तरफ। कोई किसी को रोकने वाला नहीं। हमारी यह पुलिस भी नहीं। सुना तो यह भी है कि उसी की सरपरस्ती में सब कुछ हो रहा है। आख़िर कहां गयी सारी सरकारी मशीनरी? सब सो गये हैं क्या?

मैं चाहता हूं कि सरदार रामसिंह तक अपना संदेसा पहुंचा सकूं, जो तिलक नगर इलाके से विधायक हैं। अपनी प्रिंटिंग प्रैस का काम भी है। यदि उन तक अपना पता दे सकूं तो फिर कोई फिक्र ही नहीं है। लेकिन उन तक पहुंचा कैसे जाये? टेलिफोन ठप्प पड़े हैं। बाहर निकल नहीं सकते। बसें-गाड़ियां बंद हैं। लोग प्राइवेट गाड़ियों पर भी हमले बोल रहे हैं। ऐसे में कोई करे तो क्या करे? कब तक यहां छिपे रहें हम? मल्होत्रा साहब के लड़के ने दिलासा तो दी है कि वह कुछ करेगा। लेकिन क्या करेगा? और कब? जब दुनियां को हमारी ख़बर लग जायेगी और वे हमें भी मार डालेंगे, तब?

"आप सब्र तो रखो सरदार जी,मैंने किसी बंदे को कहा है। हो सकता है आपके यहां से निकलने का इंतज़ाम आज ही हो जाये।"

"कुछ करो, पुत्तर जी। मैं आपजी का यह एहसान कभी नहीं भूलूंगा। अब तो आप ही हमें बचा सकते हो। अब आप ही हमारे ग्रंथ साहब हो।"

"इस तरह हिम्मत हारने से कुछ नहीं होगा।"

सुनकर मैं चुप हो रहा। अब कर भी क्या सकते हैं? अब तो हम दूसरों के रहम पर ज़िन्दा हैं। यह तो शुक्र है कि अभी किसी को हमारी हवा नहीं लगी वरना तो अब तक हम भी मर चुके होते। भला हो मल्होत्रा साहब के छोटे लड़के का। बड़े लड़के का तो रत्ती भर विश्वास नहीं। यह भी अच्छा है कि वह घर पर नहीं है। बीच में एक बार आया अवश्य था लेकिन छोटे ने उसे टरका दिया। अगर उसे कहीं शक हो जाता तो बस...। तब तो वाहे गुरू साहब भी हमें नहीं बचा सकते थे। मैं तो वाहे गुरू साहब का इतना ही शुक्रगुजार हूं कि मेरा सारा सोना गहना बच गया। मैंने जब सतीश को बोला कि पुत्तर, किसी तरह मकान से हमारा गहना पैसा ला दो तो कैसे भड़क उठा था वह! जैसे मैंने कोई अनहोनी कह दी हो।

"सरदार जी ! आप का दिमाग़ तो ख़राब नहीं हो गया? इस वक्त भी आपको

अपने गहनों की पड़ी है? अभी तो अपनी जान की सोचो। बाहर इतनी मार काट मची है कि क्या बताऊं!"

मैं चुप कर गया। कहता भी क्या? लेकिन थोड़ी ही देर बाद वह खुद ही बोला था—"अच्छा, लाओ चाबियां। मैं देखता हूं।"

चाबियां? मैंने अपने साले की ओर देखा। वह मेरी आंखों में छिपी आशंका को पहचान गया था। उसने हौले से सिर को हिलाया यानि दे दो चाबियां। सोना वग़ैरह तो वैसे भी गया हुआ ही समझो। मिल गया तो अपने को खुशकिस्मत समझना।

मैंने अपने कुर्ते की जेब से निकाल कर चाबियां चुपचाप सतीश के हाथ में दे दीं। जब अपनी जिंदगी उस के हवाले कर दी है तो चाबियों का क्या? फिर भी चाबियां देते हुए मेरे हाथ कांप रहे थे।

"डरो नही, सरदार जी, निकाल सका तो आपके पास हिफाज़त से पहुंच जायेगा।"

और वह सारे का सारा सोना पूरी हिफाज़त के साथ निकाल लाया था। मेरी आंखों में खुशी के मारे आंसू छलक आये। बिना किसी ख़यानत के सारा गहना उसने मेरे हाथों में ला रखा था। मुझे विश्वास नहीं हुआ कि आज भी दुनियां मे खरे सोने जैसे लोग मौजूद हैं।

...अब सोना तो निकल आया। लेकिन खुद हम? हम कब निकलेंगे? निकल भी सकेंगे या नहीं? सतीश के अपने यार-दोस्त भी उसके पास आ खड़े होते हैं। इस मामले में बड़ा चौकन्ना है वह। किसी को ख़बर नहीं लगने देता। किसी दोस्त ने पूछा भी था—"यार, यह सिखड़ा मादरचोद कहां गया? स्साले का पता ही नहीं चला।"

"क्या पता? भाग गया होगा कहीं।" सतीश ने अनजान बनते हुए कहा।

"अगर पता चल जाये तो...।"

"छोड़ न, यार,! पता लग भी जाये तो क्या मार डालोगे उसे?"

"और क्या छोड़ देंगे? बहुत ग़दर मचा रखा था इन सिखड़ों ने। एक-एक को चीर देंगे।"

ये आवाज़ें हमारे अन्दर हौल पैदा कर रही थीं। ऐसे हालात में हम घर से बाहर निकल भी कैसे सकते हैं? किसी को भनक लगी नहीं कि हम ख़त्म। सतीश ने दिलासा तो दी है कि सरदार राम सिंह तक उनका पता पहुंचा देगा। देखो, अब वाहे गुरुजी क्या करते हैं?

लेकिन शाम होते-होते जो सूचना हम तक पहुंची, उसने हमारे होश उड़ा दिये। सरदार राम सिंह मेरे ससुर जैसे ही थे। मेरे ससुर के मामा के लड़के। सूचना मिली कि वह वहां हैं ही नहीं और घर पर ताला लगा है।...लेकिन यह सूचना दिल दहलाने वाली नहीं थी। दिल दहलाने वाली बात तो यह थी कि उनके अपने जवाई को सरेआम क़त्ल कर दिया गया था। पूरे दो घन्टे उसकी लाश सड़क के किनारे

पड़ी रही थी। दोपहर बाद कहीं जाकर पुलिस जीप और म्युनिसिपल की गाड़ी आयी और तब कहीं उसकी लाश को वहां से हटाया गया।

सुन कर मैं भीतर तक कांप गया। अब और कितने हादसे देखने-सुनने बाक़ी हैं? हर तरफ मौत की ख़बरें। मौत जैसे बार-बार हमें छूकर निकल जाती थी। एकदम ठण्डा स्पर्श। कुछ पता नहीं कब उसके बर्फ-से ठण्डे हाथ हमारी गर्दनों पर भी आ पड़ें। इससे पहले कि वह हम तक पहुंचें, हमें वहां से निकल जाना चाहिए। सतीश कह भी रहा है कि किसी को उन पर भी शक़ हो गया है। इस शक़ के बाद एक नामालूम-सा ख़तरा उनके सिरों पर भी मंडराने लगा है। सिखों को पनाह देने के गुनाह में हो सकता है कि उनके घर पर भी हमला हो जाये। और यह हमला कभी भी हो सकता है। इसकी दहशत सतीश और उसकी मां के चेहरों पर साफ दिखायी दे रही है, जो एकदम फक्क पड़ गये हैं। बिल्कुल सफेद। खून निचुड़े चेहरों जैसे।

यह हमारे लिये बहुत ही ख़ौफनाक ख़बर है। अभी तक तो हम किसी तरह बचे हुए हैं। लेकिन अब? अब मुश्किल लगता है। मेरा साला तो रोने को हो आया है। उसे कैसे बताऊं कि भीतर मेरे दिल पर क्या बीत रही है।

हमारे लिये सबसे ज़्यादा ख़तरे वाली बात तो यह है कि हमले की इस आशंका का असर सतीश और उसकी मां के व्यवहार पर भी साफ दिखायी देने लगा है। दूसरों के लिये अपनी मौत कौन चाहता है भला? ऊपर से बेशक दिलासा देते हों हमें। लेकिन उनकी हालत को मैं समझ सकता हूं।

"अब क्या करें?" गहराते अन्धेरे के बीच यह सुलगता हुआ प्रश्न मैंने अपने साले के सामने रखा। उससे अधिक अपने सामने रखा। प्रश्न सुन-सोच कर ही हमारे चेहरे राख़ हो गये।

"मेरी तो समझ में एक ही बात आ रही है, भराजी!" मेरे साले ने कहा तो उसकी आवाज़ गले में अटकी हुई सी महसूस हुई मुझे।

"क्या?" शायद यही हाल मेरा भी है।

"यहां से किसी भी तरह निकल चलो। इन बेचारों ने हमारी इतनी सहायता की है। कहीं ऐसा न हो कि इन पर ही मुसीबत आ जाये।"

"बात तो ठीक है। लेकिन एक बात तो सोचो कि जब तक हम यहां हैं, हम बचे हुए हैं।"

"और इनकी ज़िंदगियां भी ख़तरे में डाले हुए हैं।" मेरे साले ने गुस्से से कहा- "आप अपनी ही अपनी सोच रहे हो, उनकी नहीं। कितने खुदगर्ज़ इन्सान हो आप!"

उसकी बात सुन कर मुझे वाक़ई शर्म महसूस हुई। लेकिन इस शर्म से निज़ात पाने के लिये ही मैंने उससे कहा, 'और अपना मकान?'

"मकान का तो जो होना था हो गया। अब बचा क्या है?"

"क्या मतलब?" मुझे ऐसा लगा जैसे हज़ारों बिच्छू मेरे नीचे आ बैठे हों।

"भराजी! अपना मकान तो आग में स्वाहा हो चुका।" कह कर मेरा साला फफक-फफक कर रो पड़ा।

उसकी बात सुन कर मुझे लगा कि मैं बेहोश होकर गिरने वाला हूं। मेरे आस-पास का सब कुछ धुंधला हो गया है। मेरे बिल्कुल पास लेटे मेरे साले का चेहरा भी। मुझ पर जैसे सरसाम का दौरा पड़ गया हो। मुझे उसका रोना भी सुनायी नहीं दे रहा। मैंने भरसक कोशिश की कि मेरे मुंह से कोई आवाज़ न निकले लेकिन मेरी तमाम कोशिशों के बावज़ूद भी मेरे गले से घुटी-घुटी सी आवाज़ निकल ही गयी। पहले हल्की लेकिन फिर तेज़ से तेज़तर होती हुई।

मेरे साले ने फुर्ती से अपना हाथ मेरे मुंह पर रख दिया।...और तभी कमरे का दरवाज़ा एक झटके के साथ खुला—"क्या हो गया है? आपकी आवाज़ें बाहर तक...।" यह सतीश की आवाज़ थी। घबराई हुई। बस, यही वह आख़िरी आवाज़ थी जो मैंने सुनी। उसके बाद मेरे सिर में ज़ोरों का एक दर्द हुआ और मैं बेहोश हो गया।

मैं जानता हूं कि मेरे बेहोश होते ही वहां पर अफरा-तफरी फैल गयी होगी। सबकी जान हलाक हो गयी होगी। होनी ही थी। अगर मेरी बेहोशी लम्बी खिंच जाती तो पड़ जाता न स्यापा। किसी जानकार डॉक्टर से इलाज भी नहीं करवा सकते थे।

लेकिन शुक्र है कि ऐसा नहीं हुआ। उनकी थोड़ी सी कोशिशों के बाद ही मैं होश में आ गया। अपने मकान का ऐसा हश्र सुन कर मेरे दिल पर जो असर हुआ, मैं ही जानता हूं। कई वर्शों की मेहनत के बाद हमने बनाया था इसे।...और इस तरफ बनाया ही इसलिये था कि ज़मीन सस्ती मिल रही थी उस वक्त। वरना तो पूरी आबादी के बीच ज़मीन का टुकड़ा ख़रीद पाना हमारे बस में था?

"तुझे कैसे पता चला मकान का?" जब मन कुछ हल्का हुआ और मैंने अपने आपको सहज महसूस किया तो अपने साले से पूछा।

"मैंने रोशनदान से धुआं उठते देखा था दो-चार घंटे पहले। तब शायद आपको नींद का झटका आ गया था। धुआं हमारे मकान की तरफ से ही उठ रहा था, जिसे देख कर मेरे मन को हौल पड़ने लगा। मैंने, जब मुझसे रहा नहीं गया, तो सतीश से पूछ लिया। पहले तो उसने भी साफ-साफ नहीं कहा। लेकिन मेरे ज़ोर देने पर उसने बता ही दिया और मुझसे ताक़ीद भी की कि मैं आपको फिलहाल कुछ न बताऊं।"

"ज़िन्दगी भर की कमाई पल भर में ही राख हो गयी।" एक बार फिर मेरी आंखें गीली हो गयीं -"पता नहीं अभी और क्या देखना बाकी है?"

"जो वाहे गुरुजी दी मरजी। जो उसने दिखाना है, देखना पड़ेगा।" मेरे साले ने मेरे कन्धे को थपथपा कर मुझे दिलासा दी। उसका हाथ अभी भी कांप रहा था—मेरे मन की तरह।

फिर वहां एकदम चुप्पी छा गयी। ढेरों-ढेरों यादें...ढेरों-ढेरों सवाल मेरे भीतर उमड़ रहे थे। मीठी-कड़वी यादों का एक लम्बा सिलसिला फिर से मेरे सामने था।

इस वक़्त मुझे अपना घर...अपना शहर...अपनी बीवी...अपने बच्चे...और मां-बाप बहुत याद आ रहे थे। मन कर रहा था कि दौड़ कर उनके पास पहुंच जाऊं। उन सबके बीच बैठ कर दहाड़ें मार-मार कर रोने को मन हो रहा था मेरा। इच्छा हो रही थी कि इतना रोऊं—इतना रोऊं कि मेरे अन्दर का सब स्याह-सफेद मेरे आंसुओं में बह जाये।...और यह भी चाहता था कि वे सब लोग मुझे इतनी गालियां दें...इतना कोसें कि उनके भीतर भी कोई गुबार न रहे। सच, अपनों के बीच रोने का भी अपना ही सुख है।

...और मेरी यह इच्छा मेरे भीतर इतना ज़ोर मारने लगी कि मेरा वहां बैठना मुश्किल हो गया।

'क्या सोच रहे हो, भराजी?' मेरे साले ने मुझे इस कदर गुमसुम देखा तो अचानक पूछ बैठा। मैंने उसे सारी बात बता दी। सुन कर वह भी उदास हो गया। फिर एक हल्की सी मुस्कान उसके होंठों पर थिरकने लगी। उसने हौले-से मेरे हाथ को अपने हाथ में लेकर कहा—"आप बात तो ठीक ही कहते हो। अपने लोगों के बीच होने का सुख ही कुछ और है। लेकिन पता नहीं वाहे गुरु जी हमें ऐसा दिन कब दिखाएंगे?...दिखाएंगे भी या नहीं?"

उसकी आवाज़ में इतनी उदासी...इतना गीलापन था कि मेरे दिल को छू गया।...और उसी क्षण...हां, उसी क्षण मैंने निर्णय ले लिया कि अगली सुबह ही हम यहां से निकल चलेंगे।

लेकिन कैसे?' मेरे साले ने फिर वही परेशानी दुहराई। उसके इस 'कैसे?' का मतलब मैं जानता था। सो, मैंने भी एक बार मुस्करा कर उसकी ओर देखा और उसके कन्धे पर हाथ रख कर कहा—'जैसे तू चाहता था न, वैसे ही।'

मेरी बात सुन कर वह खुशी से इतना पागल हो गया कि मुझसे लिपट गया। देर तक उसके हंसने की दबी-दबी आवाज़ें आती रहीं। मैं उसके जज़्बात को समझ सकता था। सो, मैंने भी उसे कन्धे से सटा लिया।...लेकिन चौंका तब, जब मेरे कन्धे पर गीलापन महसूस हुआ। एक झटके से मैंने उसे अपने कन्धे से अलग किया। उसका सारा चेहरा आंसुओं से भीगा हुआ था। लेकिन होंठों पर मुस्कान थी।

"लेकिन भराजी! आपके धरम का क्या होगा?" उसने मज़ाकिया लहज़े में मुझे छेड़ा।

"ओ धरम गया तेल लेने। बस, किसी तरह घर पहुंच जायें।"

...और सतीश ने हमारी हजामत का पूरा प्रबंध वहीं कर दिया था।

वहां से विदा लेते हुए हमारे मन भारी हो रहे थे। जितनी सुरक्षा हमें उन्होंने दी... जितना ख़्याल हमारा रखा, उसका एहसान तो हम मर कर भी नहीं चुका सकते थे। अब मुझे महसूस हो रहा है कि इन्सान की इन्सानियत से बड़ा कोई धरम नहीं होता...नहीं हो सकता। इन्सान खुद भी धरम से बहुत ऊंचा है।

हमने सतीश की मां के पांव छुए तो हमारे हाथ अपने आप ही सतीश के पांवों की ओर भी बढ़ गये। वह चौंक कर पीछे हट गया—"यह क्या कर रहे हो, सरदारजी?"

इस अप्रत्याशित व्यवहार से वह घबरा सा गया। मेरी आंखें फिर नम हो आयीं—"आप तो,पुत्तरजी, हमारे गुरु ग्रंथ साहिब हो। आपजी दे पांव छू कर हम धन्य हो जायेंगे। आपने तो हमें दूसरी ज़िंदगी बख्शी। हमारे बच्चों को यतीम होने से बचाया।" इसके बाद मैं कुछ न बोल सका। मेरा गला रुंध गया था। शब्द थे कि गले से निकल ही नहीं रहे थे।

"यह तो हमारा फर्ज़ था, सरदारजी!"

"यह तो आपका बड़प्पन है पुत्तरजी, वरना तो लोगों ने...।" कहने के साथ ही मेरी निगाह अपने मकान की ओर मुड़ गयी, जिसके बारे में सोच कर एक बार फिर मुझे हौल पड़ने लगा। बाहरी दीवारों पर चिपका कालापन यहां से भी देखा जा सकता था। भीतर कितना काला हो गया होगा, इसका सिर्फ अंदाज़ा ही लगाया जा सकता था। हज़ारों लाखों घरों की दीवारों पर चिपका यह कालापन अब इतिहास की लकीरें बन जायेगा।

...वहां से पैदल चल कर हम बस टर्मिनल तक पहुंचे, जो वहां से करीब चार-पांच किलोमीटर के फासले पर था। वहां किसी बस के आने के कोई आसार नहीं थे। एक आयी भी तो इतनी ठसाठस थी कि हमने इरादा छोड़ दिया। ले-देकर एक टैम्पो मिला जो हमें राजा गार्डन तक छोड़ने को तैयार हो गया। ड्राइवर पंजाबी था। हमारे उधर का ही। उसने दो सौ रूपये लिये हमसे। हमने भी चुपचाप दे दिये। बीस रुपये की जगह दो सौ रुपये! बहस करना वक्त का तकाज़ा न था। रुपये ड्राइवर ने अपनी जेब में ठूंसे और बीड़ी सुलगाकर मुंह से लगाते हुए बोला—"ओ सरदार जी, अपने केस तो कम से कम ढंग से कटवा लेने थे। किसी मोची से कटवाये हैं क्या?"

सुन कर हम हैरान रह गये। जब तक कुछ कहते, तब तक वह आगे बढ़ चुका था।...तो हमारी पहचान अभी भी हमारी चुगली कर रही थी। ख़ैर, देखा जायेगा।

अब वहां से कोई सवारी नहीं मिल रही थी। इधर-उधर पूछते हुए किसी ने ख़बर दी कि ज़खीरा से भर-भर कर ट्रक पंजाब की ओर जा रहे हैं। सुनकर हमारी बांछें खिल गयीं।

वहां से जखीरा तक का रास्ता कोई ज़्यादा नहीं था। हम पैदल ही निकल

पड़े। गनीमत थी कि पूरे रास्ते भर न तो किसी ने कुछ पूछा, न ही किसी ने हमें पहचाना। वरना तो मुसीबत ही हो जाती। पैदल चलते हुए हम इतने चौंकन्ने अवश्य थे कि अपने आसपास और पीछे मुड़ कर देखते रहे। अनहोनी का अंदेशा हर वक्त हमारा पीछा कर रहा था।

ज़खीरे पहुंच कर पता चला कि हर आदमी का एक-एक हज़ार रुपया ले रहे हैं। एक हज़ार! यह तो सरासर नाजायज़ है। हम दोनों ने एक-दूसरे का मुंह देखा।

"नाजायज़ नहीं है, बल्कि हम तो लोगों का भला ही कर रहे हैं। ख़तरा देखते हो कितना है! अपनी जिम्मेदारी पर ले जा रहे हैं। इसके वास्ते एक हजार कोई बहुत बड़ी रकम नहीं है," मंजी पर बैठे एक तहमदधारी व्यक्ति ने हमें समझाया।...और हम भी समझ गये। दो हजार उनके हाथ पकड़ाए और ट्रक में बैठ गये। गहनों की पोटली मेरे पास ही थी। पैसे मैंने अपने साले को पकड़ा दिये थे।

ट्रक वहां से चला तो हम ने बाबाजी का शुक्रिया अदा किया। थोड़ी दूर जाकर हम निश्चिन्त हो गये कि अब तो अपने घर पहुंच ही जायेंगे।

"वैसे एक बात कहूं भरा जी!" बातें करते हुए मेरे साले ने अचानक मुझे कहा।

"बोल।" मैंने भी सहज भाव से पूछा।

"दाढ़ी-केस कटा कर आप बड़े सोणें लग रहे हो।"

उस की बात सुन कर मुझे भी हंसी आ गयी। मैं बोला कुछ नहीं, सिर्फ सिर हिला दिया। ऐसे जैसे कह रहा हूं—"क्या पागलों सी बातें करता है!"

मुझे इस तरह मुस्कुराते देख उसका हौंसला बढ़ा और वह बोला -"अब आप को अपना धरम परेशान तो नहीं कर रहा न?"

"ओये चुप। ज़रा हौले बोल। किसी ने सुन लिया न तो...।"

"कोई नहीं सुनता। यहां सब हमारे जैसे ही हैं, मुसीबतों के मारे।"

भूख लगने पर हमने खाने की पोटली खोली जो सतीश की मां ने चलते समय हमें पकड़ा दी थी। बहुत ना-नुकर करने के बावजूद भी। "भूख ने तो अपने टाइम पर लगना ही है भरा जी, इसे कब तक टालोगे।" उन्होंने पोटली मेरे साले को पकड़ा दी थी।

खाना खाते हुए हमें एक बार फिर उन लोगों की याद आ गयी। फिर याद आया अपना घर। घर की जली हुई दीवारें। स्वाह हो चुका घर का सारा सामान और वहां के वे दिल दहला देने वाले दृश्य।

...सुबह लगभग आठ बजे हम अमृतसर पहुंच गये। ट्रक से नीचे उतर कर हमने एक-दूसरे को देखा। हम मन ही मन खुश हो रहे थे। अब हमें कोई फिक्र नहीं थी। अब तो बस रिक्शा पकड़ कर सीधे घर पर ही उतरना था।...और हैरान कर देना था अपने घरवालों को।

"और यह...।" मेरे साले ने अपने सिर पर हाथ फेरा—"इस के बारे में पूछेंगे तो?"

"तो क्या? जान बची, इतना काफी नहीं?"

"और जो दारजी ने घुसने न दिया तो?"

"मैं दारजी को खूब अच्छी तरह जानता हूं। वह मेरे जैसे अड़ियल नहीं हैं।"

रिक्शे में बैठते ही हमें रोमांच हो आया। यह अपने शहर की हवा को छू पाने का एहसास था। जैसे-जैसे घर नज़दीक आने लगा, हमारे मन में गुदगुदी होने लगी। साहनी सब्जी वाले ने हमें देखा तो वहीं से चिल्लाया—'ओये, सूर दी टंग! आ गया वापस?

काफी अरसे से ऐसा बेतकल्लुफ सम्बोधन नहीं सुना था। सुनते ही अपनेपन की ठंडक महसूस हुई। मैंने वहीं से हवा में हाथ लहराया। फिर तो बाहर से लेकर अपनी गली के पास तक मेरा हाथ नीचे ही नहीं आ पाया। हिलता ही रहा। मैं हैरान था कि लोगों ने मेरी सफाचट दाढ़ी-मूंछ के बावजूद इतनी आसानी से हमें पहचान लिया था। मैं खुश था कि चलो मेरी अपनी पहचान तो बरकरार है।

रिक्शा चल रहा था लेकिन हम दोनों आपस में कोई बात नहीं कर रहे थे। चुप थे। सिर्फ अपने आप से ही बातें करने में मशगूल थे।

पीपल वाले चौक से अंदर मुड़ते ही खड़ंजों वाली गली आरम्भ हो जाती थी। सो रिक्शा वाले को मैंने सम्भल कर और धीरे-धीरे चलने के लिये कहा। उसने भी इस तरह सिर हिलाया जैसे भैंस मुंह पर मक्खियां बैठने पर उन्हें उड़ाने के लिये सिर हिलाती है।

मेरे साले ने करवट बदली और मुझसे कुछ कहने के लिये उसने मुंह खोला ही था कि हमारे बिल्कुल पीछे, गली के नुक्कड़ पर किसी मोटर साइकिल के रुकने की आवाज़ हमें सुनायी दी। हम दोनों ने ही मुड़कर पीछे की ओर देखा क्योंकि हमारे इस तरफ मोटर साइकिल की आवाज़ एक दहशत पैदा करती थी।

इस से पहले कि हम कुछ समझ पाते, मोटर साइकिल हमसे लगभग तीस गज के फासले पर आकर रुकी और उससे उतर कर एक सिख नौजवान लड़का हमारी ओर भागा। हमने उसकी आक्रोश से भरी आवाज़ भी सुनी—'यहीं हैं स्साले, जिन्होंने हमारे सिख भाइयों का खून किया है।'

उसकी आवाज़ सुनते ही हमारा तो लहू जम गया। अनहोनी हमारे सिरों पर सवार थी। हमने आव देखा न ताव, झट से रिक्शे से कूदकर गली के भीतर भागे। इस हड़बड़ी में मेरे साले का एक पैर रिक्शे में अटक गया और वह लड़खड़ाकर वहीं गिर गया। मैं तब तक दायें मुड़ने वाली छोटी गली के नुक्कड़ तक पहुंच चुका था।

मेरा साला उठकर फिर भागने को ही था कि एकाएक गोलियों की आवाज़ से पूरी गली गूंज उठी। मैं एकदम मुड़ा। देखा, गोलियों ने मेरे साले का पूरा शरीर छलनी कर दिया था। वह रिक्शा वाला भी गोलियों की ज़द में आ चुका था।

यह सब देखते ही मेरा दिमाग सुन्न हो गया और मैं अपने साले की ओर भागा। बिना यह सोचे समझे कि मेरा क्या हश्र होगा। किन्तु मेरे आगे बढ़ते ही गोलियों की बौछार ने मुझे वहीं रोक दिया। मेरे साले और रिक्शे वाले की चीख़े... दिल दहला देने वाली चीख़ें अभी भी हवा में गूंज रही थीं।

आसपास की दुकानों के शटर धड़ाधड़ बन्द हो गये और दुकानदारों ने अपने-आपको अपनी दुकानों के भीतर ही बन्द कर लिया। लेकिन उन दुकानों के ऊपर बने मकानों की खिड़कियां-दरवाज़े एक-एक कर खुलने लगे। देखते ही देखते वहां अफरा-तफरी फैल गयी। चारों तरफ भागदौड़। चारों ओर शोर। और चिल्लाहटें।

मैं खुशनसीब था कि मेरे बिल्कुल सामने ही सीमेंट का एक खम्भा था, जिसकी ओट ने मुझे बचा लिया था। वरना तो गोलियों की बौछार से मेरे शरीर में बीसियों छेद हो गये होते।

चन्द ही क्षणों में वहां पुलिस सायरन की आवाज़ें आने लगीं। वे दोनों लड़के वहां से ग़ायब हो चुके थे। मैं फुर्ती से दौड़ कर अपने साले के पास पहुंचा। उसका सिर पकड़ कर मैंने उसे सम्भालने की कोशिश की लेकिन वह तो शयद ठण्डा हो चुका था। बिल्कुल बर्फ़ की तरह। चीख़ती-चिल्लाती लोगों की भीड़ पता नहीं कहां-कहां से निकल कर हमारे इर्द-गिर्द जमा हो गयी थी।

मौत के उन ख़ौफनाक क्षणों में मुझे कुछ समझ नहीं आ रहा था। वह तो बाद में मैंने महसूस किया कि लोग मुझे पकड़ कर झिंझोड़ रहे थे। लेकिन मैं था कि चीख़े ही जा रहा था। क्योंकि पत्थर हो चुके मेरे साले की वे चीख़ें...वे दर्दनाक चीख़ें मेरे कानों में गूंज रही थीं। लगातार और ऊंची...और ऊंची होती हुईं।...ज़मीन से आकाश तक गूंजती हुईं।

उस क्षण मुझे लगा कि वे चीख़ें पूरी हवा में छितरा गयी थीं। मैं भी चीख़ रहा था। मेरे आस-पास खड़े लोग भी चीख़ रहे थे।...और मुझे यह भी एहसास हुआ कि वे चीख़ें सालों-सदियों तक वहीं हवा में ठहरी रहेंगीं। वैसे ही जैसे हमारे घर की दीवारों पर चिपका कालापन इतिहास बन कर वहीं चिपका रहेगा।...या मेरे साले का खून उस बन्द पड़ी दुकान के शटर पर जमा रहेगा।...या फिर मेरी पीठ पर उस एल.एम.जी. की नाल से बना वह निशान, जो सदियों-सदियों तक वहां बना रहेगा। शायद हमारी कौम की पीठ पर भी।...और लगातार रिसेगा।...रिसता रहेगा बूंद-बूंद।...लहू के सुर्ख़ कतरों की तरह।

तुम वापस कब लौटोगे, रहमत?

थके हुए घोड़े की तरह वह हांफ रहा था। लगा कि अभी जीभ बाहर निकाल कर लम्बी-लम्बी सांसें लेने लगेगा। अपने दिमाग़ पर लदे विचारों के बोझ से थका-हारा वह पगडंडी के एक किनारे पर बैठ गया।

बैठ कर उसने एक बार अपने आसपास देखा। दूर-दूर तक कोई नहीं था। सांय-सांय करती हवा थी—ठंडी और शरीर को जमा देने वाली। लम्बी फिरन के भीतर भी वह बर्फ़ हो गया होता अगर लहू-सी गर्म सोच का बहाव उसकी नसों में न दौड़ता होता। सोच का वह गर्म बहाव उसके भीतर से उबलता जान पड़ रहा था। दिमाग़...आंखें...चेहरा...हाथ...सब जैसे आग की लपटों में भभक रहे थे।

किसी अनजाने डर के मारे उसने अपने हाथ में पकड़ा वह झोला एक तरफ रख दिया। उसे डर था कि इतनी गर्मी अगर उस झोले के भीतर पहुंची तो सांप की तरह कुण्डली मारे बैठा वह हथगोला कहीं वहीं पर न फट जाये और उसके चिथड़े हवा में न तैरने लगें।

पता नहीं कितनी ही देर वह वहां बैठा रहा। फिर अचानक उठा और लम्बे-लम्बे डग भरता तेज़ कदमों से उस ओर चल पड़ा, जहां उन ऊंचे-ऊंचे चिनार के दरख़्तों का सिलसिला ख़त्म हो जाता था और उसके बाद एक बेकाबू सी ढलान शुरू हो जाती थी। ढलान, जिस पर चलते हुए आदमी अपने पांवों को स्थिर नहीं रख पाता। दौड़ता ही चला जाता है—बेतरह।

दूर जाकर ख़त्म हो जाने वाली इस ढलान पर जब वह उतरने लगा तो उसे महसूस हुआ कि उसके पीछे कोई चल रहा है। कोई पीछा कर रहा है उसका। दबे-दबे कदमों की आहट उसे सुनायी दे रही थी।

ऐसा पहली बार नहीं हुआ था। कई दफा उसे पहले भी यह लगा था। कई बार तो वह घबरा भी गया था। ख़ौफ़ का एक समन्दर उसके भीतर ज़ोर मारने लगा था। उसे ऐसा लगता कि कोई उस पर हमला करने वाला है। लेकिन जब उसने पीछे मुड़ कर देखा तो दूर तक फैला मैदान था। मैदान के इर्द-गिर्द सिर उठाये

खड़े पेड़ थे। पेड़ों की ठण्डी छाया थी और उस छाया का नर्म स्पर्श उसके जिस्म को छू रहा था। उस नर्म स्पर्श में उसने कई बार अपने अब्बू के जिस्म की गंध को पकड़ा है। उनकी झुकी हुई आंखों की वेदना को महसूस किया है। और उनके प्रौढ़ चेहरे की सख्त रेखाओं में एक अजीब किस्म के चुम्बकीय तत्व को पाया है।

"तुम वापस कब लौटोगे, रहमत?"

किसी सरग़ोशी की तरह यह आवाज़ उसके कानों तक पहुंची और वह एकदम रुक गया। लगा कि आवाज़ आसपास ही कहीं से आ रही है। कब वापस लौटोगे? अब्बू के इस एक प्रश्न ने उसे आंदोलित कर दिया है। और उसकी विचारशक्ति को जड़।

क्या वह लौटने के लिये ही आया है, इस ढलान के किनारे तक? क्या हर इंसान का कहीं पहुंचना वापस लौटने के लिये ही होता है? ढलान की इस बेकाबू चाल पर क्या वह वापस लौट पायेगा? लौटेगा तो क्यों? कौन सा ऐसा तंतु है जो उसे वापस खींचेगा?

इतनी दूर तक चले आकर क्या वह अपने सम्बन्ध उस घर के दालान से तोड़ पाया है? बंधन है, जो बार-बार उसके पांव को अपनी गिरफ्त में ले लेता है। बंधन कैसा? स्नेह और अपनत्व का? फिर क्यों वह इतनी उपेक्षा और ज़िल्लत महसूस करता रहा है? क्यों उसे घुटा-घुटा सा लगता है वहां? जैसे उसका हलक दबाया जा रहा हो?

उसे याद आया कि बचपन से लेकर अब तक अब्बू ने किस कठोरता और अनुशासन के बीच पाला था उन्हें। कदम-कदम पर सलीके और तहज़ीब के लम्बे-चौड़े आदर्श। इतना कठोर अनुशासन कि कई बार उनका बचपन रोने को हो आता। लेकिन वहां तो रोने पर भी पाबंदी थी। ईमानदारी, अनुशासन और स्वाभिमान की मूर्ति प्रोफेसर हबीब का यह ख़्वाब था कि उनकी औलाद भी उनके जैसी ही बने। रशीदा ने तो फिर भी अपने आप को उस कड़े अनुशासन में ढाल लिया था लेकिन रहमत कभी-कभी अपना आपा खो बैठता—"अब्बू, हमें यह सब अच्छा नहीं लगता।"

"क्या नहीं अच्छा लगता, बेटे?" अब्बू अख़बार में सिर गढ़ाये हुए पूछते।

"हम अपने ढंग से जीना चाहते हैं।" वह सिर झटकते हुए कहता।

"अपने ढंग से?" एकाएक उनके चेहरे के सामने से अख़बार हट जाता और अब्बू का हैरानी भरा चेहरा अपनी औलाद की ओर सवालिया निशान लिये खड़ा हो जाता—"जीने का अपना कौन सा ढंग है तुम्हारा? मैं भी तो जानूं कि ज़िन्दगी के किस फ़लसफ़े के साथ जीना चाहते हो तुम?"

"किसी भी तरह जीयें, अब्बू। लेकिन आपकी तरह नहीं जी सकते हम।"

"मेरी तरह? मतलब?" वह और भी हैरान हो उठे—"तुम्हें मेरे जीने के ढंग

से भी शिकायत है? है, तो साफ-साफ कहते क्यों नहीं?" चश्मे के पीछे से झांकती उनकी आंखें जैसे एकाएक बूढ़ी हो जाती हैं।

"इससे ज़्यादा साफ मैं क्या कहूं?" वह अपने दोनों हाथ अपनी बगलों में दबा कर खड़ा हो गया। प्रोफेसर हबीब कुछ देर तक उसके चेहरे को देखते रहे। फिर धीरे से चल कर उसके सामने जा खड़े हुए। सीधी नज़र से उसकी आंखों में झांकते हुए बोले—"बेटे, तुम लोगों के साथ यही तो दिक्कत है। तुम अपने बुजुर्गों से नाइत्तफाकी तो रखते हो, उनकी मुख़ालफ़त करना तो जानते हो लेकिन अपने किसी रास्ते को पहचान नहीं सकते।"

अब्बू शायद ठीक ही कहते थे। ज़िन्दगी जीने का अपना फ़लसफ़ा अगर उसके सामने होता तो वह इस ढलान पर उतरता ही क्यों? क्यों किसी काम को करते हुए वह अपने आप को बंधा हुआ महसूस करता?...क्यों?

इन ढेर सारे प्रश्नों का उत्तर उसके पास कोई नहीं था। न ही इस प्रश्न का उत्तर कि वह क्यों मोहम्मद आलम के साथ रहता है। मोहम्मद आलम जिसका न आगे का पता है, न पीछे का। वह तो यहां का बाशिंदा भी नहीं है, यहां आकर एक सियासी गुट का लीडर बना बैठा है। कितनी ही दफा तो पुलिस की गिरफ़्त में रह चुका है। दबी जुबान से लोग तो यह भी कहते हैं कि उसकी पार्टी तो महज़ एक ढकोसला है...एक धोखा। असलियत में तो वह एक दहशतग़र्द है, जिसे गुज़श्ता साल मिलिट्री कैम्प के पास हुए बम विस्फोट के शक में धर लिया गया था। सुबूत नहीं मिला तो छूट गया वर्ना...।

प्रोफेसर हबीब को जब अपने बेटे के मोहम्मद आलम के साथ रहने की ख़बर मिली थी तो वह जैसे जड़ से हिल गये थे..."नहीं, यह नहीं हो सकता। मेरा बेटा ऐसा नहीं हो सकता। यह झूठ है...बिल्कुल झूठ।"

अविश्वास की निगाहों से उन्होंने सामने खड़े रहमत के दोस्त फैयाज़ को देखा, जो खुद शर्मसारी से झुका जा रहा था। कितनी ही देर वह उसकी ओर देखते खड़े रहे। ज़िन्दगी में शायद पहली बार उन्हें किसी बात का इतना अफसोस हो रहा था कि उनकी आंखें गीली हो उठीं। नम हो आयी उन आंखों में ऐसा भाव था, जैसे खुद से पूछ रहे हों—"ऐसा कैसे हो गया? कहां कमी रह गयी मेरे प्यार में? कहां ग़लत हो गया मैं? जिस घर की नींव पुख़्ता करने में ही मैंने अपनी सारी उम्र ख़र्च कर दी, वही हिल गयी? ऐसा हुआ कैसे?"

फैयाज़ उनके चेहरे के पल-प्रतिपल बदलते भावों और रंगों को देख कर परेशान हो उठा था। उसे लगा कि जैसे अभी प्रोफेसर साहब के घुटने खुद-ब-खुद मुड़ जायेंगे और वह फर्श पर उकडूं हो बेतहाशा रो पड़ेंगे। इससे पहले कि उनमें इस सदमे को बर्दाशत करने की सारी कुव्वत ख़त्म हो जाती, उसने आगे बढ़ कर उन्हें कंधे से थाम लिया था—"आप परेशान न हों, वह संभल जायेगा, आप अपने-

आप को सम्भालें, बस।" और उसने प्रोफेसर साहब को मूढ़े पर बिठा दिया था। कटे वृक्ष की तरह वह मूढ़े में धंस गये थे—बिना कुछ बोले। बोलना तो दूर, वह तो कुछ सोच भी नहीं पा रहे थे।

उनकी सोच तो उस दिन भी कुंद हो गयी थी, जब एक दिन दो आदमी रहमत को ढूंढते हुए उनके घर पर आये थे। तब वह कुछ लिखने में मशगूल थे, जब उन्होंने सांकल खड़कने की आवाज़ सुनी। एक बार तो लगा कि शायद वहम है, लेकिन जब दुबारा वही आवाज़ सुनायी दी तो उन्होंने उठ कर दरवाज़ा खोला।

दरवाज़ा खुलते ही दो हथियारबंद आदमी तूफान की तरह भीतर घुस आये थे। अंदर आते ही उन्होंने चौंकन्नी निगाहें इधर-उधर दौड़ाई थीं जैसे कुछ ढूंढ रहे हों।

प्रोफेसर हबीब तो जैसे दहशत के मारे एकाएक सुन्न ही हो गये थे। सोचने-समझने की शक्ति जैसे चुक ही गयी थी। चंद लम्हों बाद जब उनके होशो-हवास वापस आये तो उन्होंने कांपती हुई सी आवाज़ में उनसे पूछा—"तुम लोग कौन हो? और क्या चाहते हो?"

"प्रोफेसर, हमारे हाथों में ये ख़तरनाक हथियार देख कर तुम्हें इतना तो अंदाज़ा हो ही जाना चाहिये कि हम कौन हैं। हां, हम चाहते क्या हैं, यह हम ही बताये देते हैं।" उनमें से एक ने बड़े इत्मीनान से अपनी बेतरतीब दाढ़ी को हौले-हौले खुजाते हुए कहा—"हम दरअसल रहमत से मिलना चाहते हैं।"

"लेकिन क्यों?"

"हमें उससे कुछ पूछना है, प्रोफेसर।" उसी दाढ़ी वाले ने कहा था। तब तक दूसरा आदमी परले कमरे में जा चुका था। वापस लौटा तो रहमत उसके साथ था। अपने अब्बू की आंखों में बेपहचाने-से भाव देख कर उसने अपनी आंखें झुका ली थीं।

"क्या पूछना चाहते हो तुम उससे? और क्या यह जवाब दे सकेगा तुम्हें? यह भी और नौजवानों की तरह बहका हुआ है। इन बहके हुए लोगों से तुम क्या पूछोगे?"

"चुप बे बुड्ढे। तुम अपनी जुबान बंद रखो। वरना हमें ज़बरदस्ती करनी पड़ेगी।"

"मेरे अब्बू के साथ तमीज़ से पेश आओ, मियां! वरना...।"

अचानक रहमत तैश में आ गया। प्रोफेसर ने अविश्वास के साथ उसकी ओर देखा। फिर एकाएक ही उनके स्वर में तंज सुनायी दिया—"बहुत खूब! अपने वालिद के साथ खुद ही बदतमीज़ी से पेश आने वाला इंसान दूसरों को तमीज़ की दुहाई दे रहा है। वाह, बेटा वाह!"

"अब्बू, हमारे बीच कितने भी इख़्तिलाफ़ रहें हों, वह एक अलहदा चीज़ है। मुझे यह कतई बरदाश्त नहीं कि कोई दूसरा इंसान आपसे इस तरह पेश आये।"

"तुम इन्हें इंसान कहते हो, रहमत? इन्हें? जो सैकड़ों-हज़ारों बेगुनाह लोगों का खून बहाते हैं? हमारी बहू-बेटियों के साथ सरे-आम ज़िना करते हैं? हमारी

तहज़ीब और हमारे इल्म से ज़िना करते हैं? हमारे पाक मज़हब से ज़िना करते हैं? इन्हीं को इंसान कहते हो तुम? लानत है तुम पर और तुम्हारे इन हैवान साथियों पर।"

"तुम चुप रहो, प्रोफेसर। और अपना यह इल्म अपने पास रखो, समझे? हमें इसकी ज़रूरत नहीं।"

"तुम्हें क्यों होने लगी इसकी ज़रूरत? तुम्हारा तो मज़हब ही है क़त्लो-ग़ारत। जिहाद के नाम पर तुम अपने ही घरों में आग लगाने पर तुले हो।"

"हम जानते हैं कि तुम एक नेक इंसान हो, प्रोफेसर। लेकिन थोड़े ज़िद्दी और थोड़े सनकी। ख़ैर, रहमत हमारे साथ जा रहा है। कुछ देर बाद लौट आयेगा।"

प्रोफेसर हबीब ने निहायत ही बेबस नज़रों से बेटे की ओर देखा। उनकी आंखें छलछलाने को हो आयीं। रहमत ने भी निग़ाहों ही निग़ाहों में उन्हें आश्वस्त किया। "हां, अब्बू। मैं जा रहा हूं और जल्दी ही लौट आऊंगा।"

"लौट आओगे? लेकिन कहां से? और कहां तक वापस लौटोगे? तुम्हें तो यह भी इल्म नहीं कि तुम जा कहां रहे हो। फिर लौटोगे कैसे?"

"अब्बू, आपको यह बात अपने हुक्मरान से पूछनी चाहिये।" अचानक जैसे रहमत उबल पड़ा—"उनसे पूछिये जिनकी बिना पर ये मिलिट्री वाले हम लोगों पर ज़्यादतियां करते हैं। बेकसूर लोगों को बेवज़ह घरों से उठा ले जाते हैं। आपको तो इसका भी तजुर्बा हो चुका है। तब, जब पहली बार मुझे पकड़ा गया था। तब मेरा क्या कसूर था? सिर्फ़ यही न कि जिस दिन चौक पर वारदात हुई, उस दिन मैं मोहम्मद आलम के साथ था। आधी रात को मुझे सोते से उठा ले गये थे। उन्होंने तो हमारे घर में घुसते हुए औरत जात की भी परवाह नहीं की। आपने कितनी मिन्नतें की थीं, हाथ जोड़े थे। लेकिन उन संगदिलों पर कुछ असर हुआ था?"

"यह उनका फज़्र था। उनकी ड्यूटी थी। हर ऐसे शख़्स से जो यहां के बाशिंदों के लिये ख़ौफ़ बना हो, मालूमात करने का उन्हें हक है।" प्रोफेसर हबीब जैसे थक कर कुर्सी में धंस गये थे। जैसे उन्हें धकेल कर वहां बिठा दिया गया हो।

"हक़?" अचानक रहमत की गर्दन ऊंट की तरह आगे की ओर निकल आयी थी—"इसे हक़ कहते हैं आप? यह ज़ुर्रत है, अब्बू, ज़ुर्रत। और उनकी इसी ज़ुर्रत को हमें तोड़ना है।"

एक-एक शब्द को जैसे चबा-चबा कर बोला था उसने। सुन कर प्रोफेसर हबीब उत्तेजना के मारे कांपने लगे थे। फिर बला की तेज़ी से वह कुर्सी से उठे और रहमत के पास खड़े आदमी के बिल्कुल सामने जाकर, सीधे उसकी आंखों में झांकते हुए बड़ी ही सर्द आवाज़ में बोले—"पूरे मुल्क को तोड़ने के बाद भी अभी उन लोगों में और क्या कुछ तोड़ने का हौसला बाकी बचा है, ज़रा मुझे भी तो पता चले।"

यह बात तो प्रोफेसर हबीब को पता नहीं चल पायी लेकिन इतना ज़रूर पता

चल गया कि रहमत, जिसे उन्होंने बड़े प्यार और अनुशासन के साथ पाला, बड़ा किया, इस घर की दहलीज़ से जुड़े सारे रिश्ते तोड़ चुका है। वह इसका कसूरवार भी अब्बा को ही मानता है। और अक्सर उनके सामने फट पड़ता है—"अगर आप न चाहते, तो उस दिन सेना वाले मुझे पकड़ कर नहीं ले जा सकते थे। अपनी औलाद के वास्ते आप एक झूठ नहीं बोल सके तो हमसे क्या उम्मीद कर सकते हैं?"

सुन कर प्रोफेसर हबीब ख़ामोश रह गये थे। अपनी नासमझ औलाद को वह कैसे समझाते कि झूठ के एक लम्हे के लिये उन्हें पता नहीं सच के कितने लम्हे कुर्बान करने पड़ते। और क्या पता, झूठ का वह एक लम्हा कितनी सदियों तक उन पर बोझ बना रहता। इससे तो यही अच्छा था कि वह झूठ को छुएं ही नहीं। उन्होंने किया भी यही था।

पहली बार...ज़िंदगी में पहली बार उन्होंने रहमत की आंखों में हिकारत की आग जलती हुई देखी। जैसे रहमत को उनकी औलाद होने का अफसोस हुआ हो। और शायद पहली बार प्रोफेसर हबीब को भी अपने सच बोलने का अफसोस हुआ था। लेकिन वह कर भी क्या सकते थे? सिवाय अपनी निरीह आंखों से अपने बेटे को मिलिट्री वालों की गिरफ़्त में जकड़े जाते देखते।

अब तो आये दिन उनके घर के आसपास अजनबी लोगों की आंखें निगरानी पर लगी रहतीं। हर आने-जाने वाले का सूक्ष्म निरीक्षण करतीं। सिर्फ़ वे आंखें ही क्यों, अब तो हर आंख उन्हें घूरती हुई सी लगती, हर उंगली उन्हीं की ओर उठती महसूस होती—"देखो, यह रहमत के अब्बू हैं...देखो, यही है उस रहमत की बहन।"

शर्मसारी के ऐसे लम्हों में उन्हें खुद कैसा लगता था, वह ही जान सकते थे। विचारों के उबलते हुए लावे को उन्होंने अपने से बाहर उंडेल देने के उद्देश्य से ही इसका ज़िक्र अपने बेहद क़रीबी दोस्त विरेंद्र भट्ट से किया तो उसने भी शून्य में घूरते हुए किसी नामालूम-सी चिन्ता में ग्रस्त, बीमार बूढ़े की-सी लरजती आवाज़ में कहा था—"तुम ठीक कहते हो, हबीब। यह कोई नई बात नहीं है। यह सिर्फ तुम्हारे साथ ही नहीं, अक्सर दूसरे लोगों के साथ भी हुआ है। इन दहशतग़र्दों और मिलिट्री वालों के बीच हुकूमत की रहनुमाई का जो अखाड़ा खुदा हुआ है, उसमें यह आवाम ही पिस रही है। कभी मिलिट्री वाले उसे अपने घुटनों के तले रगड़ते हैं तो कभी ये जुनूनी दहशतग़र्द। और नाम को बने हैं ये हमारे हिमायती। इनकी अपनी लड़ाई से ख़ौफ़ खाकर ही लोग अपने घरों में दुबक जाते हैं। बाद में इन्हीं लोगों को दहशतग़र्दों की जमात में शुमार कर दिया जाता है। और हमारे ये हुक्मरान?... इनमें इतनी हिम्मत नहीं कि जो दो टूक बातें कर सकें या किसी फ़ैसलाकुन मोड़ पर खड़े हो सकें। अब तो अल्लाह ही मालिक है इस ज़मीन का। पता नहीं क्या होगा हमारे बच्चों का?"

क्या होगा?

चाकू की तीखी धार-सा यह प्रश्न हवा में छितरा गया था। पता नहीं कब तक वह इन हवाओं में छितराया रहेगा।

हादसे भी जैसे इस शहर की हवाओं में लटक रहे थे और यह शहर पूरा का पूरा इन हादसों के बीच लटक रहा था। असम्भाव्य के घटने की आशंका यहां हर लम्हे दस्तक देती थी। किसी भी क्षण...किसी भी दरवाज़े पर...किसी के लिये भी। और यह सब अचानक ही होता था। ठीक वैसे ही, जैसे उस दिन हुआ था जब काफी दिनों बाद धूप पहली बार पेड़ों और मकानों के ऊपरी हिस्सों को छूने निकली थी।

तब बाज़ार इतना उनींदा नहीं था—और दिनों की तरह। चहल-पहल दिखायी दे रही थी। हालांकि लोगों के चेहरों पर वह खुल कर नुमायां नहीं हो रही थी। धूप के पीले टुकड़े सहज रूप से आसपास छितराये हुए थे। दुकानदारों और ख़रीदारों की मिली-जुली आवाज़ों का शोर सुनायी पड़ रहा था। लगता था जैसे ज़िंदगी यहां अपने सहमे वजूद के बावजूद अपने होने का एहसास करा रही थी।

सामान्य और सहज दिखने वाली इस व्यवस्था में तब अफ़रा-तफ़री मच गयी, जब एकाएक ही पूरा बाज़ार गोलियों की आवाज़ से गूंज उठा था। हर तरफ भगदड़...हर तरफ शोर...हर तरफ चीख़ो-पुकार...हर तरफ ख़ौफ़। क्या हुआ?... और कहां? यह सोचने का न तो किसी के पास वक्त था, न ही होश। लोग किसी महफूज़ जगह की तलाश में इधर-उधर दौड़ रहे थे। दुकानों के शटर धड़ाधड़ नीचे गिरने लगे और वे बंद होने लगीं। देखते ही देखते वहां सन्नाटा पसर गया। हर तरफ मुर्दनी छा गयी। यह किसी मरघट का-सा सन्नाटा था जो वहां सांय-सांय करने लगा था।

एक के बाद एक बंद होती खिड़कियां...रोशनदान...दरवाज़े। इन बंद दरवाज़ों के पीछे डरे-सहमे लोगों के दहशत खाये चेहरे इस शहर के नसीब की तरह लग रहे थे। अनजानी-अनदेखी सैकड़ों आशंकायें। और इन सबसे बेख़बर इस बाज़ार में पीपल के उस पेड़ के नीचे लावारिस पड़ी दो लाशें।

अभी चंद ही लम्हों में यहां पुलिस के सायरन गूंजने लगेंगे...और मिलिट्री वालों की हरी वर्दी परेड करेगी। फिर होगी तलाशी घर-घर में। पूछताछ...सैकड़ों प्रश्न...किसी रूटीन की तरह।

सब कुछ इसी तर्ज़ पर हुआ था। लाशों को उठा कर ट्रकों में लाद दिया गया था। मृतकों की संख्या में और इज़ाफ़ा हो गया और लाशें अपनी पहचान को भी मोहताज़ थीं।

और फिर कुछ देर बाद सब कुछ सामान्य हो गया। जैसे कुछ हुआ ही न हो। यही है इस शहर की पहचान जिसे अपने अब्बू का हाथ पकड़ कर रहमत ने

दरवाज़े की सिर्री में से दिखाया था-"देखिये, और पहचानिये अपने इस खूबसूरत शहर को। कहां रह गयी है खूबसूरती इसकी? दुकानों और घरों के दरवाजों, खिड़कियों पर गोलियों के निशान...जले हुए मंदिर और जली हुई मस्ज़िदें...दीवारों, सड़कों पर पड़े खून के धब्बे। पहचानेंगे आप इन्हें? यही है शहर आपका? यही है आपका वतन? देखिये अब अपने शहर और अपने वतन की दम तोड़ती हक़ीकत। यही है इन हरी वर्दी वालों की ड्यूटी, इनका फर्ज़...। देख लीजिये, वे किस तरह अपने फर्ज़ को निभा रहे हैं! लोगों की गर्दनें पकड़-पकड़ उनसे पूछताछ हो रही है...जो देखा, वह बयान करो...जो सुना, उसे दोहराओ, बताओं उन्हें। नहीं बताओगे तो तुम्हें ज़मीन पर गिरा कर बूटों के नीचे कुचला जायेगा।...फिर भी नहीं बताओगे तो गोली खाओगे और दहशतग़र्द घोशित कर दिये जाओगे।"

प्रोफेसर हबीब सब देख रहे थे, रहमत की बातें सुन रहे थे। वही टेपरिकॉर्डर की तरह रटी-रटायी बातें।

वह एक भी शब्द बोले बिना धीरे-धीरे रहमत के पास जा खड़े हुए। फिर हौले से उसके कंधे पर अपना हाथ रखा और बोले-"रहमत, तुम लोग चीज़ों को अपनी नज़र से देखते हो, उन्हें इसी एकतरफा नज़र से देखने के आदी हो चुके हो। तुमने अपनी आंखें और अपने कान बंद कर रखे हैं। तुम्हारा नज़रिया भी बिल्कुल अलग है। तमाशबीन बनी यह भीड़ भी उस जुर्म का हिस्सा है जो चाहे-बेचाहे होता है। पुलिस और सेना इन्हीं से तो पूछताछ करेगी। नहीं बतायेगा कोई तो कल को दहशतग़र्दों की गोलियां उन पर भी चलेंगी। कल वे भी मारे जायेंगे। तुम यह मत समझना कि कल तुमने जिस शख्स को भरे बाज़ार में तिपहिया पर हाथ में बंदूक लहराते और एक हाथ से 'वी' का निशान बनाते तेज़ी से गुज़रते देखा था, वह तुम्हारा हमदर्द होगा। नहीं, ऐसे लोग तुम लोगों को गुमराह करते हैं और तुम भी गुमराह होते हो। तुम अगर इस सब को ठीक समझते हो तो तुम्हारे लिये भी ठीक होगा। तुम अगर अपने घर को जला कर जलने की आज़माइश करना चाहते हो तो यह भी कर के देख लो। लेकिन याद रखना, तुम्हें एक दिन लौट कर उन्हीं राहों पर आना पड़ेगा, जहां तुमने घुटनों के बल लुढ़कते हुए चलना सीखा है।"

...पेड़ों की छांव में थक कर बैठे रहमत को जैसे अचानक ही कोई तजुर्बा हुआ। उसने अपनी आंखें मूंद लीं और दो-तीन लंबी-लंबी सांसें लीं। ठण्डी और ताज़ी हवा उसके फेफड़ों में गयी तो उसके अंदर तक ठण्डक फैल गयी। फिर याद आया उसे अपना बचपन...हाथ पकड़ कर चलना सिखाते हुए अब्बा...अपने कंधे पर बिठा कर बाज़ार में घुमाते अब्बा...अपने नर्म-नर्म हाथों से रोटी के छोटे-छोटे कौर उसके मुंह में डालती हुई अम्मी..। रात-रात भर जाग कर उसे सुलाती हुई अम्मी।

उसे अचानक महसूस हुआ कि वह अंधेरों की तरफ बढ़ते अपने कदमों को वहीं रोक ले और वापस खींच ले।...अपने घर के उस दालान की तरफ जहां ताउम्र

अपने हालात के ख़िलाफ़ लड़ने वाले उसके अब्बू मौजूद हैं। जहां उम्र में उससे छोटी लेकिन सोच में उससे बड़ी बहन खड़ी है। जहां उसके बचपन की शरारतें हैं...बेलोस मुस्कराहटें हैं...हंसी है...उछलना-कूदना है। आंगन में खड़ा पेड़ है... पेड़ की छाया है...पत्तों का हरापन है। और है अपनेपन का एक पुरसुकून माहौल।

इतना सब सोचते हुए उसने एक बार फिर अपने हाथ में पकड़े झोले को देखा। झोले के अंदर पड़े उस हथगोले के वजन को महसूस किया जो चंद ही लम्हों बाद उस प्राइमरी स्कूल की नालीनुमा छत्त की धज्जियां उड़ा चुका होगा, जहां कभी उसने भी तालीम हासिल की थी। यही हिदायत थी मोहम्मद आलम की।

सिर को तेजी से झटक कर वह स्कूल की ओर जाने वाली गली की तरफ मुड़ा ही था कि उसका पैर किसी गोल मटोल पत्थर पर जा पड़ा। संतुलन खोकर वह गिरने को हुआ ही था कि संभल गया। तेज़-तेज़ कदम उठाता वह उस गली के नुक्कड़ पर जा पहुंचा। यहां से उसके स्कूल की हद शुरू हो जाती थी।

कितनी ही देर वह उस गली के नुक्कड़ पर अपने आप को छिपाये खड़ा रहा—चौकन्नी निगाहों से इधर-उधर देखता हुआ। सब कुछ अपने माकूल पाकर उसने फुर्ती से झोले का मुंह खोला...हथगोला बाहर निकाला...और हाथ घुमा कर फेंकने ही वाला था कि एक बार फिर किसी की फुसफुसाती हुई सी आवाज़ उसके कानों के पास सुनायी दी-"ऐसा कोई काम न करना, बेटे, जिसके लिये मुझे शर्मिंदगी उठानी पड़े।"

उसका उठा हुआ हाथ वहीं अटका रह गया। जैसे किसी अदृश्य ने हवा में ही पकड़ लिया हो। फिर उसका हाथ धीरे-धीरे नीचे आया। हथगोला उसने झोले में डाला। स्वयं को कुछ देर संयत हो जाने दिया और तेजी से वापस मुड़ गया। गली पार करके उस ढलान को भी लांघ गया, जिससे होकर वह यहां तक आया था।

कई अंधेरी-संकरी गलियों को पार करते हुए वह अंततः परले मुहल्ले के उस छोर पर जा पहुंचा, जहां से मोहम्मद आलम का वह मकान साफ दिखायी पड़ रहा था।

उसने एक बार रुक कर अपनी हथेली पर उस हथगोले को दो-तीन बार तोला। इसी के साथ ही उसकी आंखों में मोहम्मद आलम के घर का वह कमरा साकार हो उठा, जहां इस वक्त मोहम्मद आलम लंबी तान कर सो रहा था।

रहमत के कदमों में अचानक तेज़ी आ गयी—अब वह लगभग दौड़ रहा था।

टूटे ख़्वाबों का पुल

सुबह जब वह सोकर उठा तो हवा में अजीब-सी बेपहचानी गंध का एहसास हुआ उसे। उसने दो-तीन बार नथुने फुला कर गहरी सांसें खींचीं। सुबह की ताज़ी हवा उसके बूढ़े फेफड़ों में भर गयी। एकदम ताज़ा महसूस किया उसने। लेकिन वह गंध? क्या सचमुच ही वह थी? या उसका वहम था?

दूसरी आश्चर्यजनक बात जो उसने महसूस की, वह यह थी कि आज तड़के उसके मुर्गे ने बांग नहीं दी थी। यह वाकई हैरत की बात थी। समय अपनी गति छोड़ सकता था लेकिन मुर्गे की बांग? कहीं ऐसा तो नहीं कि मुर्गे ने बांग दी हो और वह सोता रह गया हो।

उसे याद है आंख के दर्द से वह देर तक परेशान था और बेकली से बिस्तर पर करवटें बदलता रहा था। शायद आधी से भी ज़्यादा रात ख़र्च हो चुकी थी। आंखें हालांकि बार-बार बंद होना चाहती थीं लेकिन...नींद और दर्द के बीच क्या पता वह गहरी नींद में सो गया हो और उसे पता ही न चला हो दिन निकलने का। वर्ना ऐसा भी कभी हुआ है कि मुर्गा बांग ही न दे! और दे तो उसको पता न चले।

शायद यह उसकी अपनी ही बेहोशी का आलम था कि वह मुर्गे की वक्त की पाबंदी पर शक कर रहा था। उसने सिर को हल्का सा झटका देकर सोच के उस चक्र से निकलने की कोशिश की। एक भरपूर अंगड़ाई ली। बूढ़ी हड्डियां चरमरा कर रह गयीं। जवानी में यही चटख सारा आलस दूर कर देती थी और एक अजीब सा नशा भर देती थी पूरे जिस्म में।

उसने जल्दी से पूरे घर में झाड़ू दी और फिर अंगीठी जला दी। उपलों का धुंआ जब पूरे आंगन में फैल गया तो रशीदा का शरीर कसमसाया। धुएं के कारण जब सांस अवरुद्ध होने लगी तो वह हड़बड़ा कर उठ बैठी। मिचमिची आंखों से देखते हुए झल्ला कर बोली, "यह क्या अलसुबह धुआं-धुआं कर दिया है?"

"धुंआ?" टिल्लन ने पूछा, "यह आज की बात है क्या? अंगीठी जलेगी

तो धुआं होगा ही। जब चाय बनकर तैयार होगी तो झट से उठ बैठोगी। तब नहीं लगेगा धुआं?'

"अरे, चाय का एक गिलास ही तो पिलाते हो। कौन सा एहसान करते हो?"

"बेगम, जो मिलता है, वही पिला सकता हूं।''

"हां, यह कम्बख्त चाय की आदत भी तुमने खूब डाल दी है। जैसे गोरों ने हमें ज़िस्मानी तौर पर गुलाम बनाया था, चाय जैसी चीज़ देकर हमें दिमाग़ी तौर पर भी गुलाम बना छोड़ा है।"

"अरे, यह क्या रोना ले बैठी हो तुम? हैं? बात करने को क्या ये गोरे ही रह गये हैं? शुक्र है कि वे कमबख्त हमारे वतन से दफा हो गये।" चाय का पानी उसने अंगीठी पर रखते हुए कहा।

रशीदा उठ कर बैठ गयी। नींद तो टूट ही चुकी थी। उठकर उसने अपने बिखरे बालों को लपेट कर जूड़े की शक्ल में बांध लिया।...टिल्लन ने चाय का भरा गिलास उसके हाथों में थमा दिया।

"अब तुम फटाफट तैयार हो जाओ। मैं दो परांठे उतार देती हूं।" रशीदा ने चाय ख़त्म करके गिलास चारपाई के नीचे सरकाते हुए कहा।

"हो जाऊंगा तैयार। अभी इतनी जल्दी भी क्या है?"

'अरे वाह! जल्दी क्या है?' उसने हवा में हाथ नचाते हुए कहा, "उन पंजाबियों का गिरोह निकल गया तो कमाई के एक हिस्से से महरूम हो जाओगे, मियां।"

रशीदा को हमेशा उन पंजाबियों की चिन्ता रहती थी, जो अलसुबह ही सीमा पार के गांवों से इस तरफ आते थे। चावल और सूखे मेवे लेकर आते...यहां के लोकल वाशिंदों को बेचते और फिर शाम वापस लौट जाते थे। सारा व्यापार होता था चोरी-छिपे। लेकिन दोनों तरफ के अफसरानों की रज़ामंदी से ही। रजामंदी क्या थी, अपने-अपने स्वार्थ थे। वरना तो एक परिंदा भी वहां पर नहीं मार सकता था।

बिना नाश्ता-पानी किये निकले उन पंजाबियों को रशीदा पंजाबियों का गिरोह कह कर बुलाती थी। जैसे पंजाबियों का जत्था न हुआ. चोर, उच्चकों, डाकुओं का गिरोह हो गया।

नाश्ते-पानी के वास्ते वे सब टिल्लन मियां के ढाबे पर ही ढुकते थे जिसे वे अपने लिये सबसे महफूज जगह मानते थे। बिल्कुल सीमा के साथ लगता यह गांव यूं तो किसी छोटे-मोटे कस्बे की शक्ल लेने को उतावला प्रतीत होता था लेकिन दूर-दूर तक फैले खेत, खेती के परली तरफ की पहाड़ी और ढोर-डंगरों की बहुतायत इसे अभी भी गांव ही सिद्ध करती थी। चंदेक दुकानें थीं, जहां ज़रूरत भर का सामान मुहैया हो जाता था।

इन्हीं दुकानों में एक दुकान टिल्लन की भी थी। दुकान क्या, एक छोटा सा ढाबा था। बाहर तंदूर लगा था, भीतर जर्जर हाल में लकड़ी के तख्त और चारपाइयां।

यह ढाबा यहां तब से था, जब टिल्लन मियां के वालिद साहिब हिंदुस्तान के बंटवारे के समय कसूर क्षेत्र से भाग कर इस तरफ आ बसे थे। तब टिल्लन अभी अपनी अम्मी की कोख़ में ही था। अम्मी बार-बार अपने छूट गये घरबार और रिश्तेदारियों को याद कर रो लेती थी। और टिल्लन के वालिद ज़हीर बख़्श बार-बार उसे तसल्ली देते थे—"अल्लाह पर यकीं रखो बेगम! वह अपने नियाज़मंदों की ज़रूर सुनता है। उनकी हमेशा ख़ैर-ख़बर रखता है।"

"ख़ैर-ख़बर रखता है तो हमारी क्यों नहीं सुनता? हमें कब तक भागना पड़ेगा इस तरह? अपना मुल्क है—और अपने ही मुल्क में हमें बेदखल होना पड़ रहा है। यह कैसा इंसाफ है?...किसने कबूल किया है यह सब? किसकी एतबारी पर?"

"यह वक्त ये बातें सोचने का नहीं है। पहले अपनी हिफाज़त ज़रूरी है।"

"अपनी हिफाज़त? अपनी हिफाज़त क्या हमें ही करनी होगी? वे लोग हमारी हिफाज़त का जिम्मा क्यों नहीं ले सकते, जिन्होंने हमारे दिलों पर खून की लकीरों से बंटवारा कबूल किया है? कहां हैं वे लोग अब? खुद तो गद्दीनशीं होकर पहरेदारी से महफूज़ बैठे हैं और आवाम सिर कटवाये अपने?"

"तुम थोड़ा पढ़ी-लिखी औरतों के साथ यही दिक्कत है बस। न मौका देखती हैं, न जगह। देखो, शायद सामने कोई गांव दिखायी पड़ रहा है बस, थोड़ी हिम्मत और रखो।'

उन्होंने उम्र भर हिम्मत रखी थी। रिफ्यूज़ी बन कर आये थे वहां और अपनी मेहनत से यह ढाबा खोल लिया था। वह तबाही...मारकाट...लहू के समंदर...और लाशों के ढेर...उन तमाम ख़ौफ़नाक यादों को उन्होंने तंदूर की आग में झोंक दिया था।

वही ढाबा जागीर के रूप में टिल्लन को मिला था। यहीं एक दिन पंजाबियों के उस गिरोह से उसका वास्ता पड़ा था। टिल्लन को हमेशा उनका इंतज़ार रहता था क्योंकि कीमत से कहीं ज़्यादा पैसा उनसे मिल जाता था उसे...और मिलता था एक अजीब तरह का सुकून। सरहद में अपने वालिद से सुनी बातों की बिना पर वह सरहद पार के मुल्क की तस्वीर अपनी आंखों में बनाने की कोशिश करता। बार-बार वह उनसे एक ही प्रश्न पूछता—"कैसे हैं वहां के लोग? हमारे जैसे ही हैं? क्या पहनते हैं? कभी हिंदोस्तान का भी ज़िक्र करते हैं?...क्या उनके दिलों में अभी भी हमारे लिये नफरत है?"

एक प्रश्न से फिर सैकड़ों प्रश्न निकलने लगते, जिनके उत्तर उसे कभी तो खुशी से भर देते और कभी उदास कर जाते। अपना मुल्क...अपना मकान... सोच-सोच कर उसकी आंखें भर आतीं।

"कौन सा अपना मुल्क?...कैसा अपना मकान?...था कभी, अब तो नहीं

रहा न। अब हिंदुस्तान ही हमारा मुल्क है। यहीं पर हम लोग पैदा हुए हैं। हमारी जड़ें भी यहीं हैं। हमारी ज़ुबान...या हमारा मज़हब हमारा मुल्क नहीं हो सकता। हमारा मुल्क है यह ज़मीं...यह मिट्टी...यह हवा...यह पानी और...।"

टिल्लन हैरानगी से उसकी बातें सुनता। हुबहू उसकी अम्मी की बातें...हुबहू वही आवाज़...वही सोच।

लेकिन एक प्रश्न उसे फिर भी तंग किये रहता कि ये पंजाबी हमारे मुल्क में घुस कैसे आते हैं? जबकि सरहद पार करते ही उन्हें पकड़ लिये जाने का ख़तरा था...या फिर गोलियों से भूने जाने का डर।

"टिल्लन मियां, यह बंदोबस्त भी करना ही पड़ता है," उनमें से एक ने जोर से हंसते हुए एक दिन कहा था,' 'दरअसल ये सब पाबंदियां तो सियासी ढकोसलों की मोहताज़ हैं। जबकि हमारी यह आवाज़ ही इन्सानी ज़रूरियात पर कायम है।"

"इन्सानी ज़रूरियात?...यानि...?" हैरानगी से पूछा था उसने।

"अब तुमसे क्या छिपाना, उस्ताद जी? तुम तो अपनों जैसे ही हो। बल्कि अपने ही हो। वैसे भी दोनों मुल्कों की आवाम में कोई फ़र्क नहीं है। न उस दिन था जब बंटवारा हुआ, न आज है यह फ़र्क। ये फ़र्क तो हमारे लीडरान की हवस का नतीजा हैं, उनकी नाजायज़ औलाद। हम-तुम तो अब भी एक हैं। एक ही मालिक है हमारा। हम सब उसी के बेटे हैं," उसने आसमान की तरफ उंगली उठाते हुए कहा,"और हदों के इर्द-गिर्द तैनात फौजी भी उसी के बंदे हैं। हैं या नहीं? अब उनकी कुछ ज़रूरियात भी हैं...जिन्सी ज़रूरियात जिसे हम पूरा करते हैं। बदले में वे हमारी ज़रूरतें पूरी करते हैं। ख़ालिस व्यापार है यह तो।'

"अच्छा?" टिल्लन की हैरानी की कोई इंतेहा ही नहीं रही," तो क्या ये तारों की बाड़...और गोलियों का ख़ौफ़ तुम्हें नहीं होता?"

"होता है, होता क्यों नहीं? लेकिन कभी-कभी। जब कोई बड़ा हादसा हो जाये। तब दोनों ही तरफ सख्ती कर दी जाती है। कभी-कभी कुछ लोग धरे भी जाते हैं। लेकिन हम नहीं। हमें पहले ही ख़बरदार कर दिया जाता है।"

टिल्लन बेचारा सीधा-सादा इंसान! उसे क्या पता था इन बातों का? वह तो सिर्फ इतना जानता था कि उसकी कमाई का एक बड़ा हिस्सा उन पंजाबियों से मिलता था। वह तो यह भी नहीं जानता था कि वे सब रहने वाले कहां के हैं? लाहौर या पंजाब? लेकिन वहां तो खूब धंधा-पानी होगा। फिर इन्हें इस तरफ आने की ज़रूरत ही क्या है?

चलो, होंगे कहीं के। उसे क्या? वह फटाफट नहा कर तैयार हो गया। नाश्ता करके उठा तो धूप का एक टुकड़ा परली दीवार के कोने तक पसर आया था। उसने चाबियां और साइकिल उठाई और तेजी से बाहर निकल गया।

वे तीन थे। तीनों ही लम्बे-तगड़े और हट्टे -कट्टे। दो के हाथों में हल्की लकड़ी के सूटकेस थे।

तब वह ढाबे में बैठे लोगों को चाय नाश्ता भुगता रहा था। जब राम आसरे दौड़ा-दौड़ा उसके पास पहुंचा। उसकी कुहनी को छूकर उसे एक ओर ले गया और हौले से कान के पास फुसफुसाते हुए बोला, "वे आ गये हैं, चाचा।"

टिल्लन जानता था वे कौन? वे...यानि पंजाबी...सरहद पार के पंजाबी। उसने फटाफट एक तरफ लगी लकड़ी की बेंचों को साफ किया। चारपाई को खिसका कर बेंचों के पास लगा दिया और खुद गद्दी पर जा बैठा। बिल्ले को उसने पहले ही कह दिया था, "वे आ रहे हैं। देखना, कोई कमीबेशी न हो।"

बिल्ले ने सिर हिला कर सहमति भर दी।

तीनों सीधे जाकर बेंचों पर जम गये। सूटकेस चारपाई के पास रख दिये। बिल्ले ने फुर्ती से पानी के तीन गिलास उनके सामने पेश किये और अंगोछा कंधे पर रखते हुए झुक कर पूछा, "की ले आवां जी?"

"उस्ताद जी को पता है।" आंखों के ऊपर मोटी भौंहों वाले ने बिना उसकी ओर देखे कहा और पूरा गिलास पानी का गटक गया।

टिल्लन उनकी मांग जानता था। उसने पहले ही आलू के भरवां परांठे और लस्सी के बड़े गिलास तैयार कर दिये थे। लस्सी के गिलास एक ट्रेनुमा थाली में रखते हुए उसने बिल्ले की तरफ देखा—"ले जा। और सुन, वे जो कोने में बैठे है न, दो आदमी, उनसे पूछ ले कुछ और चाहिए तो...।"

"अच्छा जी," बिल्ले ने परांठे और लस्सी के गिलास उठाये और उनको दे आया। फिर वह उन दोनों की ओर बढ़ गया जो काफी देर से कोने में जमे बैठे थे, "कुज हौर ले आवां, साब जी?"

''नहीं...नहीं, कितने हुए?"

''बारह।"

उन्होंने पैसे चुकाये और वहां से उठ गये। जाते-जाते उन्होंने एक बार फिर उन लम्बे-चौड़े पंजाबियों को देखा।

टिल्लन उन पंजाबियों के आने पर किसी और ग्राहक की मौजूदगी पसंद नहीं करता था। उसकी कोशिश रहती थी कि अव्वल तो यहां कोई बैठे नहीं। अगर बैठे तो ज़्यादा देर टिके नहीं।

"इधर आ, बिल्ले, थोड़ी देर बैठ यहां।" वह फुर्ती से गद्दी से उतरा और हाथ धोकर उनके पास आ खड़ा हुआ, "क्या बात है, इस बार देर कर दी आने में?"

"हां, उस्ताद जी। बस, थोड़ा इधर-उधर का जुगाड़ बिठाने में ही 'टैम' निकल गया। कहो, आप तो ठीक हो?"

"हां, मेहरबानी है मालिक की," उसने दोनों हाथ नमाज अता करने की शक्ल में उठा दिये।

"लड़के का ब्याह कहीं किया या नहीं?"...इस बार सफेद कुर्ते वाले ने पूछा और बेवजह हंस दिया।

"अरे, कहां होनी शादी उसकी? दो टके तो बचते नहीं। ठीकरों से थोड़े न करनी है शादी।"

"ख़ैर, जब अल्लाह का करम हो। सब उसकी मर्ज़ी है। हम-आप कौन होते हैं उस पर अपनी मर्ज़ी थोंपने वाले। हो जायेगा कुछ न कुछ।" बड़ी भौंहों वाले ने दिलासा देते हुए कहा।

"हो जायेगा क्यों? हो ही गया समझो, उस्ताद," दूसरे ने ललक में कहा।

"क्या मतलब?" टिल्लन ने सवालिया नज़र से उसकी ओर देखा।

"आपको शायद इल्म नहीं, उस्ताद जी कि दोनों मुल्कों के वज़ीरे-आज़म अगले हफ्ते मिल रहे हैं। दूसरे मुद्दों के इलावा एक मुद्दा यह भी है कि वह सामने जो पहाड़ी आप देख रहे हैं न," उसने आंख के इशारा करते हुए कहा," उसे काट कर एक सड़क बनायी जाये।"

"सड़क?...और वहां से?," टिल्लन ने अविश्वास भरे स्वर में कहा," पहाड़ को काट कर सड़क? दिमाग़ तो ठिकाने है?"

"अभी तक तो है ही। लेकिन पूरी-तफ़सील तो अगले हफ्ते ही मिलेगी। अगर ऐसा हुआ उस्ताद जी, तो आपके तो वारे-न्यारे हो जायेंगे।"

"वह कैसे?" उसने आंखें झपका कर बेवकूफों की तरह उनकी ओर देखा।

"यह पहाड़ी तो सड़क में तब्दील हो जायेगी। और यह जो नदी का एक हिस्सा पहाड़ी के सामने से होकर जा रहा है न, इस पर बनेगा पुल, एक पक्का पुल। दोनों मुल्कों के लीडरान मिल-बैठ कर बात करने वाले हैं। यह भी सुना है कि दोनों मुल्कों के वाशिंदे एक-दूजे के साथ माल की ख़रीद-फ़रोख्त भी कर सकेंगे। अंदाज़ा लगाओ ज़रा कि फिर यहां कितनी आवाजाही हो जायेगी। इस पूरे इलाके में एक आपका ही तो ढाबा है। या है कोई और? सारे व्यापारी लोग तुम्हारे यहीं तो ढुकेंगे।"

"सच?...क्या यह सच है?" टिल्लन का मन खुशी के मारे काबू से बाहर हो रहा था। ख़्वाबों का एक समंदर उसके अंदर हिलोरे लेने लगा।

शाम को उसने समय से पहले ही दुकान बढ़ा दी। साइकिल उठायी और चलने लगा तो सहसा कुछ सोच कर रुक गया। साइकिल बिल्ले को थमाते हुए बोला—"आज तू ही चला इसे।"

"उस्ताद जी, मैं नहीं चलाता इस खटारे को। हाथ-पांव तुड़वाने हैं मैने? अभी तो कुंआरा हूं।" बिल्ले ने हंसते हुए कहा।

"ओए, कुंआरे के पुत्तर! चल पकड़ इसे," उसने ज़बर्दस्ती साइकिल का हैंडिल उसके हाथ में थमा दिया।

साइकिल अभी कुछ ही दूरी पर गयी होगी कि टिल्लन का सोच भरा स्वर सुनायी दिया, "ओए, बिल्ले, क्या यह सच हो सकता है?"

"क्या उस्ताद जी?" बिल्ले ने सीधे देखते हुए पूछा।

"यही सड़क वाली बात...तेरा दिल क्या कहता है?"

"मेरा दिल तो यही कहता है उस्ताद जी कि मेरी तो इस साल भी तरक्की नहीं होगी।"

"ओए, उल्लू के पट्ठे। मैंने तेरी तरक्की के बारे में कब पूछा है?...अच्छा, ज़रा वापस मोड़ साइकिल को।"

"क्यों उस्ताद जी?" बिल्ले ने असमंजस से पूछा।

"ज़रा सहगल साहब के घर होते चलें। वह तो वकील हैं। उन्हें ज़रूर पता होगी यह सड़क वाली बात।"

"न उस्ताद जी। मैं नहीं जाता उनके घर। मुझे उनके झबरे कुत्ते से बोत डर लगता है। आप ही हो आओ।"

"चल उतर फिर। और अपनी चाची को बताते जाना कि मैं थोड़ी देर से पहुंचूंगा।"

"ठीक है।"

टिल्लन सहगल साहब के घर पहुंचा तो वह लान में अकेले बैठे चाय पी रहे थे। टिल्लन को आते देख उठ खड़े हुए। आगे बढ़ कर उसका हाथ थाम लिया, 'टिल्लन मियां! कैसे हो, भई?"

"मेहरबानी है अल्लाह की,' टिल्लन गद्गद् हो उठा कि शहर के इतने बड़े वकील, जिनको मिलने के लिये दिनों पहले समय लेना पड़ता है, ने खुद उठ कर उसका इस्तकबाल किया था।

"कहिए, कैसे आना हुआ इधर?" देसराज सहगल ने नौकर को एक कप चाय और लाने के लिये कहने के बाद टिल्लन से पूछा।

"आपके पास ही आया था।"

"क्यों मियां? क्या बात है? ख़ैरियत तो है न? डॉक्टरों और वकीलों के पास तो लोग बीमारी या मारा-मारी में ही जाते हैं।" उन्होंने हंसते हुए पूछा।

"न बीमारी मुझे यहां लायी है और न ही मारा-मारी। बस, एक बात दिमाग़ में थी तो उसका खुलासा चाहता था।" टिल्लन मियां ने शानदार लॉन को

देखते हुए कहा।

"क्या बात?"

"आप तो कचहरी में हैं। शायद जानते ही होंगे। मैंने सुना है कि अपने खेतों के परे वाली पहाड़ी को काट कर वहां से कोई सड़क निकाली जायेगी। जिस पर पुल बनेगा और दोनों मुल्कों में आवाजाही के इलावा कुछ व्यापार वग़ैरह भी होगा। और इस मुतल्लिक दोनों वज़ीरे-आज़मों में जल्दी ही कोई बातचीत होने वाली है।"

"आपसे यह किसनेकहा?" वकील साहब बेतरह चौंक उठे। बेचैनी से कुर्सी पर पहलू बदल कर पूछा, "कहां सुना है आपने?"

"यहीं कोई चौक पर बात कर रहा था। यह तो ध्यान नहीं कि कौन था लेकिन था किसी दूसरे ही शहर का। लेकिन क्या यह सच है?"

"सच-झूठ से क्या फ़र्क पड़ता है, मियां?' सहगल साहब ने गोल-मोल उत्तर दिया,"ऐसी बेपरकी तो दिन में सैंकड़ों उड़ती हैं। और फिर ये सब सियासी बातें हैं। जितनी तेजी से उठती हैं, उतनी ही तेज़ी से बैठ जाती हैं। इसमें भला आवाम का क्या दखल हो सकता है?"

"नहीं, मैं कुछ और सोच रहा था।" टिल्लन ने थोड़ा झिझकते हुए कहा।

"क्या?" नौकर चाय ले आया तो सहगल साहब ने किंचित व्यवधान के बाद पूछा।

"अगर यह सच है तो इसका असर मेरे काम पर भी पड़ेगा।"

सुन कर सहगल साहब ठहाका मार कर हंस पड़े और देर तक हंसते रहे। टिल्लन हैरान था कि उसने ऐसा क्या कह दिया कि वकील साहब इस कदर हंस रहे हैं।

कुछ देर बाद उनकी हंसी थमी तो बोले, "अरे मियां! आप भी कहां से दूर की कौड़ी उठा लाये? किसी ने कह दिया और सड़क बन गयी? या पुल चालू हो गया? ये सब तो हवाई बाते हैं। इन्हें हवा में ही उड़ने दो। अगर आज भी काम चालू हो जाये तो सालों लग जायेंगे बनते-बनते। और फिर जब बनेगा, तब बनेगा। हम-आप क्यों सिर खपायें? अल्लाह ने चाहा तो आपकी आमदनी में यूं ही इज़ाफा हो जायेगा।"

टिल्लन साफ समझ गया कि वकील साहब उसे टरका रहे हैं। वापस लौटते वक्त भी वह आश्वस्त नहीं था। उसे यह भी विश्वास नहीं था कि वकील साहब कुछ नहीं जानते। जिस तरह वह उसकी बात सुन कर चौंके थे, उससे इतना तो तय हो ही गया था कि उन्हे इस बात का इल्म तो ज़रूर है। न बतायें, तो बात अलग है। यानि वे पंजाबी ठीक ही कहते थे।

टिल्लन ने सड़क और पुल के तामीर होने की बात सुनते ही इतने ख़्वाब अपने अंदर बुनने शुरू कर दिये थे वह उनके टूटने की बात सोच भी नहीं सकता था।

"तो आप आ गये?" घर में घुसते ही रशीदा का प्रश्न उसके सिर पर पड़ा, ''कहिये, क्या खबर लाये हैं?"

कोई ज़वाब न देकर वह चारपाई पर पसर गया, "अरे कुछ पानी-वानी भी पिलाओगी या यूं ही," हांफते हुए उसने वाक्य अधूरा छोड़ दिया।

"पानी भी देंगे, पहले बात तो पता चले। क्या पता चला?" रशीदा पानी के लिये उठती हुई बोली।

"किस बात का पता, बेगम?" उन्होंने मासूम बनते हुए पूछा।

"अरे, लो, अब इनको बात भी बतानी पड़ेगी...बिल्ले ने मुझे सब बता दिया है।"

"बता दिया है तो फिर बिल्ले से ही क्यों नहीं पूछ लेती? कम्बख़्त...चुखलखोर कहीं का। बातें बनाता है पीछे से," गटागट पानी पीते हुए टिल्लन ने कहा।

"तो क्या कुछ ग़लत कहा, क्या? तुम्हीं न कह दो कि सच क्या है?"

"काश! यह सच हो। फिर तो अपनी मुफ़लिसी के दिन भी हवा समझो। यह गये...वो गये।" उसने हवा में ऐसे हाथ लहराये, जैसे कबूतरों को उड़ने के लिये छोड़ रहा हो। फिर वह किसी उमंग में खड़ा हो गया, "एक बात है, बेगम! अगर इत्तफाकन ऐसा हुआ तो हमें अपने खस्ताहाल ढाबे की शक्ल तो बदलनी ही पड़ेगी।"

"लो, ये ढाबे की शक्ल तक भी पहुंच गये। अरे, कुछ पक्का तो पता हो। और फिर एक इकन्नी भी है तुम्हारे पास जो लगाओगे कहीं?"

"बेगम," आवाज़ को निहायत मुलायम बनाते हुए उसने कहा, "अगर कुछ हासिल होने का यकीं हो तो आदमी उधार लेकर भी काम चला लेता है।"

"अरे, आप सठिया तो नहीं गये? नींव उठी नहीं कि चले छत पर चारपाइयां बिछाने! उधार लेंगे ये, हुंह!"

"तुम भी देखती रहना, बेगम, वह दिन ज़रूर आयेगा,' उसने बड़े यकीं के साथ कहा।

"जब आयेगा, तब आयेगा। अभी से क्यों शेखचिल्ली बने जा रहे हैं आप? चलिये मुंह-हाथ धोइये। खाना लगा दूं...फिर आप चैन की नींद सोइये...और ख्वाब देखिये।"

...और आखिरकार बात सच निकली। दोनों मुल्कों के वज़ीरे-आज़म और दूसरे अफसरान बातचीत के लिये बैठे और सड़क व पुल का बनना सौ फीसदी तय हो गया। हर अखबार ने छापा और खूब तसल्ली से छापा। लोगों में चर्चा भी खूब थी इसकी। हर जगह यही बात। ऐसे कैसे हो सकता है? क्या यह मुमकिन है? हकीक़त में ऐसा होगा भी?...यदि होगा तो क्या मुल्क के उस तरफ के लोग यहां से जाने

वालों का यकीं करेंगे?...या वहां से आने वालों का एतमाद करेंगे? कैसे पता चलेगा कि आने या जाने वाले लोग सच में व्यापारी ही हैं, जासूस नहीं? कौन नज़र रखेगा इन पर? क्या ये अफसरशाही लोग जो चंद रूपयों में बिकने को तैयार बैठे हैं?

हर मन में शक था। हर ज़ुबान पर प्रश्न। कैसे?...और क्यों? के सवाल। जहां दो सिर जुड़ते, यही बात उठती। फिर अपने-अपने शुब्ह का ज़िक्र होता। उठते-बैठते, खाते-पीते। यही बात।

इस ख़बर से औरों को चाहे जो लगे, लेकिन टिल्लन मियां बेहद खुश था। क्या-क्या ख़्वाब देख डाले थे उसने इन दिनों। यह होगा तो वह होगा। फिर यह होगा...फिर वह। उसके तो पांव ही ज़मीन पर नहीं पड़ रहे थे। ढाबे में हर आने-जाने वाले से वह यही पूछता,"क्यों भाई साहब, यह सड़क कब बन रही है?...यह पुल कब तक बन कर तैयार हो जायेगा?"

घर में तो वह और भी ज़्यादा उत्साहित होता। अंदर-बाहर होते रशीदा के सामने जा खड़ा होता, "क्यों बेगम, देख लिया न? सच निकली न बात हमारी? बड़ा मज़ाक उड़ाती थीं न तुम कि सठिया गया हूं मैं। मेरा दिमाग़ चल गया है। अब बताओ। अब क्या कहती हो तुम?"

रशीदा क्या कहती? चुप हो रहती।

टिल्लन मियां का यह फितूर अभी कम हुआ भी न था कि सड़क का काम शुरू भी हो गया। अब चार-छह महीने का वक्त भी कोई मायने रखता है क्या? शुरू हुआ है तो ख़त्म भी हो जायेगा।

जिस दिन सड़क बनने की शुरुआत हुई, टिल्लन अपना ढाबा छोड़ कर सारा दिन वहां खड़ा रहा था जहां सैकड़ों मजदूर और बीसियों मशीनें लगी थीं। हालांकि पुलिस का पूरा बंदोबस्त था। थोड़ी बहुत फौज़ भी लगाई गयी थी। लोगों को नज़दीक नहीं जाने दिया जा रहा था। फिर भी लोग अति उत्साह में आगे तक निकल जाते थे। और टिल्लन उन सबसे आगे होता था। काम चलते देख वह खुश हो रहा था।

रात को घर लौटते ही पूरे दिन की रिपोर्ट तफ़सील से वह रशीदा को कह सुनाता—"आज पूरी पहाड़ी को विस्फोट से उड़ा दिया गया। हजारों लोग थे वहां पर। लोग तो पहाड़ी के पत्थर ही उठा कर घर ले गये, यादगार के तौर पर। देखो-देखो, मैं भी यह लाया हूं पहाड़ी का एक टुकड़ा। देखो इसे, छूकर तो देखो।"

"और आज सड़क पर पत्थर भी डाल दिये गये हैं। आज तारकोल पड़ गया है। बस, कुछ ही दिन बाकी हैं। सड़क बनने में। फिर पुल बनेगा। टैम तो लगेगा ही। पूरा पुल बनना है, कोई मखौल थोड़े ही है।"

रशीदा कभी तो उसकी बातें बड़े ध्यान से सुनती, 'देखो, इन्सान कैसे छोटे-छोटे ख्वाबों से ही अपने आपको बहला लेता है। इन छोटे-छोटे ख़्वाबों में ही इतनी

ताकत होती है कि ज़िन्दगी की बेरहमियां वह हंस कर झेल जाता है।"

और कभी वह कह उठती, "कोई काम-धाम नहीं है क्या आपको, जो सारा दिन वहीं खड़े रहते हैं? जब बनना होगा, बन जायेगा पुल। आपकी चौकीदारी की ज़रूरत नहीं।"

एक कोने में लेटा असलम भी उठ कर बैठ जाता। उसकी आंखें भी चमक उठतीं, जब टिल्लन उसके ब्याह का ज़िक्र छेड़ बैठता। उसे भी महसूस होता कि और इन्सानों की तरह उसके ज़िस्म में भी एक दिल है, जो धड़कना जानता है। अगर कहीं पुल बन जाये और आमदनी बढ़ जाये तो वह भी अब्बा से कह सकेगा कि उसका निकाह करीम अली साइकिल वाले की बेटी से कर दे। कैसी निगाहों से देखती है वह उसे, जब कभी वह वहां से गुज़रता है!...या कभी साइकिल का पंक्चर लगवाने जाता है। वह जानता है कि साइकिल में बेशक एक पंक्चर हो लेकिन करीम अली उसे दो पंक्चर बना देता है। फिर भी वह जाता उसी की दुकान पर ही है। इन तमाम पंक्चरों का हिसाब वह उससे बराबर कर लेगा। बस, एक बार पुल बन जाये। और उसका निकाह हो जाये।

रशीदा हालांकि उनके ख्वाबों को ज्यादा तरज़ीह नहीं देती थी। फिर भी कहीं न कहीं उसके दिल में भी यह ख़्वाहिश तो थी ही कि ढाबे की आमदनी बढ़े तो असलम भी गद्दी पर बैठना शुरू करदे...लेकिन कहां? पता नहीं उसे कब अक्ल आयेगी? सारा दिन आवारागर्दी करता है। न कहना मानता है, न घर का कोई काम करता है, न ढाबे का। चिन्ता आख़िर टिल्लन मियां को नहीं होगी तो किसको होगी?

सारी चिन्तायें मिट जायें, अगर...। थोड़ा पैसा ज़रूर लगाना पड़ेगा। ढंग से बैठने की जगह हो जाये और कुछ मेज़-कुर्सियां तो ग्राहक भी आयें। पता नहीं होगा कैसे? कहां से आयेगा पैसा? थोड़े बहुत गहने हैं...वही बेच कर।

गहनों का नाम लेते ही रशीदा बिदक उठी। "क्या कहा? होश तो ठिकाने हैं आपके? मेरे गहने बेचेंगे? उस ढाबे के लिये? न बाबा, न। मैं नहीं दूंगी गहने अपने। कुछ तय भी है कि इससे भला हो जायेगा हमारा?"

"होगा, रशीदा, ज़रूर होगा। अल्लाह पर भरोसा रख। पंचनमाज़ियों की बात वह नहीं सुनेगा तो किसकी सुनेगा? चोर-उच्चकों की?"

"अल्लाह मियां चोर-उच्चकों पर ही मेहरबान होता है आजकल। कलजुग है, कलजुग। देखा नहीं उस लाला नेकचंद को? बस नाम ही नेक है। काम तो देखो। सैंकड़ों पाप करके भी मुटियाता जा रहा है।" रशीदा ने हाथ नचाते हुए कहा।

"मुटिया रहा है तो मेहनत भी तो है न उसकी। खाली तो नहीं बैठा हमारे साहबजादे की तरह। तड़के उठता है और रात ग्यारह बजे सोता है।" उसने टेढ़ी निगाह से रशीदा की ओर देखते हुए कहा।

"खीसे में पैसा था तो कमा रहा है न!...और यह पैसा आया कहां से?

हर कोई जानता है कि उसने मरे बाप का अंगूठा लगवा कर सब ज़मीन जायदाद अपने नाम करवा ली थी। उस नासपीटे ने तो अपनी सगी बहन को नहीं बख्शा। पता नहीं कितना पैसा डकार गया उसका। आज बना फिरता है वह बड़ा अमीर। ग़रीब आदमी तो ग़रीबी में ही जीता है और ग़रीबी में ही मर जाता है। आपको तो अमीर बनने का शौक चर्राया है। दो टके जुड़े आपकी आंखों को अच्छे नहीं लगते क्या?...गहने दे दो इन्हें।"

"ठीक है, नहीं देती गहने तो न सही। मैं कुछ और बंदोबस्त कर लूंगा। तू कलेजे से लगा कर रख इन्हें। तू तो शायद चाहती ही नहीं कि हम तरक्की करें। ढंग की दो रोटी खायें। एड़ियां रगड़ते ही हमारी ज़िंदगी ख़र्च हो जायेगी।" टिल्लन ने झल्ला कर कहा और वहां से उठ कर बरामदे में आकर बड़बड़ाने लगा।

और पता नहीं वह कितनी देर तक बड़बड़ाता रहा।

जैसे-जैसे पुल का काम तेज़ होता गया, टिल्लन के ख़्वाबों का कद भी ऊंचा उठने लगा। वह इस कदर खुश था कि कभी उस बनते हुए पुल को देखता और कभी नयी शक्ल लिये अपने ढाबे को। एक जैसी दस कुर्सियां...तीन बड़ी मेजें...पानी का चमचमाता हुआ टब और चीनी की प्लेटें और कांच के गिलास।...एक बड़ा 'एच एम एच' का रेडियो उसने लकड़ी के फट्टे पर रख दिया था।

पुल अभी पूरा नहीं हुआ था और ढाबे की रौनक बढ़ने लगी थी। नये से नये चेहरे उसके ढाबे पर दिखायी दे रहे थे इन दिनों। कई बार तो इंजीनियर साब भी आ चुके थे खाना खाने। इन्हीं से पता चलता है कि बस, कुछ ही दिन बाकी हैं।

टिल्लन दिन गिन-गिन कर खुश हो रहा था। उसकी खुशी छिपाये नहीं छिप रही थी। हर किसी से वह यही कहता फिरता, "पुल बनने वाला है। अब तो इस इलाके के साथ-साथ इन दुकानों की भी किस्मत चमकेगी। सबसे पहले तो मैं हंसराज सहगल का पैसा वापस करूंगा। फिर कुछ पैसे जोड़ कर असलम की शादी करूंगा और उसे बिठाऊंगा ढाबे पर। कहूंगा, बैठ पुत्तर, जाता कहां है तू? अब अपना कमा-खा और मजे ले। बस, चालू तो हो पुल। जिस दिन चालू होगा, खूब रोशनी करूंगा ढाबे पर और उस दिन सबको खाना मुफ्त...खाओ...और खुशियां मनाओ। अमन-चैन से रहो...सारे फासले भुला दो।" जुनूनियों का सा नशा था उसकी बातों में। लोग कहते कि टिल्लन मियां पागल हो गया है। घर में घुसता तो रशीदा अजीब निगाहों से देखती उसे। जहां जाता, उसकी नज़रें पीछा करतीं। उसे चुप पाकर वह कहती, "क्यों आज बड़ी चुप्पी साधे हुए हो। कुछ कहो तो कि आपके पुल के क्या हाल हैं? बन गया क्या?"

"बन रहा है। वक्त पर पूरा भी हो जायेगा। और कुछ पूछना है?," वह

झल्ला उठता,'' थके-मांदे घर पहुंचो...सब मज़ाक उड़ाने लगते हैं। जब ढाबे का बढ़ा हुआ मुनाफा तली पर धरता हूं तो क्या तब नहीं पता चलता कुछ? फ़र्क नहीं महसूस होता पुल बनने का?"

"फ़र्क क्यों नहीं पता चलता? फ़र्क तो मुझे आप में भी बहुत दिख रहा है।" वह ठिठोली करके हंस पड़ती।

"अभी क्या दिखा है? अभी तो पूरे इलाके का नक्षा बदलेगा। देखती रहना।" टिल्लन बड़े विश्वास के साथ कहता।

"चलिये, देखते हैं आपकी यह बात कहां तक सच होती है? मुझे तो इसमें ऐसी कोई अच्छाई दिखती नहीं।"

"अच्छाई तो तुम्हें मुझमें भी नहीं दिखती।" जब रशीदा के तंज़ बढ़ने लगते तो वह चिढ़ जाता। एक ओर मुंह किये बैठा रहता और ज़ोर-ज़ोर से बीड़ी के सुट्टे लेने लगता। गहरे-गहरे कश लेते हुए सोचता, "काश! लोग मेरे यकीन पर यकीन कर सकें।'

अंततः विश्वास करना ही पड़ा था लोगों को। पुल बन कर तैयार हो चुका था। दूर तक सांप की तरह बल खाती सड़क और दोनों तरफ कटे हुए पहाड़ों के अवशेश। लोगों का हुजूम टूट पड़ा था उस तरफ। दूर तक सिर्फ नरमुंड ही दिखायी पड़ते। दौड़ते हुए पांव। रंग-बिरंगी पोशाकों में सजे लोग। कंधों पर बैठे बच्चे। सहारा लिये बूढ़े और उल्लसित जवान लोग। जैसे किसी उत्सव में शामिल होने जा रहे हों।

लोगों के चेहरों पर खुशी की लहरें देख कर टिल्लन खुश था। उसकी खुशी इस मायने में भी दुगुनी हो गयी थी कि आज पहली बार असलम गद्दी पर बैठा था।

टिल्लन तेज़-तेज़ कदम उठाता और भीड़ में से रास्ता बनाता सबसे आगे निकल जाने की कोशिश में था। रशीदा भी उसके साथ थी अपनी शक्ति भर फुर्ती से चलती हुई। आज तो उसे भी विश्वास हो गया था कि टिल्लन ग़लत नहीं कहता था।

टिल्लन बार-बार उस पर खीज उठता, "जल्दी क्यों नहीं चलती हो? जब बस चल पड़ेगी तब पहुंचोगी? जल्दी चलो।"

पुल के एक तरफ फूलों से लदी बस खड़ी थी। चारों ओर पुलिस ही पुलिस छितराई हुई थी। पुल से काफी पहले ही तार लगा कर आगे जाने का रास्ता बंद कर दिया गया था। कम से कम चार सौ गज़ का फासला तारों से घिरा था।

टिल्लन और रशीदा ने जब तारों को छुआ तो दोनों मुल्कों के वज़ीरे-आज़म उस शानदार 'स्टेज' पर पहुंच चुके थे, जहां कई अफसरान पहले ही मौजूद थे। उनके वहां पहुंचते ही भीड़ में हलचल बढ़ गयी और धक्का-मुक्की और भी ज़्यादा होने लगी थी। टिल्लन और भी मजबूती से रशीदा का हाथ थामे हुए था। रशीदा

का हाथ पकड़े उसे बहुत रोमांच महसूस हो रहा था।

मुहूर्त की घड़ी पास आती जा रही थी। सूरज भी सिर तक पहुंच चुका था। यूं तो मौसम सुहावना था लेकिन भीड़ होने के कारण घुटन और उमस बहुत ज़्यादा महसूस हो रही थी। फिर भी लोग हौसलों के साथ खड़े थे। उत्सुक थे उस क्षण को देखने के लिये जो एक इतिहास बनने जा रहा था। लोग यह सोच-सोच कर और भी ज़्यादा खुश हो रहे थे कि वे सब भी उस इतिहास का एक अहम हिस्सा बनने जा रहे थे।

तब पूरा आकाश तालियों की गड़गड़ाहट से गूंज उठा, जब दोनों देशों के वज़ीरे-आज़म अपनी-अपनी तकरीरों के बाद बस को हरी झंडी दिखाने के लिये उठे।

इधर हरी झंडी हिली, दो साझा हाथों ने अमन का परचम हवा में लहराया। चलने का संकेत पाकर इधर बस ने रेंगना शुरू किया और उधर एक बार फिर तालियां बज उठीं। सैकड़ों नारों ने चारों दिशाओं को गुंजा दिया। लगता था जैसे दोनों मुल्कों की आवाम की आवाज़ वहां सुनायी पड़ रही है।

खुशी के मारे टिल्लन की आंखों से आंसू छलक उठे। उसने भावातिरेक में रशीदा का हाथ हौले से दबाया और मुस्करा दिया। रशीदा ने भी उसके हाथ पर अपना कांपता हुआ हाथ रख दिया। फिर ज़ोर-ज़ोर से उन लोगों की ओर हाथ उठा कर हवा में लहराने लगी जो बस में सवार थे और खिड़कियों से हाथ निकाल कर उमड़ती हुई भीड़ का अभिवादन कर रहे थे।

बस की रफ्तार लगातार बढ़ती गयी और इसके साथ तालियों व नारों की गूंज भी। कुछ दीवानावार लोग तो वहशियों की तरह चीखते-चिल्लाते बस के पीछे-पीछे भाग लिये थे। भागना तो टिल्लन भी चाहता था लेकिन उम्र की ज़ंजीरों ने उसके पांवों को बांध कर रख छोड़ा था। वह तो सिर्फ तेज़-तेज़ कदमों से चलता हुआ आगे बढ़ रहा था।

अभी बस पुल के बीचों -बीच पहुंची ही थी कि अचानक एक ज़बर्दस्त विस्फोट हुआ और पुल के चिथड़े उड़ गये। विस्फोट इतना अचानक और इतना शक्तिशाली था कि बस के साथ-साथ पीछे दौड़ते लोगों के भी चिथड़े हवा में बिखर गये। अमन-चैन की उम्मीद में इकट्ठे हुए लोग इस कदर हैरान-परेशान थे कि बुत ही बने रह गये। खुद टिल्लन भी फटी-फटी आंखों से यह नज़ारा देख रहा था। अपनी आंखों के ऐन सामने उसने बस और बस में सवार बीसियों सवारियों और सैकड़ों तमाशबीनों को टुकड़े-टुकड़े होते और हवा में बिखरते देखा।

ठीक उसी समय टिल्लन को भी एक ज़बर्दस्त धक्का लगा। उसे ऐसा महसूस हुआ कि कोई वजनी चीज़ उसके ज़िस्म पर आ गिरी है। रशीदा का हाथ उसके हाथ से छूट गया और वह पलटी खाकर औंधे मुंह ज़मीन पर जा गिरा। दहशत के मारे उसकी जुबान एकदम सुन्न हो गयी, जब उसने किसी इन्सानी ज़िस्म का

टुकड़ा, एक लहुलूहान टुकड़ा अपने ज़िस्म पर गिरा पाया। गिरते हुए उसने रशीदा की एक तेज़ चीख अवश्य सुनी थी।

वह पूरे ज़ोर से चिल्लाना चाहता था लेकिन वह यह देख कर हैरान-परेशान था कि उसकी आवाज़ उसके हलक से निकल ही नहीं पा रही थी। दो-एक बार उसने ज़बर्दस्ती चीखने की कोशिश की सिर्फ़ यह जानने के लिये कि कहीं वह सचमुच अपनी आवाज़ तो नहीं गंवा बैठा? गूंगा तो नहीं हो गया?...किन्तु वह चिल्लाने में किसी भी तरह कामयाब नहीं हो सका। उसके जिस्म पर गिरे गोश्त के टुकड़े ने उसे भी लहू से भिगो दिया था। उसने बला की तेज़ी से उस गोश्त के टुकड़े को परे फेंका और बदहवास सा रशीदा को पुकारने लगा।

वहां इतनी चीख-पुकार मची हुइ थी कि उसे अपनी आवाज़ भी सुनायी नहीं दे रही थी जो बमुश्किल उसके हलक से निकली थी। उसे तब बेइंतहा खुशी हुई कि जब उस बदहवास भीड़ में भी रशीदा ने उसे ढूंढ निकाला था। भाग कर उसने रशीदा की बांह पकड़ी और एक तरफ दौड़ पड़ा। फटी हुई आंखों से उसने अपने कुर्ते पर चिपके लहू को देखा और फिर उसे छूकर देखा। फिर दिमाग़ पर जोर दिया। जब कुछ भी उसके पल्ले न पड़ा तो उसने उसे सूंघ कर देखा। उस लहू में न तो उसे अपने इलाके की बू आ रही थी और न ही अपनी आंखों में बसे सरहद पार के मुल्क की बू। वह उस लहू से किसी भी नतीजे पर न पहुंच सका था।

लहू रंगे हाथों में किसी भी कौम की बू न पाकर उसे कुछ निराशा के साथ-साथ थोड़ी तसल्ली भी हुई। उसने पल भर ठहर कर अपने होशोहवास सम्भाले और दहशज़दा निगाहों से अपने इर्द-गिर्द देखा। बड़ा ही ख़ौफ़नाक मंज़र उसके सामने था। चारों तरफ खून ही खून...चारों तरफ लाशें...तड़पते-बिलखते हुए लोग... बचाओ-बचाओ की आवाज़ें...और रोने-चिल्लाने के स्वर। ख़ौफ़ खाये लोगों की भागती भीड़। जो वहां बचे थे वे सुन्न और बदहवास थे। न उनका शरीर ही साथ दे रहा था, न दिमाग़।

टिल्लन ने सामने तड़पते लोगों को देखा। उसका जी हुआ कि घबरा कर भाग जाये वहां से। चारों तरफ खून बिखरा देख उसे उबकाई आने को हो रही थी। उसने एक बार अपने हाथों को देखा। फिर असमंजस में सिर हिलाया, फुर्ती से रशीदा की गिरफ्त से अपना हाथ छुड़ाया और पागलों की तरह दौड़ पड़ा। दौड़ते हुए उसे लगा कि वह बम पुल पर नहीं उसके ढाबे पर गिरा है और उसके ढाबे के चिथड़े उड़ गये हैं।

हत्यारे

ऐसा सिर्फ़ उसे ही लगता है या...? वह हमेशा ही अकेला रहता है। स्कूल में...घर में...बाहर। यहां तक कि अपने सपनों में भी।

आदमी अकेला क्यों होता है? किसी अटकी हुई सांस की तरह सोचता है वह। तब, जब उसके चारों ओर लोगों की भीड़ जुटी हो और कोई उसके साथ न हो। यानि वह स्वयं अपने साथ हो। लेकिन जब स्वयं भी अपने साथ न हो तब? तब भी अकेला।...और जब अपने अकेले होने का एहसास उसके इर्द-गिर्द लिज़लिज़ी छिपकलियों की तरह दबे-दबे उसके सिर पर गिरने को आतुर हो...तब?

कितनी सख्त है अकेले होने की शर्त! किसी के साथ नहीं होना।...अपने साथ भी नहीं होना।...अपने एहसास के साथ भी नहीं होना। लेकिन क्यों?

हर रात, जागते हुए वह जो सपने देखता रहता है, वे भी तो उसे अकेलेपन में धकेलते हैं। सोते हुए सपने देखना उसके हिस्से में नहीं आया। क्योंकि जब वह सो रहा होता है, तब सपना नहीं देखता।...और जब सपना देखता है, तब सो नहीं रहा होता।

चाहता तो वह भी है कि जितना सम्भव हो, सपनों से बच कर सोये। लेकिन यह उसकी आदत बन जायेगा, उसे स्वयं भी पता नहीं था। वैसे उसे यह नहीं पता कि इतने वर्शों से वह साइकिल पर सवार होकर दौड़ रहा है तो क्यों? हर रात वह अकेला ही निकल पड़ता है सड़क पर साइकिल चलाने।...हर रात अकेली होती है। उसकी तरह। कई वर्शों से। वर्शों में अपने अकेलेपन को मापना अच्छा नहीं। सुविधाजनक बेशक हो।

...और हर रात बरसात होती है। कई वर्शों से। वह हर बार पीछे मुड़-मुड़ कर देखता है। पीछे है एकदम वीरान सड़क का पहला छोर। उस छोर के दूसरी तरफ घने पेड़ों की घनी अनुभूतियां पसरी पड़ी हैं। अनुभूतियों के बारे में सोचना उसे अभिशाप जैसा लगता है। फिर भी वह चलता रहता है। जैसे लगातार चू रहे आसमान के नीचे साइकिल पर चलते रहने को विवश है वह। खम्भों पर लटकी

रोशनियों में टपकती बरसाती बूंदों की लयबद्धता उसे अचम्भित करती है।

भीगे हुए वर्शों में स्वयं को भिगोते रहना भी वह सहन करता है। क्योंकि सड़क का अगला छोर भी अकेला है। सड़क...जो उसकी उम्र से भी लम्बी है।... जो इस शहर की उम्र से भी लम्बी है। जो इस शहर की सोच से भी लम्बी है।... तो शहर सोचता भी है?

गीली सड़क पर ठहरे पानी पर गिरती बूंदों की टप-टप...गोल घूमते पहियों से उत्पन्न 'सड़प-सड़प' की आवाज़ें और पैडल पर लगातार दबाव बनाते उसके पैर। वह हैरान है कि बरसात हर रोज़ क्यों होती है? और वहीं क्यों होती है, जहां वह होता है? पूरे शहर में क्यों नहीं होती? सब घरों की दीवारों को क्यों नहीं भिगोती?... उसके अपने घर में भी सिर्फ़ उसी के कमरे में क्यों होती है?

पैडल पर पांव चलाते हुए वह सोचता है। पानी की बूंदें लगातार उसके सिर से चू रही हैं। बूंदे उसकी साइकिल के हैंडल पर गिरती हैं...गिर कर उछलती हैं...उछल कर टूट जाती हैं। बिखराव इतना आसान होता है?

सड़क के दोनों तरफ अंधेरा है। उस अंधेरे को चुनौती देती है खम्भों पर लटकती रोशनीनुमा धुंध।...या धुंधनुमा रोशनी। क्या फर्क पड़ता है!

सामने वाले पुल से नीचे रफ़्तार से लुढ़कते हुए सफेद रंग की एक कार उसके साथ-साथ चलने लगती है। हर रात जब भी वह अकेला इस सड़क पर निकलता है, यह कार उसके साथ-साथ चलती है। कार में एक तरफ बैठा है एक नीला ब्लाऊज़ जो बिल्कुल बौना लगता है कार में हल्की रोशनी के बीच। जबकि उसे पहनने वाले शरीर का कद खासा अच्छा है।...दूसरी तरफ, ड्राइविंग सीट पर बैठी है एक ब्राऊन पतलून, जो कभी-कभी ब्लाऊज़ को अपनी ओर खींचती है।... और कभी-कभी ब्लाऊज़ स्वयं उसके कंधे पर लुढ़क जाता है।

उसकी मम्मी ने यह नीला ब्लाऊज़ शहर के सबसे मशहूर दर्जी से बनवाया है। ऊंची कीमत देकर। मम्मी चीज़ों की कीमत चुकाना जानती हैं। क्योंकि वह चीज़ों को पहनने का सलीका जानती हैं। चीज़ों को सलीके से रखा जाये तो वे भी अपने होने का एहसास कराती हैं।...जैसे यह पतलून। और यह कार। सफेद रंग की।

अक्सर यह कार उसके घर पर आकर रुकती है। पहले ब्लाऊज़ उतरता है। एक बार अपने को व्यवस्थित करता है। फिर चल पड़ता है उस ब्राऊन पतलून के साथ-साथ, जो खुद भी उतर कर अपने को ऊपर की ओर खोंसती है और चल पड़ती है ब्लाऊज़ के साथ-साथ। दोनों साथ-साथ चलते हैं। कभी एकदम सुबह। लगभग दस बजे। जब हर कोई व्यस्त आदमी अपने काम पर निकल चुका होता है।...या कभी दोपहर। जब धूप पूरे शहर को पीले तपते हुए चकत्तों में बदल देती है। वीरान और उदास चकत्तों में।...और कभी शाम को।...और बहुत कम रात को। रात को तभी जब पापा शहर से बाहर होते हैं।

हालांकि गुनाहों को आवारागर्दी करने की सहज छूट रात में ही है। फिर भी चालाक गुनाह सुबह या दोपहर को ही बाहर निकलते हैं। शायद इसलिये कि उनकी पीठ पर चस्पां होने के लिये कोई आंख वहां नहीं होती। होती भी है तो क्या? वह दीदी की तरह देखती है। देखकर चुप ही रहती है। नहीं, वह चुप नहीं रहती। कोई न कोई गाली उगलती है। लेकिन ऐसे, जैसे उसे निगलने की कोशिश कर रही हो। शायद यही ज़रूरी लगता है उसे अपने लिये। 'बेबी,' जब कभी दोपहर को वह सफेद कार घर पर होती है तो मम्मी उसे पुकारती है—'क्या कर रही हो? शॉपिंग के लिये जाना है? मेरी शॉपिंग भी कर आना। कार चाहिये तो ले जाओ।...मैं तो बहुत थक चुकी हूं। थोड़ा रिलैक्स करूंगी।'

वह जानता है मम्मी का रिलैक्स होना। पहले चेंज करेंगी। मम्मी के पास ढेर कुछ है चेंज करने के लिये। क्योंकि वह यह भी जानता है कि मम्मी बाहर के कपड़े घर पर नहीं पहनतीं। वैसे ही, जैसे घर के कपड़े बाहर नहीं पहनतीं। तभी तो उन्हें 'चेंज' करने की ज़रूरत होती है।

अब नीली साड़ी नीला ब्लाऊज़ उतारेंगीं। और पहनेंगी कोई ब्राऊन ड्रेस।... या फिर क्रीम। बिल्कुल पतलून का मैचिंग। नीला ब्लाऊज़ और ब्राऊन पतलून।... यह भी कोई मैचिंग है भला? फेंको इन्हें। मैचिंग डालो। ब्राऊन वर्सेज़ ब्राऊन।... या क्रीम वर्सेज़ क्रीम।...दिखावे के रंग। असली रंग तो रोशनी के रंग हैं। रोशनी के रंग जैसा ब्लाऊज़।...रोशनी के रंग जैसी पतलून।

'तुम्हारे शरीर की रंगत बिल्कुल रोशनी जैसी है, डार्लिंग।' एक दिन अपने अंतरंग क्षणों में पापा ने मम्मी को कहा था। वह सुनना नहीं चाहता था। बस, सुना गया था। उसे बहुत शर्म आयी थी। लेकिन पापा को नहीं। उन्हें ऐसे ही रंग बहुत पसंद हैं।

इधर दीदी कार लेकर शॉपिंग को निकलती हैं और उधर मम्मी का ब्लाऊज़ रोशनी का रंग बन जाता है। वह पतलून भी। एक ही रंग। एक से चेहरे। धीरे-धीरे लाल सुर्ख होते हुए।

उसे याद है, एक दिन पापा ने कहा था...। नहीं, पापा ने नहीं कहा था। उसने कहीं पढ़ा था शायद। क्योंकि पापा तो कभी कुछ कहते ही नहीं। हां, उसने कहीं पढ़ा था कि रोशनियां हमेशा एक-दूसरे को काट कर चलती हैं। यही ट्रेजेडी है।

लेकिन यहां तो रोशनियां ऐसे एक-दूसरे में मिल रही हैं कि...। अचानक वह सामने वाला कमरा हिलने लगता है। वह घबरा जाता है। उसकी सांस फूलने लगती है। शरीर में तनाव फैलने लगता है। वह दौड़ कर अपने कमरे में चला जाता है। दरवाजा बंद करके कितनी ही देर उसके साथ सट कर खड़ा रहता है। हांफता हुआ। उसकी आंखें बंद हैं। फिर भी वह रोशनियों को टकराते हुए देख रहा है।

चियर्स। बार-बार चियर्स। ठंडी बर्फ लगी बियर में उबलते सूरज जैसा

चियर्स। अचानक कहीं एक ज़ोरदार धमाका होता है और सूरज के उबाल वाली बियर रोशनी के रंग वाली चादर पर बिछ जाती है। किसी धब्बे की तरह।

'एब्सर्ड पेंटिंग। बड़ा चित्रकार बना फिरता है' पापा कहते हैं 'बस धब्बे ही तो बनाता है वह। नीले-पीले-लाल।'

ब्राऊन पतलून वाला इसकी परवाह नहीं करता। लेकिन एब्सर्ड पेंटिंग उसे सफेद चादरों पर अच्छी नहीं लगती। वह इसे महसूस कर जाता है। लेकिन मम्मी बेपरवाही से कहती हैं, 'छोड़ो न। एन्जॉय योर सेल्फ।'

वह बड़ा चित्रकार हंसता है। मम्मी भी हंसती हैं। दोनों हंसते हैं। हंसना ब्राऊन ब्लाऊज़ की मजबूरी है।...ब्राऊन पतलून मम्मी की मजबूरी। मम्मी उसकी पेंटिंग ऊंचे दामों में बिकवा सकती हैं। अक्सर उसकी प्रदर्शनी वही अरेंज करती हैं। सम्बन्ध यहीं तो काम आते हैं। बड़े-बड़े लोगों का जमावड़ा होता है। बड़ी-बड़ी चर्चायें। चर्चा में होती हैं अक्सर बड़ी चीज़ें, जो छोटे शहरों से उठा कर बड़े शहरों में संवारी जाती हैं ताकि उनकी ऊंची बोली लगाई जा सके।

बोली लगाने की जगह अक्सर बदल जाती है। कभी इस शहर तो कभी उस शहर। दिन-रात की भागदौड़। कई-कई दिनों तक मम्मी का घर आना नहीं हो पाता। रात को फोन बदस्तूर आता है।

'कब आ रही हो?' पापा हमेशा एक ही प्रश्न पूछते हैं।

'यहां से निपटते ही आऊंगी।' मम्मी हमेशा एक ही उत्तर देती हैं। पापा ज़्यादा कुछ नहीं पूछते। मम्मी ज़्यादा कुछ नहीं बतातीं। पापा को फोन पर ही जैसे किसी के जीभ लपलपाने की आवाज़ सुनायी पड़ती है। साथ में मम्मी की फुसफुसाहट, 'अरे, क्या करते हो, यू बीस्ट?'

...पापा अब थकने की तैयारी में हैं।

पापा के चेहरे पर अचानक थकान उतर आती है। यह थकान सिर्फ तभी नहीं उतरती, जब आदमी थका हुआ हो। तब भी उभर आती है, जब वह थकने की तैयारी में होता है।

वह जानता है मम्मी भी थक कर चूर हो गयी होंगी। अब थकान उतार रही होंगी। यह तो सभी जानते हैं कि वह थक कर अक्सर कहती हैं—'एन्जॉय योर सेल्फ।' और सारी थकान दूर कर लेती हैं।

पापा के पास थकान हो तो महंगी विदेशी शराब के दो-चार पैग लगा लेते हैं। दीदी के पास अपने उपन्यास हैं। उपन्यासों में पात्र हैं और उसके पास?

...सिर्फ थकान ही थकान। इतनी ज़्यादा कि कभी-कभी वह खुद ही थकान हो जाता है। इस थकान का असर उसकी पढ़ाई पर भी पड़ता है। इसीलिये प्रिंसिपल सर पापा को बुलाते हैं। 'लुक, जस्ट वाच हिज़ रिपोर्ट। लगातार नीचे जा रहा है। ऐसा कैसे चलेगा?'

पापा अपनी आंखों में चिन्ता भर कर उसकी ओर देखते हैं। 'ऐसा कैसे चलेगा?'

वह सिर झुका लेता है। कुछ नहीं बोलता।

'ओ.के.। मैं देखता हूं।' पापा थैंक्स कह कर उठ खड़े होते हैं। प्रिंसिपल सर उनके आश्वासन से आश्वस्त हैं। वह सिर हिला कर अपनी मुस्कान को रबड़ की तरह खिंच जाने देते हैं। पापा के जाते ही जो फिर अपने स्थान पर सिकुड़ जाती है।...जाते हुए पापा एक बार फिर उसकी ओर देखना नहीं भूलते। एक अजीब किस्म की निर्लिप्तता उनकी आंखों में है।

वह कमरे में खड़ा रहता है। हमेशा की तरह। प्रिंसिपल सर जाते हुए उसके सिर पर हाथ फेरते हैं, 'व्हाट हैपन्ड, माई ब्वॉय? यू आर ए ब्रिलियंट चैप!'

ब्रिलियंट!

यह हाथ तो पापा का होना चाहिये था। वह खुश होता। शायद हमेशा की तरह पापा के पास समय नहीं है। उस दिन भी नहीं था, जब पापा उसके पास आये थे।

'यह लो।' पापा ने कहा था। उसने नज़र उठा कर देखा। पापा थोड़ा सा मुस्कुराये। मजबूरी में मुस्कराना क्या ज़रूरी होता है?

'...?' वह प्रश्नवाचक दृष्टि से पापा के हाथ में पकड़े डिब्बे को देखता है।

'वीडियो गेम है। तुम उस दिन कह रहे थे न।...लो, अब तो खुश हो न? खेलो।' पापा का चेहरा फुसफुसाता है। आजकल पापा बोलते कम हैं, फुसफुसाते ज़्यादा हैं।

उस दिन? वह सोचता है। उस दिन कब? मैंने कब कहा वीडियो गेम के लिए? उसे याद नहीं पड़ता।

पापा 'खेलो' कहकर वापस मुड़ जाते हैं। अपनी ओर से उन्होंने गेम उसे पकड़ा दी है। बिना यह देखे कि उसने ली या नहीं।...या उसे छूकर देखा। गिर ही जाती, अगर वह लपक कर पकड़ता न तो।

पापा के साथ यही तो दिक्कत है। चीज़ें एकदम अपने हाथ से छोड़ देते हैं। जैसे बरसों पकड़ी रखी हों। और वह थक गये हों पकड़े-पकड़े। नहीं देखते कि वह चीज़ गिरी या...?

पापा वापस चले जाते हैं। उस दरवाजे से अंदर भी नहीं आये जो हमेशा बाहर की ओर खुलता है?...और बाहर की ओर जाता है।

उसने गेम को देखा। देख कर सोचा। उसके कमरे का दरवाजा हमेशा बाहर की ओर ही क्यों खुलता है?...और बाहर की ओर ही क्यों जाता है? दरवाज़े हमेशा बाहर जाने के लिये ही होते हैं? जाकर वापस आने के लिये नहीं? एक ही दरवाज़े से जाना और आना नहीं हो सकता? फिर मेरे कमरे में बाहर से भीतर आने वाला दरवाज़ा कहां है?

वह गुस्से से वीडियो गेम का डिब्बा दीवार पर दे मारता है। गेम टूट कर बिखर जाती है। प्लास्टर उखड़ कर फ़र्श पर आ पड़ता है। वह वहीं खड़ा रहता है। एकदम साबुत।...साबुत?

कुछ गिरने...कुछ टूटने की आवाज़ सुन कर दीदी दौड़ी आती हैं। उनकी आंखों में उनींदापन-सा कुछ है और हाथ में एक उपन्यास। उस अंग्रेजी उपन्यास के भीतर कुछ पात्र हैं। चेहरे पर सलवटें लिये।...और नंगे।

'यह क्या बकवास है? इतना शोर क्यों मचा रहे हो तुम? मुझे डिस्टर्ब होता है।' दीदी की आवाज़ गुस्से में और भी पतली हो जाती है।

शोर?...और मैं?...कहा?...और डिस्टर्ब सिर्फ तुम ही होती हो? मैं नहीं होता? तुम्हारे माथे की सिलवटों से। सारा दिन उठाये घूमती हो। थकतीं नहीं?

वह चाहता है कहना। कहता नहीं। चुप रहता है। दीदी भी कुछ और नहीं कहतीं। उनके हाथ में पकड़े उपन्यास के पात्र कसमसा रहे हैं। भागने की तैयारी में हैं शायद। भाग गये तो।

वह वापस मुड़ गयीं। दनदनाती हुई। नहीं देखा कि क्या टूटा। और कैसे? भीतर आतीं तो देखती न। वह भी भीतर नहीं आयी। कोई नहीं आता। क्योंकि भीतर आने वाला दरवाज़ा है ही नहीं।

वह फिर अकेला हो गया। दरवाज़े के इस तरफ। कहां जाये वह? किसके पास जाये? कोई होता तो निकलता न बाहर? उसी दरवाज़े से, जहां से कोई भीतर नहीं आता। कोई वापस नहीं लौटता। सिवाय उसके। चुपचाप। क्या सचमुच?

आजकल बूंदाबांदी बढ़ गयी है। उसकी साइकिल की रफ्तार भी। कितनी दूर निकल आया है वह। पैडल चलाते हुए पिंडलियां थक गयी हैं। रुकता फिर भी नहीं वह। रुकता होता तो इतने वर्शों से साइकिल चलाता?

रुकना वैसे भी उसके वश में कहां है? किसी के वश में भी कहां है? वर्शों से यह बरसात रुकी? रोशनीनुमा धुंध...या धुंधनुमा रोशनी का गिरना रुका?...या उसके पैर रुके? उसकी सोच रुकी?

उसे कई बार अपने आप पर वहम होता है। वह चल भी रहा है या अपने कमरे में ही बैठा है? उन रास्तों की तरह जो चलते-चलते अचानक मकानों में घुस जाते हैं। उन्हें भी वहम है कि वे चल रहे हैं। असल में वे कहीं नहीं जा रहे होते। कहीं नहीं जाते। न ही कहीं ले जाते हैं। कहीं ले जाते तो शायद तो ये सारे मकान, मकान न होते...घर हो जाते। इतना आसान है मकानों का घर होना?

...आजकल पता नहीं क्यों, मम्मी उसे जब भी देखती हैं, बड़ी अज़ीब निगाहों से देखती हैं। कभी-कभी उनकी आंखों में एक नामालूम सा ख़ौफ़ भी दिखायी देता

है। तब मम्मी की देह में एक कम्पन सा महसूस होता है। मम्मी इसका ज़िक्र पापा से भी करती हैं—'वह बहुत अजीब सा व्यवहार करता है। मिस्टीरियस। कभी-कभी बहुत 'रूड' हो जाता है। लाइक ए बीस्ट।'

'बीस्ट?' पापा एकदम हंस पड़ते हैं। यह शब्द पहले भी उन्होंने कहीं सुना था। शायद मम्मी के मुंह से ही।...परंतु याद नहीं पड़ता कब?

पापा हंसते हुए मम्मी को अपनी ओर खींच लेते हैं और बेसब्री से सबसे नर्म रोशनी के गोल दायरों को अपनी मुट्ठी में भींच लेते हैं। मम्मी चिहुंक कर पापा के हाथ झटक देती हैं। और चादर गर्दन तक तान लेती हैं।

मम्मी को लगता है कि पापा शायद उनकी बात को सीरियसली नहीं ले रहे हैं। जिस ढंग से उन्होंने 'बीस्ट' कहा, उससे तो ऐसा ही लगा।

'ओ.के.। मैं देखूंगा उसे,' पापा उन्हें मनाने की कोशिश करते हैं। मम्मी टेढ़ी नज़र से उन्हें देखती हैं। जैसे उसके प्रिंसिपल सर शरारती लड़कों को देखते हैं।

'सुनिये,' मम्मी पापा की ओर मुंह कर लेती हैं, 'आप एक बार राठी से क्यों नहीं मिलते?'

'डॉक्टर राठी से?' अब चिहुंकने की बारी पापा की है—'क्यों? तुम क्या सोच रही हो कि वह पागल हो गया है?'

पापा की आवाज़ में एकदम गुस्सा उतर आता है। वह उठ कर बैठ जाते हैं। मम्मी उनके एकाएक उठ बैठने से परेशान हो उठती हैं, 'नहीं, मैंने ऐसा तो नहीं कहा। लेकिन वह दूसरे बच्चों जैसा बर्ताव नहीं करता। कई दफा तो वह बच्चों की तरह ही बर्ताव नहीं करता। किसी बच्चे का बूढ़ा बर्ताव क्या परेशान नहीं करेगा?'

बच्चे का बूढ़ा बर्ताव! पापा भी सोच में पड़ जाते हैं। उठ कर परेशानी की हालत में कमरे में टहलने लगते हैं। चेहरा जैसे किसी दूसरे का चेहरा हो जाता है। मानते तो वह भी हैं कि उसमें बच्चों वाली बातें कभी-कभी नहीं दिखायी पड़ती हैं। लेकिन डॉक्टर राठी?...यानि साइकिक काउंसलिंग? नो, नॉट पॉसिबल। नॉट इन एनी कंडीशन।

'लेकिन तुम्हें कैसे पता?' तेजी से चलते उनके कदम मम्मी की ओर मुड़ जाते हैं। प्रश्न में जो तीखापन है, वह उनके भीतर के अविश्वास और गुस्से को साफ प्रकट करता है।

'क्यों? कुछ भी जानने के लिये पहले तर्क ढूंढना ज़रूरी होता है क्या? मम्मी के स्वर में भी एक असंतुलन आ जाता है।

'नहीं, मेरा वह मतलब नहीं।...लेकिन तुम इतना तो समझती ही हो कि डॉक्टर राठी से मिलने का मतलब क्या है? आख़िर ऐसा क्या देख लिया है तुमने उसमें?'

मम्मी उठ कर गाउन पहन लेती हैं। पापा के इन प्रश्नों के जवाब में सिर्फ एक सीधी निगाह से उनकी ओर देखती हैं। पापा की आंखों से मम्मी के अनावृत

अंग ग़ायब हो जाते हैं। उनकी जगह वहां एक तेरह वर्शीय चेहरा उभर आता है, जो हमेशा चुप रहता है। कुछ नहीं बोलता। कुछ नहीं मांगता। सिर्फ 'हां-हूं' के सिवाय कुछ नहीं कहता। जैसे सोच की एक लंबी थका देने वाली प्रक्रिया भीतर चल रही हो। पापा ने भी कई बार उसके चेहरे पर कुछ ऐसा पकड़ा है, जिसे सही-सही 'पीड़ा' का नाम तो नहीं दे सकते। फिर भी किसी पीड़ा से कमतर भी नहीं है।

मम्मी का प्रश्न एकाध बार स्वयं उनके मन में भी पैदा हो चुका है। फिर लगा कि ऐसा सोच कर वह उसके प्रति गुनाह तो नहीं कर रहे?

हां, उन्हें ध्यान आया। वह भी एकाध बार उनसे कह चुका है कि वह स्कूल नहीं जाना चाहता।

'क्यों?' उन्होंने पूछा तो वह चुप लगा गया। फिर कुछ क्षण रुक कर झिझकते हुए उसने कहा—'मुझे लड़के छेड़ते हैं।'

'लड़के छेड़ते हैं? क्या छेड़ते हैं?'

वह कुछ नहीं बता पाया। लगा कि अभी बोलेगा। उसने कोशिश भी की। लेकिन कुछ कह नहीं पाया। उनके बार-बार पूछने के बावजूद कुछ नहीं कह पाया।

कहीं ऐसा तो नहीं कि कहीं कोई बात उसके अंदर बर्फ की तरह जम चुकी हो जो पिघल ही न रही हो। उस दिन मम्मी भी उसके 'बूढ़े अतीत' की कोई तर्कसम्मत व्याख्या नहीं कर पायीं।

इसके बावजूद पापा यह तो जान गये हैं कि कहीं कुछ है ज़रूर जो इस मकान में मौजूद है। लेकिन क्या?...यही पकड़ में नहीं आता। आ सके तो शायद वह साइकिल के सपने से छूट जाये।

अपना बैग उठा कर वह घर की ओर चल पड़ता है। खेल का मैदान पार करते ही उसकी क्लास के कुछ लड़के उसे घेर लेते हैं। उन सबके बीच घिर कर वह स्वयं को अकेला महसूस करता है। तभी कोई पूछता है उससे, 'भई, सुना है तुमने एक और कार खरीद ली है।'

'नहीं तो।' वह सहज भाव से उत्तर देता है और कंधे पर लटके बैग को एक झटका देकर उसे खिसकते रहने से बचाता है।

'तो फिर वह सफेद वाली कार...?' दूसरा पूछता है। वह एकदम चुप हो जाता है। ओह, तो इन्हें भी पता है?

'वह मेरे अंकल की है।' शर्म से उपजे लम्हों में उसे इसके सिवाय कुछ नहीं सूझता तो वह कह देता है।

'अंकल?' पूछने वाला अजीब सा मुंह बनाता है। फिर दूसरे लड़कों की ओर देखता है—'यानि?'

'यानि क्या?' वह उन लड़कों की मंशा जानना चाहता है। उसे उनके इरादे ठीक नहीं लगते। हर रोज़ की तरह उलटे-सीधे प्रश्न। बार-बार एक ही चीज़ के बारे में-वह सफेद कार।

'अंकल यानि? चाचा...या मामा? क्या अंकल?' फिर एक ज़ोरदार ठहाका। वह शर्म से पानी-पानी हो गया। उसे मम्मी पर बहुत गुस्सा आया।

'अबे, बोलता क्यों नहीं? चाचा या मामा?'

वह फिर भी कुछ नहीं बोलता। तभी एक लड़का उसके कंधे पर पड़े बैग को अचानक झटका देकर नीचे गिरा देता है, फिर बैग उठा कर अपने कब्ज़े में ले लेता है।

'मेरा बैग दो।' वह गुस्से से कहता है। उसके गुस्से में डर का भाव भी मिला हुआ है। इतने सारे लड़कों में वह अकेला।

'नहीं, पहले हमारे सवाल का जवाब दो। चाचा या मामा?'

'तुम मेरा बैग देते हो या नहीं?...या कहूं प्रिंसिपल सर से जाकर?' वह धमकी देता है।

'अच्छा धमकी? तो जाकर देख ले। बेटा, ऐसी पी.टी. परेड करेंगे कि याद रखोगे। एक बार पहले हुई थी न। माथे पर अभी तक निशान बाकी है।'

'तुम मेरा बैग दो। मुझे घर जाना है।'

'घर जाकर क्या करोगे, पढ़ाकू की औलाद?...अच्छा चलो, हम एक खेल खेलते हैं। हमने नया खेल बनाया है। नाम है अंकल-अंकल। क्यों? खेलोगे न?'

'नहीं।' वह स्पष्ट उत्तर देता है—'मुझे नहीं खेलना।'

'तुम नहीं खेलोगे? ऐसा क्यों? तुम्हें तो बल्कि मज़ा आयेगा। चल, हम तुम्हें ही अंकल बना देते हैं। क्योंकि तुम्हें पता है कि अंकल क्या करते हैं।'

वह चुप खड़ा रहा। सुन्न एकदम। जैसे किसी ने परेशान हो जाने का श्राप दे दिया हो। काश कि वह उस घर में न जन्मा होता। या फिर अपनी समझ के बड़े होते ही मर गया होता। उसने वहीं बुत बने हुए सोचा।

लड़के बार-बार उसे तंग करते रहे। किसी ने उसे कॉलर से पकड़ कर खींचा तो किसी ने उसके पैरों में अड़ंगी मारी। वह अपना बचाव करने के सिवाय कुछ न कर सका।

तभी किसी ने पीछे से एक लड़के को धक्का दिया। वह सीधा उस पर आ गिरा।

'सॉरी यार।' उस लड़के ने कहा और फिर बेशर्मी से हंस पड़ा।

वह अभी संभल कर खड़ा भी नहीं हुआ था कि दूसरा लड़का उस पर आ गिरा।...फिर तीसरा।...फिर...।

जब उसके सहने की शक्ति चुक गयी तो उसने किसी जंगली भैंसे की तरह

मुंह से एक अजीब सी आवाज़ निकाली और सिर झुकाये तेज़ी से उन लड़कों के झुण्ड में घुस गया। वह पागलों की तरह उन पर पिल पड़ा। लड़के भी उस पर एक साथ टूट पड़े। लातें, घूंसे उसकी पीठ पर पड़ते रहे। उसने भी इसकी परवाह नहीं की। एक लड़के की गर्दन उसके हाथ में आ गयी और वह उसे दबाता ही चला गया। इस मारामारी में दूसरे लड़कों को भी पता नहीं चल पाया कि हो क्या रहा है। वे तो बस उसे ही मारते रहे। नीचे दबे लड़के की तरफ उनका ध्यान ही नहीं गया। वह तो जब लड़के की सांस टूटने लगी और वह 'घों-घों' करने लगा तो सभी लड़कों ने ज़ोर लगा कर उसे छुड़ाने की कोशिश की। उसने भी उसकी गर्दन नहीं छोड़ी। सबने एक साथ मिल कर उसे खींचा तो उसके पांव उखड़ गये। वह छिटक कर दूर जा गिरा। लड़के एक साथ उसकी ओर लपके। लेकिन उस लड़के को बेहोश होते देख उन सबकी सिट्टी-पिट्टी गुम हो गयी।

गनीमत यह रही कि लड़का सिर्फ बेहोश ही हुआ, मरा नहीं। उसे स्वयं पर आश्चर्य हुआ कि उसे इतना गुस्सा कैसे आ गया। हमेशा शांत रहने वाला वह इतना वहशी कैसे हो गया? मम्मी ठीक ही तो नहीं कहतीं? वह जंगली जानवर तो नहीं बनता जा रहा?

पापा उसकी ओर देखते हैं। जैसे उन्हें उसके होने पर भी शर्म आ रही हो। वह भी समझ नहीं पाये कि ऐसा हुआ कैसे?...और क्यों?

'आप चाहे इसे ठीक न मानें लेकिन मैं कल ही डॉक्टर राठी से मिलूंगी।'

अब पापा क्या कहते? उन्होंने भी हथियार डाल दिये। शायद यही ठीक है।

मम्मी अगले ही दिन उसे डॉक्टर राठी के पास ले जाती हैं। पापा के मित्र हैं डॉक्टर राठी। कई बार घर आ चुके हैं। जब उन्हें पता चला कि उनका पेशंट वह है तो वह विश्वास नहीं कर पाते। फिर भी देखते हैं उसे। सैकड़ों प्रश्न पूछते हैं। अतीत से जुड़े। वर्तमान से संबंधित। कुरेद-कुरेद कर। कई टेस्ट करते हैं। रिपोर्ट्स देखते हैं। फिर दिमाग़ का एक्स-रे। मम्मी कहती हैं कि वह कई बार सिर में असहनीय पीड़ा की शिकायत करता है।

सारी रिपोर्ट्स देख कर डॉक्टर राठी होठों ही होठों में कुछ बुदबुदाते हैं—'ही इज़ नॉर्मल। सब ठीक है। एकदम ठीक। सिरदर्द रूटीन रहा होगा।'

'फिर?' मम्मी निराश हो उठती हैं। कुछ नहीं निकला? इतना पैसा ख़र्चा। फिर भी कुछ नहीं।'

'प्लीज़, राठी साहब, आप फिर से चैक करें। शायद...।' मम्मी अभी भी विश्वास नहीं कर पातीं।

लेकिन डॉक्टर राठी इधर-उधर सिर हिलाते हैं—'नहीं, कुछ नहीं।'

वह मन ही मन मुस्कराता है। एक्स-रे में क्या आना है? यह पकड़ेगा मेरा खालीपन? या मेरा अकेलापन?...या मेरे उदास क्षणों को? पकड़ में आयेगा वह नीला ब्लाऊज़ जो कई वर्शों से उसके दिमाग़ में अटका हुआ है?...या वह ब्राऊन पतलून, जो उसे हमेशा तंग करती रहती है?

घर आकर मम्मी फिर पापा से शिकायत करती हैं—'मैं डॉक्टर पाटेकर को दिखाना चाहती हूं।'

'क्यों? अब डॉक्टर पाटेकर क्यों?' पापा नाराज़ हो उठते हैं।

'क्योंकि यह ज़रूरी है। आप तो ऑफिस चले जाते हैं। परेशानी हमें होती है।'

इस बारे में पापा उससे पूछते हैं। वह मन ही मन एक बार फिर मुस्कराता है। परेशानी? उन्हें क्या परेशानी है मुझसे? सब कुछ तो है उनके पास। काफी कुछ दिया है आपने उन्हें। सिर्फ अपने आप को ही नहीं दे पाते तो क्या? रूपया पैसा तो है। उसे ओढ़ो। उसे बिछाओ। उसे खाओ। और मस्त रहो। एंजॉय योर सेल्फ।

...उसके भीतर क्या है, पापा नहीं जानते। न मम्मी जानती हैं। लेकिन वह देखता है कि पापा वाकई उसे लेकर परेशान हैं। पापा को वह कैसे समझाये कि मम्मी की परेशानी का कारण वह क्यों है।...और उसकी परेशानी का कारण मम्मी क्यों हैं? वह समझेंगे मेरी बात? वह तो बस इतना कहेंगे, 'ओ.के., देखते हैं।' वह सोचता है।

सोचता कब नहीं वह? जब कुछ नहीं कर रहा होता, तब वह सोच रहा होता है। इन मायनों में वह हमेशा ही कुछ नहीं कर रहा होता। परेशानी तो यह भी है कि जब वह कुछ कर रहा होता है, तब भी कुछ न कुछ सोच रहा होता है। यहां तक कि अपने सपनों में भी वह सोच रहा होता है। सपनों में सोचना क्या इतना ख़तरनाक है?

वह बाहर से अंदर आता है। कार बाहर ही खड़ी है। ब्राऊन पतलून भीतर बैठी है। शायद मम्मी भी हैं अंदर। वह तेज़ी से अपने कमरे की ओर जाता है। अचानक उसकी निगाह दीदी के कमरे में पड़ती है। दीदी तैयार होकर खड़ी हैं। शीशे में अपना चेहरा देखती हैं। फिर वह पलट कर बाहर की ओर लपकती हैं। वह झट से दीदी के पास पहुंच जाता है—'कहां जा रही हैं?'

'मार्किट,' दीदी संक्षिप्त सा उत्तर देती हैं।

'किस के साथ?'

'मम्मी के साथ।...क्यों?'

'मैं तुम्हें उनके साथ नहीं जाने दूंगा।' उसके स्वर में एक निश्चय है।

'क्यों?' दीदी हैरान होकर पूछती हैं।

'नहीं, मैं नहीं जाने दूंगा।'

दीदी उससे उलझ पड़ती हैं। मम्मी कार से निकल कर दौड़ी आती हैं—'क्या बात है?' उनके चेहरे पर त्यौरियां चढ़ी हैं।

वह अपनी जिद पर अड़ा रहता है। कहता है, वह भी साथ चलेगा। मम्मी उसे ले जाने को तैयार नहीं। वह दीदी को नहीं जाने देता। मम्मी ज़ोर से चीखती हैं। वह तब भी अपनी ज़िद नहीं छोड़ता। थक-हार कर मम्मी अपने कमरे में चली जाती हैं। पीछे दरवाज़ा 'भड़ाक' से बंद हो जाता है। दीदी भी गुस्से में पैर पटकती अपने कमरे में चली जाती हैं। वह वहीं खड़ा रह जाता है। ब्राऊन पतलून कार चला कर जाने लगती है। लेकिन चंद कदम चल कर ही उसे रुकना पड़ता है। कार का पिछला टायर पंक्चर है।

अगले ही दिन मम्मी फिर ज़िद पकड़ लेती हैं। पापा फिर हामी नहीं भरते —'डॉक्टर पाटेकर को दिखा दें? क्यों? दिखाया नहीं डॉक्टर राठी को?'

'मुझे विश्वास नहीं होता।'

'नहीं होता तो मैं क्या करूं? उसके दिमाग़ पर क्या प्रभाव पड़ता है, जानती हो? पहले ही अपनी उम्र के बच्चों से कटा-कटा रहता है।'

'सिर्फ बच्चों से?' मम्मी व्यंग्य से मुस्कराती हैं। एक टेढ़ी मुस्कान।

'तुम चाहती क्या हो?' पापा झल्ला उठते हैं। 'पता नहीं क्यों, तुम हमेशा उससे नाराज़ रहती हो।'

'कारण हैं, तभी तो।'

'क्या कारण हैं?'

'...।'

मम्मी क्या बतायेंगी? नहीं, वह नहीं बतातीं। बता नहीं पातीं। क्या बतायें आख़िर?...जैसे एक दिन वह नहीं बता पाता कि उसके स्कूल के लड़के उसे क्यों छेड़ते हैं।

लेकिन मम्मी अपने एकसूत्रीय कार्यक्रम पर अडिग हैं—'डॉक्टर पाटेकर।'

'तो ठीक है। तुम यह भी कर देखो।' पीछा छुड़ाने की गर्ज़ से पापा कहते हैं और अपनी फाइलों पर सिर झुका लेते हैं।

एक बार फिर से प्रश्नों की झड़ी। थका देने वाली पूछताछ की लंबी प्रक्रिया। लिखित में प्रश्न। जैसे स्कूल के टेस्ट दे रहा हो। और अंत में उसका आयी.क्यू. टैस्ट होता है।

इन सबसे फ़ारिग होकर डॉक्टर पाटेकर वापस अपने केबिन में आ बैठते

हैं। उनके माथे पर चिन्ता की लकीरें हैं। मम्मी ने भी वैसी ही लकीरें अपने माथे पर चिपका रखी हैं।

डॉक्टर पाटेकर रूमाल से अपना चश्मा पोंछते हुए सीधे मम्मी की आंखों में देखते हैं—'तो आपकी प्रॉब्लम क्या है?'

सुन कर मम्मी चौंक उठती हैं। जैसे इलेक्ट्रिक शॉक लगा हो उन्हें।

'मेरी प्रॉब्लम? व्हाट डू यू मीन? मेरी प्रॉब्लम आपके सामने है। मेरा बेटा।' झल्लाहट उनकी आवाज़ में साफ है। मम्मी जब झल्ला कर बोलती हैं तो उनकी आवाज़ फट जाती है।

'नहीं। यह आपकी प्रॉब्लम नहीं। इसकी प्रॉब्लम आप हैं।'

'डॉक्टर।' मम्मी का चेहरा एकदम लाल हो उठता है। वह एकाएक उठ खड़ी होती हैं—'आप जानते हैं, आप कह क्या रहे हैं?'

'यस,' उनका सिर हिलता है। लगातार हिलता रहता है। किसी स्पिंरग वाले गुड्डे की तरह—'मैंने उसे चैक किया है। और मैं इस नतीज़े पर पहुंचा हूं कि वह एक ब्रिलियंट लड़का है। नॉट ओनली ब्रिलियंट, बट एक जीनियस। यस, आयी मीन इट।'

सुन कर मम्मी के जबड़े भिंच जाते हैं। वह एक झटके से उठती हैं और तूफान की तरह बाहर निकल जाती हैं। पीछे रह जाता है हिलता हुआ दरवाज़ा।... हैरान परेशान वह...और लगातार सिर हिलाते डॉक्टर पाटेकर।

घर आकर वह भी मुस्कराता है। जैसे मम्मी का मज़ाक उड़ा रहा हो—'देख लिया? डॉक्टर राठी उसे नॉर्मल कहते हैं। प्रिंसिपल सर ब्रिलियंट और डॉक्टर पाटेकर जीनियस।' लेकिन मम्मी फिर भी बुदबुदाती हैं—'नो, डॉक्टर पाटेकर। देयर इज़ इन्सैनिटी इन हिज़ माइंड। यस, देयर इज़।'

इन्सैनिटी? व्हाट इन्सैनिटी? इन्सैनिटी इन द माइंड?...ऑर इन्सैनिटी बिहाइंड द डोर्स?'

सोचते हुए वह आंखें मूंद लेता है। फिर निपट अंधेरा। बाहर के अंधेरों से बिल्कुल अलग। दुनिया के तमाम अंधेरों से अलग। भीतर की दुनिया के तमाम अंधेरे पारदर्शी हैं। वह सशरीर उनके बीच से होकर गुज़र सकता है। किसी आत्मीय अनुभव की तरह। नितांत निजी दुनिया के आत्मीय अनुभव।

...वह देर तक यूं ही बैठा रहता है। आंखें बंद किये। पारदर्शी दुनिया के अंधेरे भी कितना दर्द देते हैं। जैसे बारिश में साइकिल चलाते हुए वह गिर गया हो और साइकिल का कोई नुकीला हिस्सा उसकी छाती में धंस गया हो।

कई बार तो वह चाहता ही है उस साइकिल के नीचे दब जाना। वह चाहता है किसी दर्द का होना। लगातार होते रहना।...और दर्द के इस होने में अपने बने रहने की पहचान जीवित रखना।

कैसे पागलपन से भरा विचार है यह! वह आंखें खोलता है। फिर मुस्कराता है। कितनी अजीब है दर्द के होते रहने की चाह। यही इन्सैनिटी है? इन्सैनिटी इन द माइंड? इन्सैनिटी इन द थॉट्स? इन्सैनिटी इन द लोनली सोल?

तो करे क्या वह? दिमाग़ में जो बवंडर उठ रहा है, उसका क्या करे? दीवारों से सिर टकराये? या सिर पर मुक्के मारे? या ब्लेड से अपने दिमाग़ की नसें काट डाले?

वह पागलों की तरह पलकें झपकता है। सामने शीशे में अपनी शक्ल देखता है। आंखें फाड़-फाड़ कर। दर्द जैसे पूरे चेहरे पर चिपका पड़ा है। जबकि पारदर्शी अंधेरे कहीं नहीं हैं। साइकिल भी ग़ायब है। फिर?

...अलमारी से निकाल कर वह एक गोली सटक लेता है। बिना पानी पिये। जैसे टॉफी निगल रहा हो। ज़्यादा से ज़्यादा कितनी कड़वी होगी वह?

इससे भी कुछ नहीं होता। ऐसे क्या होगा? देखा नहीं दीदी कितनी गोलियां निगलती हैं। कभी यह, कभी वह। उनके भी सिरदर्द होता है क्या? या कुछ और? उन्होंने भी देखे हैं कभी अपने भीतर के पारदर्शी अंधेरे?

वह एक दिन पूछ ही लेता है। दीदी सहसा हंस पड़ती हैं। उनकी हंसी उसे बहुत अच्छी लगती है। हल्के से उसके गाल थपथपा कर कहती हैं—'तू तो पागल है। निरा पागल।'

...और फिर अपने काम में व्यस्त हो जाती हैं। ऐसी निश्चिंत कैसे रह पाती हैं दीदी? उन्होंने कभी नहीं देखा नीला ब्लाऊज़? या ब्राऊन पतलून?...या फिर रोशनी के रंग के शरीर? आपस में चियर्स करते हुए? एक-दूसरे की ओर जुमले उछालते—'एंजॉय योर सैल्फ।'...या कभी देखे हैं सफेद चादर पर पीले धब्बे?

ज़रूर देखे होंगे। लेकिन उनके साथ ऐसा कभी नहीं हुआ होगा कि जब वह कुछ कर रही हों, तब सोच भी रही हों। शायद ऐसा ही है। तभी तो वह सब कुछ भुला कर उपन्यास पढ़ पाती हैं। न पढ़ें तो भूल भी न पायें। वह क्यों नहीं पढ़ता वैसा ही कोई उपन्यास?...कैसा उपन्यास?

पढ़ेगा। शायद एक दिन। उस दिन, जब वह कुछ करेगा नहीं। कुछ सोचेगा नहीं। क्या सम्भव है यह? फिर वह उपन्यास के पात्रों जैसा नहीं हो जायेगा? भागते हुए और नंगे।

दीदी भी तो कुछ-कुछ वैसी ही हो रही हैं। अंग्रेजी पात्रों जैसी। अक्सर उसकी कमीज़ पहन लेती हैं। वह कई बार गुस्सा भी हो जाता है—'तुम अपनी ही क्यों नहीं सिलवा लेतीं?'

'मुझे अच्छी नहीं लगती।'

'फिर पहनती क्यों हो?'

'क्योंकि मुझे अच्छी लगती है।'

दीदी पागल तो नहीं? वह सोचता है। कभी अच्छी नहीं लगती, कभी अच्छी लगती है। एक ही समय में दो बातें।

क्यों? जब एक ही कमीज़ में दो शरीरों की गंध हो सकती है तो एक समय में दो बातें क्यों नहीं?

उस दिन वह कहीं जाने को था। पता चला कि उसकी कमीज़ ग़ायब है। वह दीदी के कमरे में गया। कमीज़ दरवाज़े के पीछे टंगी थी। वह उठा लाया। वही नींबू के रंग की कमीज़ जो उसे बहुत पसंद है। उसने वह कमीज़ पहनी तो उसे उसमें से अजीब सी खुशबू का एहसास हुआ। वैसी ही खुशबू जो दीदी के पास खड़े होने पर उसके नथुनों में घुस जाती है। और उसके दिमाग़ में बेतरह बस जाती है। बिल्कुल वही खुशबू। दीदी के शरीर की। दीदी कहती हैं, उसकी कमीज़ से उसकी खुशबू आती है। उसके शरीर की खुशबू। कहीं यह वही इंसानी गंध तो नहीं जो समग्रता में सब कुछ पा लेने का पागलपन दिमाग़ में भर देती है? जो नहीं पाया, जो नहीं पा सकते, उसे पा लेने का एहसास?

उसने कहीं पढ़ा था कि विपरीत लिंगी व्यक्तियों का आकर्शण और गंध से गंध की भिन्नता।...वह समझ नहीं पाया कि इस गंध में कोई रिश्ता नहीं होता? कोई भाई या बहिन...या माता-पिता? या यह मात्र एक गंध है।

दीदी शायद तभी तो शांत रहती हैं। उनके भीतर कोई बवंडर नहीं उठता। गंध को पाने के तरीके जो खोज लेती हैं वह। अपने आसपास इतने पात्र खड़े कर लिये हैं जो हर शैतानी विचार को बनाने में मदद करते हैं। वह क्यों नहीं कर पाता ऐसा? कहीं कोई उपन्यास...या कोई गंध नहीं पा लेता वह अपने भीतर भी?

है तो सही उसके भीतर भी इतना कुछ। शहर की सोच से लंबी सड़क है। पेड़ों की परली तरफ के अंधेरे हैं। धुंधनुमा रोशनी है। लगातार कई वर्शों से होती बूंदाबांदी है। साइकिल है। पैडलों पर चलते पांव हैं। थकान है। दर्द की तीखी चाह है।...और लगातार चलते रहना है।

इन सबके होते हुए फिर उसके दिमाग़ में इतना बवंडर क्यों है?

अब मम्मी हमेशा उससे नाराज़ रहने लगी हैं। ऐसे देखती हैं जैसे अभी पकड़ कर पीट देंगीं। वह पिछले सात दिनों में चार बार कार के टायर में पंक्चर का जिम्मा भी उसके सिर मढ़ देती हैं। वह कोई प्रतिवाद नहीं करता। न कोई प्रतिक्रिया। दीदी अकेले में उससे पूछती हैं—'तूने किया?' वह सिर्फ मुस्करा भर देता है, जैसे कह रहा हो, 'शायद हां। शायद नहीं।'

आजकल वह अपने सपनों में और भी अकेला हो गया है। उसकी साइकिल चलाने की रफ़्तार भी बढ़ गयी है। क्योंकि बूंदाबांदी भी तेज़ हो गयी है।

ऐसा पहले कभी नहीं हुआ। अब पापा के बैडरूम से रात को उनके फुसफुसाने की आवाज़ें अधिक आने लगी हैं। आती थीं पहले भी। लेकिन कम। इन दिनों ज़्यादा आने लगी हैं। शायद उस दिन से, जिस दिन से पापा ने ब्राऊन पतलून को दीदी के कमरे में खड़े देख लिया था। हां, तभी से।

उसने एक दिन पापा के कमरे से आती आवाज़ों को बहुत पास से, बहुत ध्यान से सुना। ऐसा करना उसे पाप लगा, लेकिन इसके लिये उसने अपने कमरे में पड़ी भगवान की तस्वीर के सामने खड़े होकर क्षमा मांग ली थी। उस दिन पापा भिखारियों की तरह फुसफुसा रहे थे।

साफ सुनायी तो नहीं पड़ा लेकिन हर बार मम्मी की 'ना' उसके कानों ने साफ सुनी।...और फिर पापा की गुस्से से भरी आवाज़। किसी कांच के टूटने सा खनखनाता स्वर। मम्मी का बार-बार 'नहीं-नहीं-नहीं।'

बाहर खिड़की के पास खड़े-खड़े उसकी टांगें कांपने लगीं। बड़ी मुश्किल से वह अपने कमरे में आया और निढाल होकर पड़ गया। सिर में तेज दर्द की एक लहर उठी। फिर कई लहरें। वह तड़प उठा। जैसे किसी बीमारी से ग्रस्त हो। दर्द की अधिकता से उसकी आंखें मुंद गयीं। आंखें मुंदते ही तेज़ रफ्तार से एक साइकिल उसके सामने आकर रुक गयी और उसे लेकर बाहर सड़क पर निकल गयी।

पापा को वाक़ई विश्वास नहीं होता। स्कूल का सबसे तेज़-तर्रार फुटबाल खिलाड़ी और उसे टीम से निकाल दिया गया। वाकई विश्वास नहीं होता। उन्हें कोई कारण भी समझ नहीं आता। उसके फुटबाल खेलने की क्षमता और गति पर ही पापा का विश्वास टिका है। विश्वास, कि वह दूसरे बच्चों की तरह खेलता है।...और बड़ी कुशलता से खेलता है।

वह पापा को नहीं बता पाता कि वह कुछ करते हुए सोचते रहने का आदी है। नहीं बता पाता कि जब फुटबाल उसके पैरों में आकर फंसती है तो अचानक वह उसे एक पतलून में परिवर्तित होते देखता है। तब उसकी टांगों में जैसे कोई दैवीय शक्ति आ जाती है। उसकी गति असामान्य रूप से तूफानी हो जाती है और वह आक्रामक।

फुटबाल उसके पैरों में नाचने लगती है। विपक्षी टीम के कई खिलाड़ी उसे रोकने का प्रयत्न करते हैं किन्तु रोक नहीं पाते। वे सब परेशान हो उठते हैं।

उसकी बढ़ती गति के साथ-साथ दर्शकों का शोर उसके पीछे-पीछे दौड़ने लगता है। लेकिन वह उस शोर को नहीं सुन पा रहा। उसका पूरा ध्यान फुटबाल पर लगा है। वह किसी के काबू में नहीं आ पा रहा। वे क्या जानें कि वह फुटबाल में देख रहा है एक 'ज़िप'।...और कई 'हुक'। तब वह पगला जाता है। दौड़ते,

फुटबाल को किक मारते पहुंच जाता है एकदम विपक्षी गोल के सामने। आवाज़ों का एक शोर उसके पीछे-पीछे है—'गोल-गोल।'

गोल पोस्ट उसके सामने है। अकेला गोलकीपर। और कोई नहीं। बस, एक किक और निश्चित गोल।

किक लेने के लिये वह अपने दायें पैर को पूरी शक्ति के साथ वापस लाता है। लेकिन तभी वह ज़िप उसकी आंखों के सामने खुल जाती है।...हुक अपने दबाव से टूट जाते हैं।

आक्रामकता के अतिरेक में उसकी आंखें बंद हो जाती हैं। इतनी तेज किक करता है वह कि सबकी आंखें फटी रह जाती हैं। शर्तिया गोल।

...लेकिन जब उसकी आंखें खुलती हैं तो सामने उसके साथी खिलाड़ियों के चेहरे तमतमा रहे हैं। आक्रोश से उनकी मुट्ठियां भिंच जाती हैं और वे एक साथ उसकी ओर बढ़ते हैं। फुटबाल गोल पोस्ट के ऊपर से निकल जाती है, विपक्षी टीम के खिलाड़ी खुशी से पागल हो उठते हैं। उसकी टांगें अपने-आप मुड़ जाती हैं और वह अपने हाथों में अपना चेहरा ढांपे वहीं गिर पड़ता है।

'सेल्फ गेम। टोटली सेल्फ गेम।' सब चिल्लाते हैं। वह चुप रहता है। उसका पूरा चेहरा पसीने की बूंदों से भर जाता है। वह पापा को बताये यह सब?

न पापा भूल पाते हैं इसे, न ही वह। दोनों के लिये यह एक हादसा है। पापा भी अब उसे मम्मी की नज़रों से देखने लगे हैं। बस, यही बात उसे तंग करती है।

स्कूल से लौटते हुए भी वह इसी सोच में घिरा रहता है। वह यह भी नहीं देख पाता कि उसके पीछे-पीछे कुछ लड़के हाथों में हाकिय़ां लिये चले आ रहे हैं। फुटबाल के मैदान वाला आक्रोश उनकी हाकियों पर चिपका हुआ है।

दोपहर की चिलमिलाती गर्मी ने पूरे माहौल को वीरान बना दिया है। लोगों का आना-जाना न के बराबर ही है।

अपनी सोच में डूबा वह अपने जूते का ढीला हो गया फीता कसने के लिये झुकता ही है कि पीछे आते लड़के एकदम उस पर टूट पड़ते हैं। वह इस अप्रत्याशित हमले के लिये तैयार नहीं है। इससे पूर्व कि वह कुछ सोचे, एक साथ कई वार उसकी पीठ पर होते हैं। वह वहीं झुका-झुका लुढ़क जाता है। फिर वार उसकी टांगों पर।

'ले, इन्हीं टांगों से तूने किक मारी थी न। ले, अब हमारी किक खा, हरामी की औलाद। घूसखोर कहीं के।'

घुटने पर चोट पड़ते ही वह चीख़ उठता है। शायद यह उसकी पहली चीख़ है। पता नहीं उस पर और कितने वार होते...। पता नहीं, वह जीवित बचता भी या नहीं।

शायद उसकी किस्मत में जीवित रहना लिखा है। तभी तो उसी क्षण कोई व्यक्ति उसकी ओर आता है, जिसे देखते ही वे लड़के वहां से रफूचक्कर हो जाते हैं।

वह बेहोश वहीं सड़क पर गिर पड़ता है।

काफी दिन लग जाते हैं उसे ठीक होते। पापा खुश हैं कि वह पूरी तरह ठीक हो गया है। दीदी भी खुश हैं। मम्मी का वह कुछ नहीं कह सकता। वह उससे कभी खुश नहीं हो सकतीं। क्योंकि ब्राऊन पतलून को देख कर वह खुश नहीं होता।

उसे आश्चर्य होता है कि इतने दिनों बिस्तर पर पड़े उसे अपने ऊपर किये गये वार की पीड़ा याद नहीं रहती। न वह उन लड़कों के चेहरे याद कर पाता है। लेकिन उसे वह फुटबाल ज़रूर याद रहती है जो अचानक ही ब्राऊन पतलून में बदल जाती है।

'तुम अच्छे हो गये, यही हमारे लिये काफी है।' पापा प्यार से उसके सिर पर सहलाते हैं।

वह मुस्कराता है। वह जानता है कि वह ठीक नहीं हुआ। क्योंकि अब भी वह कुछ करते हुए सोचता रहता है। अब भी वह जागते हुए सपने देखता है। सपनों में साइकिल चलाता है। स्याह रात के अंधेरों में नीला रंग झिलमिलाते देखता है, जो वर्शों से उसकी आंखों में अटका हुआ है। फ़र्क सिर्फ इतना ही आया है कि अब उसके सपनों में एक बिजली सी भी कौंधने लगी है। जैसे किसी तेज़ धार वाले चाकू पर हज़ारों बल्बों की रोशनी फेंकी गयी हो। बिजली की कौंध वाली उस चमक को वह अपने हाथों में महसूस करता है। शायद इसे ही मम्मी इन्सैनिटी कहती हैं।

...जिस दिन वह कार वहां आकर रुकी, उससे एक दिन पूर्व ही उसका परीक्षा परिणाम आया है। दीदी खुश हैं। उसी वक्त फोन पर पापा को सूचना देती हैं—'उसने पूरे ज़ोन में टॉप किया है और उसे 'स्टूडेंट ऑफ द ईयर' घोशित किया गया है।'

खुशी से पापा की आवाज़ रुंध जाती है। पापा कांपती आवाज़ में उससे बात करते हैं—'शाबाश, मेरे बेटे। यू हैव प्रूव्ड योरसेल्फ।'

'थैंक यू, पापा।' वह इतना ही कहता है और फोन रख देता है। पापा की आंखों में उसे लेकर कई सपने अंगड़ाइयां लेने लगते हैं। लेकिन वह पहले अपने सपनों से मुक्ति चाहता है। इसके लिये वह एक ठोस निर्णय पर पहुंच जाना चाहता है।

वह खुश है कि अगले ही दिन उसे वह अवसर मिल जाता है। दीदी कॉलेज से अभी लौटी नहीं। वह घर पर ही है। सोचता हुआ।

कार जब वहां पर आकर रुकी तो वह उसे देखते ही अपने कमरे में चला

जाता है। ब्राऊन पतलून हमेशा की तरह कार से उतर कर अपने आप को व्यवस्थित करती है। और मम्मी के कमरे की ओर बढ़ जाती है।

वह अपने कमरे की खिड़की से देखता है। उसके कमरे में प्रवेश करने के कुछ समय बाद तक मम्मी के कमरे का दरवाज़ा खुला रहता है। और फिर बंद हो जाता है।

वह जानता है बंद दरवाज़ों के पीछे रोशनी के रंग एक-दूसरे से टकरा रहे होंगे—चियर्स।

लगभग दो घंटे पश्चात् दरवाज़े फिर खुलते हैं। मम्मी और वह दोनों साथ-साथ हैं...मुस्कराते हुए। लेकिन कार के पास पहुंचते ही उनके चेहरों से मुस्कराहट ग़ायब हो जाती है। किसी ने कार को इस बुरी तरह तोड़-फोड़ दिया है कि वह पहचान में ही नहीं आ रही। दोनों हैरान हैं। दोनों के चेहरे पर हवाइयां उड़ रही हैं। मम्मी के चेहरे पर तो आतंक की छाया भी साफ दिखायी पड़ रही है। डर के मारे उनके पैर कांपने लगते हैं।

...और उनसे कुछ ही कदम दूर, वह एक पेड़ की ओट में छिप कर खड़ा है। सब कुछ देख रहा है। देख-देख कर मुस्करा रहा है। मुस्कराते हुए उसके होंठ बड़े ही अजीब ढंग से टेढ़े हो रहे हैं। वह एक बार उनके चेहरों को देखता है। फिर चौकन्नी निगाहों से अपने हाथ में पकड़े बिजली की सी कौंध वाले उस चाकू की धार को देखता है, जो कल तक उसके सपने में आकर कौंध रहा था। फिर उस साइकिल को देखता है जिसे उसने अपने पैर की ठोकर से परे गिरा दिया है। चाकू के हत्थे पर उसकी पकड़ और भी सख़्त हो जाती है और वह उनकी ओर देखते हुए होंठों ही होंठों में बुदबुदाता है—'एंजॉय योर सेल्फ।'

एक और दधीचि

छन्न की एक तेज आवाज़ के साथ सारे के सारे बर्तन फ़र्श पर बिखर गये। देर तक थाली की आवाज़ कमरे में गूंजती रही। रसोईघर में काम करती शान्ति घबरा कर भागी हुई आयी। कमरे में आकर देखा तो कमला प्रसाद अपने हाथों में कुर्ता पकड़े क्रोध से कंपकंपा रहे थे। आंखों में गुस्सा स्पष्ट दिखायी पड़ रहा था। चेहरा ऐसा था, जैसे अभी रो देंगे। शान्ति को देखते ही चिल्ला उठे—"कहां मर गये सब लोग? कोई है भी यहां मेरी आवाज़ सुनने वाला? कब से भौंक रहा हूं, कोई सुनता ही नहीं।"

"क्या हुआ क्या आखिर," आशंकित मन से शांति ने पूछ ही लिया।

"किशोर कहां है? कहां है वह उल्लू का पट्ठा?" शान्ति के प्रश्न के उत्तर में उन्होंने अपना प्रश्न जड़ दिया।

"गया होगा अपने दोस्तों के साथ। और कहां जाना है उसने? लेकिन हुआ क्या है," इस बार शान्ति के स्वर में खीज स्पष्ट थी।

"आज फिर मेरी जेब से पैसे ग़ायब हैं। एक सौ दस तो पूरे हिसाब से होने ही चाहिये थे।...ये बचे हैं...चालीस रूपये। यह देखो।" उन्होंने अपने हाथ में पकड़े कुर्ते की जेब उलट दी। शान्ति ने देखा और चुप खड़ी रह गयी। 'यह लड़का भी पता नहीं कब सुधरेगा? रोज कोई न कोई नाटक...। कोई न कोई झगड़ा। हर दूसरे तीसरे दिन यही शिकायत। पैसे ग़ायब हैं। अब समझाए भी कौन उसे।'

"आपने कहीं ख़र्च न कर दिये हों या कहीं और रख दिये हों," मां का हृदय बेटे की ग़लती भी मानने को तैयार नहीं था।

शान्ति की बात सुनते ही कमला प्रसाद का चेहरा एकदम सुर्ख़ हो उठा। उबलती हुई आंखों से उन्होंने देखा उसकी ओर, "मैंने खर्च कर दिये हैं? मैंने रख दिये हैं कहीं और? औलाद की इन्हीं कारस्तानियों से दुखी होकर बिस्तर पर पड़ा हूं, अपाहिजों की तरह। उठ सकता नहीं और तुम कहती हो कहीं ख़र्च कर दिये होंगे। अरे, चल सकूं दो कदम तो ही ख़र्च करूं न। और अभी मेरी मति इतनी भी

नहीं मारी गयी कि कहीं रख कर भूल जाऊं। अच्छी तरह याद है मुझे। पूरे एक सौ दस थे। पता नहीं कैसी चोर औलाद पैदा की है मैंने। शर्म आती है मुझे अपने आप पर।" उन्होंने हाथ में पकड़ा कुर्ता दूर फेंक दिया और हथेली पर पड़े पैसे दीवार पर दे मारे।

गुस्से से उनकी सांस तेज-तेज चल रही थी, धौंकनी की तरह। बात करते हुए ज़बान भी लड़खड़ा आयी।

शान्ति देवी स्तब्ध खड़ी थीं। रोने को तत्पर। उन्हें यूं लगा जैसे उनकी अपनी ही औलाद ने उनके मातृत्व को बेइज्ज़त कर दिया हो। अपने ही पति के सामने लज्जित होना पड़ा। कोख का ऐसा कर्ज़!

बिना एक भी शब्द बोले उन्होंने गिरे हुए पैसे इकट्ठे किये...कुर्ता उठाया और पैसे कुर्ते में रख उसे खूंटी पर टांग दिया। कमला प्रसाद खामोश...खाली निगाहों से उन्हें देखते रहे। पत्नी के रुआंसे हो आये चेहरे को देख कर उन्हें अपने आपसे वितृष्णा होने लगी। लगा कि औलाद का गुस्सा मां पर निकाल कर शायद ग़लत किया।

एक बार तो मन हुआ कि उनसे क्षमा याचना कर लें। लेकिन भीतर के अहम् ने उन्हें ऐसा करने से रोक दिया। अपने मन का बोझ और पत्नी की भीतरी पीड़ा को कम करने के लिये पूछ लिया, "अशोक है कहां?...कम से कम उसे घर पर तो होना चाहिए था।"

कमरे से जाने से पूर्व उन्होंने बर्तन समेटे और निःशब्द रसोईघर की ओर चल दीं। उनके जाने के बाद देर तक कमला प्रसाद के मन को कुछ सालता रहा। छत पर घूमते पंखे के बीचो-बीच दृष्टि गढ़ाये पता नहीं क्या सोचते रहे?...और पता नहीं, कितनी देर तक सोचते रहे?

...और फिर अचानक ही फफक-फफक कर रो पड़े।

कविता को तैयार होते देख किशोर उसके पास आकर खड़ा हो गया। कुछ क्षण उसे देखता रहा। वह आइने में अपना अक्स देख रही थी। पता नहीं अक्स देख रही थी या...? आंखों के नीचे के हलके कालेपन को उसने कई दिनों से महसूस किया था। न सिर्फ महसूस किया था बल्कि चिन्ताग्रस्त ढंग से महसूस किया था। इस चौबीस साला उम्र में आंखों के नीचे ये निशान! वाकई चिन्ता की बात है यह।

पिछले पांच वर्शों में समय-चक्र इतनी तेज गति से घूमा कि पूरी ज़िंदगी का चेहरा ही बिगड़ गया। ऐसे में अपने चेहरे की चिन्ता बहुत छोटी लगती है। और फिर चिन्ता सिर्फ़ चेहरे ही की हो तो कोई बात है। चेहरा तो सामने टंगे आइने की तरह स्पष्ट है। जो सच है, महसूस कराता है।...और उसका सच यह है कि इस

भरे यौवन में कुम्हलायापन उसे अक्सर तकलीफ देता रहा है। कंधों पर पड़ते और बढ़ते बोझ के कारण पूरे शरीर की हड्डियां तक चरमरा उठी हैं।...लेकिन किशोर?

उसकी सोच किशोर तक आकर थम गयी। जैसे सबकी सोच ठहरती है उस तक आकर। सिर्फ़ अच्छा समय ही नहीं ठहरता उस तक आकर। बाकी तो सबकी सोच किशोर तक ही है। किशोर के आसपास। हालांकि वह कुछ नहीं है। कहीं नहीं है। लेकिन वह सब कुछ है। सब कहीं है। इस घर की जर्जर होती दीवारों में...उखड़ते प्लास्तर में...। कमरे के सन्नाटा खाये चारों कोनों में। घर में बंद खुली हवा में...। घर के सब चेहरों के आगे। घर की सब आंखों के नीचे के कालेपन में भी।...सब कहीं। यहां तक कि कपड़ों के नीचे ढलकते उसके जिस्म के पीछे भी वही है।

काश! कि वह कुछ होता।...कुछ होता तो कदाचित् यह न होता, जिसे होना ही नहीं चाहिये था। यह हो रहा है क्योंकि वह कुछ नहीं हो रहा। शायद होना ही नहीं चाहता। मटरगश्ती के लिये भरपूर समय है...। पैसे के लिये मक्कारियां हैं। ऐश करने के लिये उसके दोस्तो का साथ है।...और क्या चाहिये उसे?

अब पास आकर खड़ा हो गया है। देख रहा है मेरी तरफ। जानती हूं, उसके देखने में क्या है।...और क्यों है।...अभी मेरी तारीफ में कसीदे पढ़ने लगेगा। चिरौरियां करेगा।...और अंत में वही फरमाइश...पैसे की।

और हुआ भी यही। किशोर ने शीशे में पड़ते कविता के प्रतिबिम्ब को देख कर नाटकीय आवाज़ में कहा—"आज तो खूब जंच रही हो। कहीं जाने का प्रोग्राम है?"

"तुमसे मतलब?"...कविता ने अपने गालों पर क्रीम मलते हुए कहा।

"हर बात मतलब से ही की जाती है?" प्रश्न के जवाब में उसने प्रश्न पूछा।

"हां। कम से कम तुम्हारी बातों के सम्बन्ध में तो मैं कह ही सकती हूं।"

"तुम तो हमेशा मुझे ग़लत ही समझती हो।" उसने खिसिया कर कहा।

"तुमने कभी अपने आपको सही साबित करने की कोशिश भी की है?" सीधी निगाह से उसकी आंखों में देखते हुए पूछा उसने। इस प्रश्न का उसके पास कोई उत्तर नहीं था। प्रश्न था भी अप्रत्याशित। सो वह चुप बना रहा।

किन्तु उसके स्वार्थ ने उसे बोलने को मजबूर कर दिया, "मेरा यह अर्थ नहीं था। कतई नहीं। जो मैंने महसूस किया, कह दिया, बस।"

"अगर तुम चाहो कि मैं तुम्हें कुछ पैसे दे दूं तो कम से कम आज तो यह होने वाला नहीं, क्योंकि मैं खुद भी कंगाली की हालत में हूं।" बिना किसी पूर्व भूमिका के कविता ने अपना फैसला सुना दिया। सुनकर किशोर को बेहद निराशा हुई। लेकिन वह कहां हार मानने वाला था। सो, किसी बेशर्म बच्चे की तरह हंसा और कविता के सामने जाकर खड़ा हो गया, "तुम तो कंगाल हो ही नहीं सकती।"

"क्या मतलब?" किशोर के शब्दों ने जैसे चाकू-सा चीर दिया ही उसे,

“तुम कहना क्या चाहते हो?” एकदम गुस्से से उबल पड़ी वह। शब्दों की ऐसी मार उसने पहले कभी नहीं सही थी। किशोर ने तो जैसे उसके पूरे अस्तित्व को ही नंगा कर दिया था।

“बुरा मत मानो, कविता। मेरा मतलब यह है कि तुम चाहो तो सतीश बाबू से भी पैसे लेकर मुझे दे सकती हो।”

“सतीश बाबू से मैं क्यों मांगने लगी पैसे?...और फिर तुम्हारे लिये?”

“क्यों, इसमें हर्ज़ ही क्या है? अपने लिये भी तो मांगती ही होगी। चलो, नहीं मांगती तुम। लेकिन वह तो देते ही होंगे। बल्कि तुम्हें देकर स्वयं को धन्य समझते होंगे। तुम नहीं मांग सकती तो मुझसे कहो। मैं ही मांग लूंगा।”

“नहीं।” वह जैसे अपने भीतर बुझ-सी गयी। इतनी धीमी थी आवाज़ उसकी, बिल्कुल खोखली। इस ‘नहीं’ में इतना विरोध नहीं था जो किशोर को रोक पाता। वह जानती थी कि वह रुकेगा भी नहीं। मनमानी पर उतर आये तो अपनी बहन को भी चौराहे पर खड़ा करके बोलियां लगवा दे।...वह तो सतीश बाबू का नाम सुन कर ही भीतर तक हिल उठी थी। सतीश बाबू कमला प्रसाद के कार्यालय में ही काम करते थे। कमला प्रसाद बीमार पड़े तो मिजाज़पुर्सी के लिये अक्सर ही घर पर आते थे। दया, सहानुभूति का व्यवहार तो समाज का कायदा है। बनता भी है उनका सहायता करना। सो, कर दी। किया तो क्या बुरा किया? सहायता के नाम पर कविता को दो-एक बार ऑफिस से घर तक छोड़ भी दिया तो क्या बुरा किया? कुछेक बार दवाई ख़रीद दी तो क्या बुरा किया? कोई अनर्थ तो नहीं हो गया?

...लेकिन यह एक-दो बार का होना जब रोज़-रोज़ होने लगा तो किशोर भी अनदेखा कैसे कर सकता था? उसने जब पहली बार सतीश बाबू का नाम लिया था तो वह सिर से पांव तक कांप कर रह गयी थी। चेहरा एकदम सफेद पड़ गया था। पिताजी सुनेंगे तो क्या कहेंगे? कविता तो सतीश बाबू से कम से कम 15 वर्श छोटी थी। लगभग उनकी छोटी बहन या बेटी के समान। वह एक बीमार को दूसरी बीमारी लगाने का पाप अपने सिर नहीं लेना चाहती थी। इसलिये चुपचाप अपने पर्स में से पैसे निकाल कर किशोर के सामने फेंक दिये थे, “लो, उठाओ इन्हें।... और दफा हो जाओ यहां से।”

नोट समेट कर किशोर बड़े ही अधिकार और क्रूरता के साथ हंसा था। फिर फुसफुसाए स्वर में बोला था, “तुम चिन्ता क्यों करती हो, कविता? मैं पिताजी से कुछ नहीं कहूंगा। क्योंकि सतीश बाबू मुझे खुद भी पसंद हैं। बेशक उनके चेचक के दागों वाला चेहरा मुझे पसंद नहीं।”

वह रुआंसी हो उठी थी। उसने धीरे से सिर हिलाया। अपने पाप की स्वीकृति सूचक। उसके बाद पता नहीं कितनी बार किशोर ने उससे पैसे मांगे थे। और उसने बिना किसी ना-नुकर के दिये थे। साथ ही उसे अफसोस भी हुआ कि उसने सतीश

बाबू के साथ अपने सम्बन्धों की शुरुआत होने ही क्यों दी?...हुई तो क्यों नहीं स्वयं को किसी सीमा में बांधे रख सकी? या अपने इर्द-गिर्द कोई सीमा रेखा खींच सकी। ताकि कोई भी उसके भीतर प्रवेश न कर सके।...लेकिन अब हो क्या सकता था?

कंघी वग़ैरह से निबट कर उसने पर्स खोला। पैसे गिने, पचास का नोट किशोर को देने के बाद बचते थे तीस ही रुपये। यानि आज फिर सतीश बाबू से पैसे लेने ही पड़ेंगे।...जितना भी वह चाहती है इस चक्र से बाहर निकलना, उतना ही घिरती चली जा रही है। आख़िर कब ख़त्म होगा यह सिलसिला?...ख़त्म होगा भी कभी? सोचते हुए उसने एक बार फिर आइने में अपना चेहरा देखा। ऐसा क्या था उस चेहरे में कि वह डर गयी। डर कर आइने के सामने से हट गयी। दूसरे कमरे में जा कर कमला प्रसाद के सिरहाने रखी दवाइयों की पर्ची उठाई। एक निगाह कमला प्रसाद के चेहरे पर डाली और बाहर निकल गयी।

वे तीनों चुप थे। कमला प्रसाद भी।...उनके पायताने बैठी कविता भी जो ऑफिस से लौट कर सीधी उनके पास ही आ गयी थी।...और शान्ति देवी भी, जो चाय का कप रख कर एक ओर पड़ी तार टूटी कुर्सी पर बैठ गयी थी।

"पिताजी, आपने मुझे शायद किसी काम से बुलाया था।" अचानक ही इस घुटन भरी हवा को ठेलने का बहाना मिल गया कविता को।

"हां बेटी, मैं तो भूल ही गया था।" फिर उन्होंने कुहनियों के बल उचक कर स्वयं को दीवार के साथ टिका दिया, "तुमने किशोर के लिये नौकरी की जो बात की थी, उसका क्या हुआ?"

"फिलहाल तो कुछ नहीं। सिर्फ दिलासा ही मिली है।"

"हो जायेगा कुछ?"

"कुछ कह नहीं सकती।"

"शायद हमारी किस्मत ही ऐसी है।"

"अजय से आशा थी। वह भी...।"

"पिताजी, नाम न लें उसका। उसने जो कुछ किया, क्या वह भूलने लायक है?"...एकाएक फट पड़ी थी वह।

"भूलता तो कुछ नहीं, बेटी।...और फिर उसके लिये मैंने जो कुछ किया, मैं भूल सकता हूं? ऑफिस से कर्ज़ लेकर उसका काम शुरू करवाया। अपनी कमाई का टुकड़ा-टुकड़ा तक गिरवी रख दिया उसके लिये। और आज उसका काम चल निकला है तो वह भी चल निकला यहां से। उसने तो पलट कर भी नहीं देखा हमारी तरफ। अफसोस तो इसी बात का होता है कि मैं उसे समझ ही नहीं सका। समझा होता तो सहारनपुर वाला वह मकान कभी बिकता नहीं, जिसे मैंने तुम्हारी शादी के

लिये रखा था।...और अब यह किशोर है जो किसी की सुनता ही नहीं। राम प्रसाद जी के पास भेजा था। वहां से वापस आ गया क्योंकि साहबजादे की तनख्वाह ही उतनी नहीं थी कि उसके ख़र्चे पूरे कर पाती। मैं भी कब तक करूं? उम्र भर एड़ियां रगड़ीं। लेकिन कभी अपने नाम पर धब्बा नहीं लगने दिया। ऑफिस में सैंकड़ों लोग आये-गये। क्या क्लर्क और क्या अफसर, सब बदल गये। यहां तक कि ऑफिस के मेज-कुर्सियां तक बदल गयीं। नहीं बदला तो एक मैं ही न बदला। कितने ही लोगों के बच्चों को काम पर लगवाया। आज हालत यह है कि अपनी औलाद के लिये कुछ नहीं कर सकता। लेकिन वह स्वयं भी तो कोशिश नहीं करता। बेरोज़गारी के ये दिन किसकी ज़िंदगी में नहीं आते? लेकिन सब थककर थोड़े ही बैठ जाते हैं। घर की बिल्कुल ही परवाह नहीं है उसे। सारा दिन दोस्तों के साथ घुमा लो, बस।"

"आपने भी तो कभी उसे अपने पास बिठा कर समझाने की कोशिश नहीं की।" इस बार शान्ति देवी ने प्रतिवाद किया, "ठीक है, ग़लती सबसे होती है। इसका अर्थ यह तो नहीं कि हमेशा उसे दुत्कारते ही रहो। प्यार से समझाओ तो जानवर भी समझ जाते हैं। फिर वह तो इंसान है। वह हमेशा से तो ऐसा नहीं था।"

"तुम तो हमेशा उसकी तरफदारी करती हो। वह इस लायक है कि उसे अपने पास बिठाया जाये? उसे दरअसल हरामखोरी की आदत पड़ चुकी है और कुछ नहीं।"

"वह ऐसा था तो नहीं। यह बात तो हमें सोचनी चाहिये कि वह ऐसा बना क्यों। कितनी इज्ज़त करता था वह आपकी! अब बदल गया है तो क्या हुआ। क्या आप नहीं बदले? आप नहीं चिड़चिड़े हो गये? कभी थे ऐसे? नहीं न?...आप अपनी बीमारी और लाचारी की वजह से बदल गये हैं और वह अपनी बेरोज़गारी से। अगर हम उसके साथ सहानुभूति से पेश आयें तो कोई कारण नहीं कि वह हमारी बात न माने। रही बात चोरी-चकारी की, तो यहां भी ग़लती हमने ही की है।"

"क्या गलती की है हमने?" कमला प्रसाद एकाएक उत्तेजित हो उठे। चारपाई पर ही चौकड़ी मारकर बैठ गये और प्रश्नवाचक दृष्टि से शान्तिदेवी को देखने लगे।

"जब से वह बेरोज़गार हुआ है, आपने उसे पैसे देने बंद कर दिये हैं। खुद कमाओ-खुद कमाओ वाली बात भी हर जगह लागू नहीं होती। उसका भी तो दिल है। आज नहीं तो कल उसे नौकरी मिल ही जायेगी। तब तक हम ठीक से पेश आयें उससे।"

"पिताजी, मेरा विचार है कि मां ठीक कहती है।" कविता ने भी मां के समर्थन में कहा। फिर वह मां की ओर मुखातिब हुई, "मां, तुमने इतनी बातें कहां से सीख लीं? पहले तो कभी नहीं बोलती थीं इतना।"

"बेटे, वक्त और हालात सब कुछ सिखा देते हैं इंसान को। बस, हम समझना ही नहीं चाहते।"

कमला प्रसाद उन दोनों की बातें सुन कर एकाएक चुप हो गये। उनके भीतर विचारों का ऐसा झंझावात पैदा कर दिया था शान्ति की बातों ने कि वह उनमें ही उलझ कर रह गये। उनके लिये ग़लत और सही का निर्णय कर पाना इतना आसान नहीं था। इस द्वंद्व में जब उन्हें कुछ नहीं सूझा तो उन्होंने सोचना ही छोड़ दिया। अपना ध्यान बंटाने के लिए वह ऊंचे स्वर में भजन गुनगुनाने लगे। विचार फिर भी साथ-साथ चलते रहे। धीरे-धीरे उनकी आवाज़ में शिथिलता आने लगी। उन्हें पता ही नहीं चला कि कब शान्ति देवी और कविता उनके पास से उठ कर चली गयीं और कब नींद ने उन्हें आ घेरा।

चौथे ही दिन कमला प्रसाद की तबीयत एकाएक बिगड़ी और आनन-फानन मे उन्हें समीप के सरकारी अस्पताल में दाखिल करवा दिया गया। दो दिन आयीसीयू में रखने के पश्चात् ही उनकी उखड़ती सांसों को संयमित किया जा सका। परिवार के सभी सदस्यों की दिनचर्या अस्पताल और घर के बीच बंट कर रह गयी। शान्ति देवी सदैव ही अस्पताल में बनी रहीं। उन्होंने किशोर को भी सख़्त हिदायत दे दी थी कि वह भी कुछ दिन आवाराग़र्दी छोड़ कर घर पर रहे। क्या पता कब, कहां और क्या ज़रूरत आन पड़े।

अशोक नियमित रूप से स्कूल जा रहा था। उसका बहुत मन था कि वह भी पिता के पास रहता। "लेकिन तुम सबसे छोटे हो। क्या करोगे वहां रहकर?" मां ने यही कहकर उसे समझाया। वह बेचारा मन मसोस कर रह गया।

कविता को ऑफिस से अवकाश लेना पड़ा। उसने ऑफिस से पंद्रह हज़ार का आकस्मिक ऋण भी ले लिया। उसके विभागीय इंचार्ज, अधेड़ उम्र के दयावान व्यक्ति ने उसी शाम ऋण का पैसा किसी कर्मचारी के हाथ उसके घर पर भिजवा दिया। अगली सुबह स्वयं भी कार्यालय जाते समय अस्पताल में कमला प्रसाद को देख आये थे।

कमला प्रसाद को उनके कार्यालय के लोग भी मिलने आ रहे थे। उन्होंने भी ऑफिस से यथासम्भव सहायता उपलब्ध करवा दी थी।

छह दिन अस्पताल में बिताने के पश्चात् कमला प्रसाद को छुट्टी दे दी गयी थी। इन छह दिनों में बराबर उनकी निगाहें अजय के आने की उम्मीद में बाहर ही लगी रहीं। शान्ति देवी ने भी कविता को एक बार कहा था, "अजय को सूचित कर दे।" लेकिन उसने साफ मना कर दिया था, "मां, क्या अब भी आपको उम्मीद है कि वह आयेगा?"

"खून तो अपना ही है न।" बुझे स्वर में शान्ति देवी ने कहा था।

"लेकिन मां, अजय अब बदल चुका है।"

"मेरी तसल्ली के लिये ही सही लेकिन एक बार ख़बर कर दें उसे। फिर वह आये न आये, उसकी मर्ज़ी।"

कविता ने फोन कर दिया था। पता चला कि अजय टूर पर गया है। दो दिन बाद लौटेगा।...दो दिन के बाद भी उसका आना नहीं हुआ तो सब निराश हो उठे। शान्ति देवी की आंखें बार-बार भीग जातीं उसे याद करके। थक-हार कर खुद ही समझाना पड़ा था मन को।

...सप्ताह में दो बार चैकअप करवाने जाना पड़ रहा था। डॉक्टर उनके स्वास्थ्य लाभ की प्रगति से पूर्णतया संतुष्ट थे। "दवा समय पर लेते रहें और चिन्ता से दूर रहें तो बहुत जल्द ही ऑफिस भी जा सकेंगे।"

डॉक्टर की इस दिलासा से सबको बहुत राहत मिली थी लेकिन कमला प्रसाद चिन्ता कैसे न करते? हर दूसरे दिन वही प्रश्न कविता या शान्ति देवी से पूछ बैठते, "किशोर का कुछ हुआ? उसकी नौकरी लगी? मेरी बीमारी से भी उसे कुछ अक्ल आयी या नहीं?"

हर बार उसका उत्तर नकारात्मक पाकर उनकी चिन्ता और भी बढ़ जाती। 'जल्द ही ठीक हो जायेंगे' की डॉक्टरी दिलासा भी अब झूठी प्रतीत होने लगी थी। क्योंकि समय पर दवा लेने के बावजूद उनका स्वास्थ्य फिर से गड़बड़ाने लगा था।

"डॉक्टर गुप्ता को क्यों नहीं दिखा देते?" पिछली बार जब उनके साथी कर्मचारी उन्हें देखने आये तो किसी ने सलाह दी थी किन्तु डॉक्टर गुप्ता का नाम सुनते ही शान्ति देवी चुप हो रहीं। वह जानती थीं कि डॉक्टर गुप्ता का महंगा इलाज उनके बस की बात नहीं, लाख अच्छा हो डॉक्टर। अगर उसका ख़र्च नहीं चुका सकते तो क्या फायदा?

दूसरे डॉक्टर गुप्ता से इलाज करवाने से आफिस से मिलने वाला डॉक्टरी ख़र्च भी उन्हें नहीं मिलता।

इस मुसीबत के समय हर कोई उनकी सहायता करना चाहता था। जब बातों ही बातों में कमला प्रसाद की बची हुई सर्विस का ज़िक्र आया तो अमर नाथ ने सुझाव दिया कि तमाम तथ्य इकट्ठे करके कार्यालय में एक प्रार्थनापत्र दे दिया जाये कि कमला प्रसाद के स्वास्थ्य कारणों को ध्यान में रखते हुए उनके पुत्र किशोर को उनके स्थान पर नौकरी दे दी जाये। हो सकता है किन्हीं विशेश स्थितियों में ऐसा कर दिया जाये। हालांकि यह सम्भव नहीं था।

तमाम सोच-विचार के बाद भी बात वहीं आकर ठहर जाती थी कि संतान को नौकरी तभी मिल सकती है जब कर्मचारी के कार्यकाल के दौरान ही उसकी मृत्यु हो जाये। हालांकि यह एक क्रूर विचार था लेकिन था एक सच। इस सत्य को एक दिन कमला प्रसाद ने भी सुना और किशोर ने भी। और दोनों के ही मन में यह बात घर कर गयी।

कमला प्रसाद ने तो यहां तक भी सोच लिया था कि वह शान्ति देवी को बुला कर उन्हें हिदायत दे दें," मेरा अब कोई निश्चित नहीं। रहूं, न रहूं। मेरी अंतिम

पूंजी यह मकान ही बचा है। इसे मैंने कविता की शादी के लिये रख छोड़ा था। कोशिश करना कि उसी काम में लाया जाये।"

सुन कर शान्ति देवी रो उठी थीं। स्वास्थ्य लाभ की आशा उन्हें भी कम थी लेकिन उम्मीद है कि छूटती नहीं। उम्मीद के विपरीत कमला प्रसाद का स्वास्थ्य दिनों दिन बिगड़ता जा रहा था। कविता ने उन्हें समय पर दवा देने का काम किशोर को सौंप दिया था। कविता स्वयं ऑफिस में जुटी रहती। घर का सारा जिम्मा शान्ति देवी ने उठा रखा था। बस, एक दवा देने की जिम्मेदारी किशोर की थी।

लेकिन दवा लेने के बावजूद उनका स्वास्थ्य दिनों-दिन गिरता चला जा रहा था। डॉक्टर ने कई बार चैक किया किन्तु कोई कारण उन्हें समझ नहीं आया।

"दवा ठीक समय पर दी जा रही है?" चिन्तातुर हो पूछा उन्होंने।

"जी।" कविता ने सिर हिलाया। फिर एक बार किशोर की ओर देखा। उसका सिर भी 'हां' में हिल रहा था। डॉक्टर के चेहरे पर परेशानी झलक उठी। ऐसा कैसे हो सकता है? दवा ठीक समय पर मिल रही हो और वह ठीक न हों।

अब तो कमला प्रसाद भी यह मानने लगे थे कि यही उचित समय है मृत्यु का। जी चुके अपनी उम्र। अभी मृत्यु को प्राप्त हुए तो शायद किशोर की नैया भी पार लग जाये। अब तो वह भी कितना बदल चुका है। मेरी बीमारी ने उसे कितना जिम्मेदार बना दिया है। इसका प्रतिफल भी तो अब उसे मिलना चाहिये।

न जाने ऐसी कितनी ही ऊल-जुलूल बातें वह सोचा करते। लेकिन करते क्या? दया-मृत्यु भी तो नहीं मांग सकते थे। अब तो समय ही करे जो करे।

...और समय ने जो किया, उसे देख कर ही वह दंग रह गये। न सिर्फ दंग रह गये बल्कि आतंकित हो उठे। एक दिन जब अचानक ही उनकी नींद खुली तो उन्होंने किशोर को कोई चीज खिड़की से बाहर फेंकते और शीशी में कुछ रखते देखा। उनकी समझ में नहीं आया कि वह चीज़ क्या हो सकती है। झट से आंखें बंद कर वह सोचते रहे। तब वह वास्तव में ही आतंकित हो उठे, जब उन्होंने यह अंदाज़ा लगाया कि हो न हो, यह वही दवा थी, जो उनके लिये जीवनरक्षक थी। शायद किशोर ने दवा बदल दी थी।

सोचते ही एक झुरझुरी उनके पूरे शरीर में फैल गयी। उन्होंने सपने में भी नहीं सोचा था कि इंसान इतना क्रूर भी हो सकता है। इतना स्वार्थी!

शाम जब वही प्रक्रिया पुनः दोहराई गयी तो उनकी सांस जैसे थम-सी गयी। अब उन्हें पता चला कि क्यों वह दिनों-दिन कमज़ोर होते जा रहे थे। क्यों दवा लेने के बावजूद ठीक न हो पाने से डॉक्टर इतना चिंतित था।

इस घटना ने उनमें जीवन के प्रति एक बार फिर इतना मोह...इतना आकर्शण पैदा कर दिया कि उन्होंने फैसला कर लिया कि अभी ही शान्ति को बुला कर उसे सारी हकीकत बता देंगे। ताकि वह भी तो देख सके कि इंसान न कहलाये जाने

योग्य जिस इंसान की वह इतनी तरफदारी करती रहती है, आख़िर उसका असली रूप है क्या? इंसानी क्रूरता का ऐसा उदाहरण वह भी तो देखे।

सोचते-सोचते उनकी आंखें गीली हो उठीं। आंखों की पलकों पर ठहरे अश्रुकणों के बीच उन्होंने किशोर का चेहरा देखा। देर तक देखते रहे उसे। आज वह चेहरा उन्हें बहुत बेपहचाना लग रहा था। उस चेहरे के पीछे छिपा चेहरा अचानक गड़मड़ हो उठा। उन्हें याद आये अपने ही कहे वे शब्द, 'पता नहीं कैसी औलाद पैदा की है मैंने, शर्म आती है मुझे अपने आप पर।'

किन्तु अगली सुबह जब उन्होंने किशोर को फिर से गोलियां बाहर फेंकते देखा तो उन्होंने चादर खींच कर पूरी की पूरी अपने ऊपर ओढ़ ली और सिसक-सिसक कर रो पड़े। लेकिन उनका चेहरा एकदम शान्त था-शान्त और संतुष्ट।

बर्फ़ का ज्वालामुखी

रात भर यही क्रम चलता रहा था। मां के कराहने की आवाज़ें रात भर आती रहीं। बेचैनी ने रात-भर बलराज को सोने न दिया था। वह अनिद्रा के कारण करवटें बदलता रहा।

नींद बार-बार झपट्टे मार रही थी। पलकें अपने-आप मुंदने को हो आतीं। लेकिन फिर वही कराहना। कराहों का एक अंतहीन सिलसिला जो बदस्तूर जारी था। काम के बोझ से थका-हारा उसका शरीर चाहता था थोड़ी देर का आराम और सुकून। लेकिन इन दिनों उसकी ज़िन्दगी में सुकून था ही कहां? बेचैनी रह-रह कर उसके भीतर के उबाल को बढ़ा रही थी। इस निपट अंधेरी रात में उसका दिल चाह रहा था कि वह इतनी ज़ोर से चिल्लाये कि आसपास के शांत पड़े समूचे वातावरण में अफरा-तफरी फैल जाये। वह सब चीज़ों को तहस-नहस कर देना चाहता था। यह भी कोई ज़िन्दगी है भला? न दिन में चैन है, न रात को आराम।

दिन भर आफिस में काम...और सिर्फ काम। एक अनवरत भागदौड़। न सोचने का वक्त है, न रुकने का। शाम को घर लौटते हुए बस के लिये लंबी कतार। भागती भीड़। भीतर खचाखच ठुंसे हुए लोग। शरीर से सटे शरीर। पसीने की दुर्गन्ध। सिगरेट का दमघोंटू धुआं। यात्रियों की चिल्ल-पों। कभी किसी नारी देह से खिलवाड़ की बेहूदा हरकत। अश्लील फब्तियां, झगड़ा और मारपीट। बाहर मोटरों की रेल-पेल। चिंघाड़ते हुए हॉर्न। चारों तरफ शोर...सिर्फ शोर। रोज़-रोज़ वही। एक ही स्थिति की पुनरावृत्ति।

...और उस पर घर में घुसते ही यह कभी ख़त्म न होने वाली कराहें।

रात भर यही कुछ चलता रहा। लगातार बेचैनी और गुस्से के बावजूद वह एक-दो बार उठ कर मां को देख आया था। अपनी आंखों में न जाने कैसा भाव लिये मां उसके चेहरे को एकटक देखती रही थी। कुछ ऐसा था अवश्य उन बूढ़ी आंखों की तरल, उदास चमक में कि उसे अपने भीतर कुछ पिघलता हुआ-सा प्रतीत हुआ था।

"बीजी, दवा दे दूं?" एक बार पूछा था उसने।

"...।" ख़ामोशी। सिर्फ कुछ कहती हुई सी निगाहें।

मां का पोपला मुंह धीरे-धीरे चल रहा था। ऐसे, जैसे दांत न होने के बावजूद वह कुछ चबाने की कोशिश कर रही हो। शायद अपने भीतर का दर्द...या फिर उम्र के इस अंतिम पड़ाव पर ज़िन्दगी की तमाम कड़वाहटें।

वह मां के पायताने बैठ गया। मां बराबर मुंह चलाती रही। दर्द से उसका कराहना बंद नहीं हुआ था। असहाय सी वह एकटक बलराज को देखे जा रही थी। उसकी सीधी निगाह का तीखापन उसे उद्वेलित-सा कर रहा था। न जाने कौन सी सोच समा गयी थी मां के दिल में? न जाने क्या सोच रही थी वह?

शायद बलराज के बारे में ही सोच रही थी वह। इतना बदलाव आ गया है उसमें! हमेशा मुस्कराने वाला चेहरा अब कितना बुझा-बुझा सा रहता है। चिड़चिड़ापन... और चिड़चिड़ेपन से पैदा हुआ तनाव उसके चेहरे की लक़ीरों को बिगाड़ रहा था। अब तो ज़रा-ज़रा सी बात पर वह गुस्सा उठता है। कभी प्रभा पर...कभी बच्चों पर...कभी मां पर...तो कभी स्वयं पर ही। बिना किसी वज़ह के। मां की बीमारी और गृहस्थी की भागदौड़...यह सब तो उसकी दिनचर्या की बातें हो गयी हैं। इस सबके इलावा भी ऐसा कुछ है ज़रूर जो उसे भीतर ही भीतर, पल-प्रतिपल काटने की कोशिश करता रहता है। अपने अंदर की पीड़ा को वह महसूस तो करता है, कह नहीं पाता। हरचंद उसे दबाने के प्रयास में वह पीड़ा और भी उसके चेहरे की बिगड़ती लक़ीरों में प्रकट होने लगती है।...और जब वह इस प्रयास में अपने आप को पराजित-सा महसूस करता है तो एकाएक बोल पड़ता है—"बीजी, तुम चुप करके नहीं बैठ सकतीं क्या? सारा दिन तुम्हारी यही कूं-कूं सुनते-सुनते पागल हो जाता हूं मैं। पहले घर में मरो, खपो, फिर ऑफिस में। और फिर घर आकर वही तुम्हारी चखचख। कभी-कभी तो दिल करता है कि...।"

मां चौंक कर सिर उठाती है। हैरानगी से देखती है उसकी ओर। कभी-कभी क्या...? कभी-कभी सबको ख़त्म कर देने का मन होता है क्या? या स्वयं को? या फिर...।

परेशानियां भी तो कम नहीं हैं उसके लिये। ज़िन्दगी होम कर दी है उसने बच्चों के लिये। मुसीबतों का पहाड़ है उसके चारों ओर। ऑफिस...डॉक्टर...दवाइयां... घर की सैकड़ों परेशानियां...सबकी ज़रूरतें...सबके ख़र्चे...घर का राशन...और आये दिन इस जर्जर मकान की मरम्मत।

समस्या बना खड़ा है यह मकान भी। महीने में एक निश्चित ख़र्चा बंधा हुआ है इसकी मरम्मत के लिये। नौ बाय ग्यारह के इस कमरे में चार-पांच जनों का गुज़ारा करना भी तो आसान नहीं है। पैर पसारने की जगह तो है नहीं, सोने की क्या होगी?

इसी छोटे से कमरे में ही व्यवस्थित है सारी गृहस्थी। यही एक कमरा है

जो ड्राइंग रूम भी है, स्टडी रूम भी और बैडरूम भी। रात को कुर्सियां और मेज फोल्ड होकर पलंग के नीचे सरक जाते हैं। कभी न बदली जा सकने वाली एक व्यवस्था। हर वस्तु एक निश्चित ठिकाने पर। उन्हें इस तयशुदा जगह से हिलाया भी नहीं जा सकता। न इधर...न उधर।

सिर्फ मां का कमरा ही अलग है। और वे चारों इस एक कमरे में। बस, इतनी ही जगह है, जहां ज़िन्दगी अपने ढर्रे पर रेंगती रहती है। क्या इसी रेंगने को ही ज़िन्दगी कहते हैं। तिल-तिल कर अपने आप को जलाना। अपनी इच्छाओं को अपनी मौत मरने देना। अपने सपनों को हाराकीरी करने पर मजबूर करना। अगर जीना यही है तो फिर मरना क्या है? देहप्राण की शिथिलता ही तो मृत्यु नहीं। चलती सांसों का एकदम थम जाना ही तो मौत नहीं। अपनी खुली आंखों से अपने जीवन को पल-पल क्षरित होते देखना भी तो मृत्यु है। चलती सांसों पर परिस्थितियों के बढ़ते दबाव भी तो मृत्यु हैं। अपना अपनापा हालात के सामने टूटते देखना भी तो मृत्यु है।

हां, यह सब उसे देखना नहीं पड़ता अगर उसके अपने हालात ठीक होते।

...हालात? हालात तो अब भी ठीक हो सकते हैं, अगर कहीं मां ठीक हो जाये। अगर उसका कमरा खाली मिल सके। कम से कम अंगड़ाई लेने भर की जगह तो हो ही सकती है। अगर कहीं मां का कमरा...।

लेकिन मां? उसका क्या हो? वह तो बीमारी का कोढ़ ओढ़े सारा दिन हाय-हाय ही करती रहती है। बच्चे भी उसके कमरे में नहीं जाते। प्रभा ही नहीं जाने देती उन्हें। झाड़ू-पोंछा करना हो तो मेहतरानी तो है ही उसके लिये। प्रभा स्वयं भी कम ही जाती है। तभी जब खाना वग़ैरह देना हो। अथवा मल-मूत्र के लिये ले जाना हो। वरना तो सारा दिन वह कमरा बंद पड़ा रहता है। किसी अभिशप्त की तरह—अपने दुर्गन्धयुक्त दूषित कणों को अपने ही भीतर निगल जाने को मजबूर। एक लिज़लिज़ापन कमरे की दीवारों पर रेंगता है। न धूप का कोई टुकड़ा...न हवा का कोई ताज़ा झोंका। सिर्फ मां, दवाइयां और घुटन है उस कमरे में। न जाने कैसी घिनौनी-सी बू उठती रहती है हमेशा।

...और यही बू शायद बलराज के दिमाग़ में भी घुस गयी है। भीतर ही भीतर जो कुलबुलाती है किसी कीड़े की तरह। कीड़े, जिनके रेंगने से भिन्नाया रहता है वह।

आज भी भिन्नाया हुआ है वह। रात भर सो जो नहीं पाया। घुप्प अंधेरा है हर तरफ। बाहर एकदम शांत सन्नाटा। कोई आवाज़, कोई आहट भी नहीं। सिर्फ कुत्तों के भौंकने के स्वर...चौकीदार की तेज़ सीटी...सड़क पर पड़ती डंडे की चोट...और शेश सब शांत।

...लेकिन वह? वह कहां शांत है? वह तो बेचैनी की करवटें ले रहा है। कभी गुस्सा उफान लेता है उसके भीतर तो कभी वह कछुए की भांति अपनी गर्दन

को अपने कवच में छिपाये बैठ जाता है। कुछ सोचता हुआ सा।

सोचते हुए वह अकस्मात् मुस्करा उठता है। अपने होंठों को उसने अपने-आप फैल जाने दिया। फिर उसने करवट बदली। उस गहराये अंधेरे में आंखें गढ़ा कर देखने की कोशिश की। जैसे वह अंधेरों को बेंधना चाहता हो। अंधेरे में ही टटोल कर उसने तकिये के नीचे से माचिस निकाली और थोड़ी परे रखी सिगरेट की डिबिया भी ढूंढ निकाली। फक्क से तीली जली और कमरे में एक जुगनू चमकने लगा। दो-तीन लंबे-लंबे कश खींचे उसने। भयावह रात के लंबे लम्हों से भी कहीं ज़्यादा लंबे कश।

आख़िरी कश खींच कर सिगरेट का टुकड़ा वह फेंकने ही वाला था कि प्रभा का शरीर नींद में कसमसाया। समूचे चेतन जगत से निश्चिंत...एक अव्यवस्थित शरीर।

वह उठ कर सीधा बैठ गया। मां के कराहने का स्वर अब बंद हो चुका था। शायद वह सो चुकी थी। उसने दीवार से टेक लगा ली। वह कुछ सोचना चाहता था। लेकिन कोई भी विचार उसके मस्तिश्क में पनप ही नहीं रहा था। भीतर सब कुछ अव्यवस्थित-सा प्रतीत हो रहा था उसे। व्यवस्थित कुछ भी पकड़ में नहीं आ रहा था। व्यवस्थित कुछ था ही कहां?

ऊहापोह की इस स्थिति में न जाने कब...और क्यों उसने पलंग के पास पड़े टेबल लैंप का बटन दबा दिया। पीली रोशनी का एक गोलाकार टुकड़ा पलंग पर फैल गया, रोशनी के उस दायरे में प्रभा का निश्छल एवं शांत पड़ा शरीर भी कैद हो गया था। वही अव्यवस्थित देह।...नंगी पिंडलियां।...शरीर को ढकने की कोशिश करता ब्लाऊज़ और इस कोशिश में और भी उभरता उसका सीना।

रफ़्ता-रफ़्ता बलराज के लहू में उबाल आने लगा। एक नामालूम-सी गर्मी उसकी रगों में घुलने लगी। उसके शरीर का तनाव जब पूरे आवेग से फैलने लगा तो वह उठ खड़ा हुआ। सिगरेट बुझा कर फेंक दी और आहिस्ता से प्रभा की कमर में हाथ डाल कर उसे अपनी ओर खींचना चाहा। प्रभा गहरी नींद में कसमसाई। बलराज की सांसों की गर्मी प्रभा के अनावृत वक्ष से टकराने लगी। टकरा कर एक झंझावात उत्पन्न करने लगी। प्रभा अभी भी सो रही थी। बलराज ने एक बार फिर उसे झटका। अबकी नींद टूटी उसकी। आंखें खोलीं तो सामने बलराज का चेहरा था-याचक मुखाकृति। उन्नींदी आंखों से वह मुस्कराई और अपनी बांहें उसकी गर्दन में डाल दीं।

वह तूफानी एहसास अभी अपनी पराकाष्ठा पर पहुंचना ही चाहता था कि किसी अदृश्य विचार ने बलराज के समूचे शरीर को अपनी कैद में जकड़ लिया और पूरी ताकत के साथ एक झटका दिया। उस एक क्षण में उसे लगा कि उसकी कमर के नीचे का हिस्सा बर्फ की सैकड़ों सिल्लियों में फंस गया है और समूचा का समूचा वह, उस बर्फीली शिथिलता में जकड़ता जा रहा है। सारा तनाव...सारी

गर्मी उस बर्फ में जम चुकी थी। अचानक ही उसे लगा कि वह नपुंसक हो गया है...और कमरे के चारों कोने सिकुड़ कर बर्फ की सिल्लियों में दब गये हैं।

...बलराज ऑफिस से लौटा तो बहुत थक चुका था। चाय पीने के बाद थोड़ा संभला। प्रभा से बतियाते हुए टी.वी. का स्विच ऑन करने लगा तो पास ही पड़ा नीले रंग का एक लिफाफा भी उसे दिखायी दिया जो आज सुबह ही डाकिया दे गया था। प्रश्नवाचक दृष्टि से उसने प्रभा की ओर देखा।

"ओह हां। सुबह प्रमिला का खत आया था। बातों ही बातों में भूल ही गयी बताना।"

"क्या लिखती हैं साली साहिबा?"

"खुद ही पढ़ लो...आने को लिखा है उसने। दिल्ली में ही पेपर हैं उसके। दो एक महीने यहीं रह कर तैयारी करना चाहती है। वहां तो प्रकाश सारा दिन अपने यारों-दोस्तों के साथ धमा-चौकड़ी मचाता रहता है।"

"हूं।" उसने विचारपूर्ण हुंकार भरी। फिर एकदम चुप्पी पसर गयी वहां। दोनों की निगाहें आपस में मिलीं। फिर अपने-अपने शून्य में भटक गयीं। उमस भरे वातावरण में बोझिलता भी शामिल हो गयी।

"आना कब है उसने?"-बिना पढ़े ही पत्र उसने वापस रख दिया। सिर को अपने दोनों हाथों की बंधी हथेलियों पर टिका वह पलंग पर पसर गया।

"अगले हफ्ते, शुक्रवार को।"-धीमी आवाज़ में प्रभा ने उत्तर दिया। ऐसे, जैसे स्वयं से बात कर रही हो।

"ठीक है, लेकिन...।" अधूरे घुटे वाक्य में एक संशय तैर रहा था। शायद नकार का सा भाव भी था उसमें। प्रभा ने भी महसूस किया।

"लेकिन क्या?" अंततः उसने पूछ ही लिया।

"तुम्हें शायद अच्छा नहीं लगे लेकिन प्रमिला के आने पर...।"

"सो तो है ही। लेकिन...।"...फिर वही लेकिन। फिर वही प्रश्न।

"ख़ैर...।" एकाएक उठते हुए उसने कहा, "आने तो दो उसे। जैसे भी होगा ठीक कर ही लेंगे।"

"लेकिन...।"

"फिर वही लेकिन...अरे भाई, जहां चार हैं, वहां पांच सही।"

"सो तो ठीक है लेकिन मुश्किल तो हो ही जायेगी। हां, अगर मां का कमरा मिल जाये तो...।"

"मां का कमरा?"...वह अचानक बिफर उठा—"मां को उठाकर बाहर फेंक दूं क्या?...या छोड़ आऊं कहीं?"

"नहीं-नहीं...मेरे कहने का यह अर्थ नहीं था,' प्रभा उसके गुस्से से डरते हुए बोली, "लेकिन बड़े भैया ने आपसे एक बार कहा तो था मां को भेजने के लिये।"

"फिर...?" उसकी माथे की रेखायें अभी भी वक्र थीं।

"उन्हीं को पूछ देखो। शायद...।"

"नहीं, मैं नहीं पूछूंगा उनसे। वह खुद ही कहें तो...।"

"कहा तो था उन्होंने।"

"हां, कहा तो था। लेकिन क्या एक बार कहने भर से ही भेज दूं मां को? वह क्या सोचेंगे?"

"अपने-आप से ही अंदाज़े लगा लेते हैं आप तो। एक बार बात करके तो देखो।' '

"ठीक है, देखता हूं।"

फिर वही पहले की सी चुप्पी। दोनों अपनी-अपनी सोच में डूबे थे। सोचते हुए बलराज स्वयं में ही बुदबुदा उठा, "हां, बात तो करनी ही पड़ेगी।"

बड़े भैया से स्पष्ट इंकार सुन कर बलराज गुस्साया हुआ घर लौट आया था। प्रभा ने बलराज के तमतमाये हुए चेहरे को देखा तो डर के मारे कांपने लगी। क्रोधाक्यि से असंतुलित होते कदमों के साथ बलराज ने घर में प्रवेश करते ही एक ठोकर दरवाज़े पर दे मारी थी—"अपने खर्चों का हिसाब दोगे मुझे? बच्चों की ऊंची फीसें गिनवाओगे? ऊंचे स्कूल में पढ़ेंगे तो ऊंची फीसें तो देनी ही पड़ेंगी...और आये दिन जो सैर-सपाटा होता है, उसका खर्च भी तो गिनवाया होता। अगर खर्चें इतने ही बर्दाश्त से बाहर थे तो यह नई कार किसलिये ली थी? क्या मुझे दिखाने के लिये? ठीक है, तुमने मेहनत की है। ज़्यादा पढ़-लिख गये हो। अच्छी नौकरी है तुम्हारे पास, लेकिन किसके बूते? अगर आज तुम इस मुकाम पर हो तो किसकी खातिर? तुम तो अभी पढ़ ही रहे थे जब मैं खेलने की उम्र में ही नौकरी करने लगा था। घर में छोटा होते हुए भी पूरे परिवार का बोझ अपने अकेले कंधों पर उठाया है मैंने। भूल गये वह वक्त जब शादी के दो साल बाद तुम्हारी नौकरी छूट गयी थी। उस वक्त किसने सहायता की थी तुम्हारी? मैंने अपने बच्चों का पेट काटकर तुम्हारे घर का राशन भरा। तब कहां था इन खर्चों का हिसाब-किताब?

"मेरे कंधे अब भी टूट रहे हैं। नहीं उठा सकते मां की जिम्मेदारी तो कम से कम थोड़ी बहुत सहायता तो मेरी कर ही सकते हो। या नहीं? जब तक मां ठीक थी तो हर हफ़्ते पहुंच जाते थे मिलने। हर हफ़्ते अपने साथ ले जाते थे। क्यों? मैं नहीं जानता क्या? तुम्हारे घर का आधे से ज़्यादा सामान बीजी के पैसों से ही तो

बना है। मीठा बोल-बोल कर उनकी गांठ ढीली कर दी तुमने। चाहता तो मैं भी कर सकता था। लेकिन हमें ऐसी भाशा बोलनी ही नहीं आती। आती होती तो हम इतने बुरे नहीं बनते। और अब तो बीजी के पास भी क्या छोड़ा है आपने? अब क्यों नहीं ले जाते उन्हें? ख़र्चा करना पड़ेगा इसलिये? मेरी तंगदस्ती का हाल सिर्फ मैं ही जानता हूं। आज ज़रूरत मेरी है। इसलिये हर कोई बिदक रहा है मुझसे। जितना कमाता हूं, उससे कहीं ज़्यादा डॉक्टरों और दवाओं पर ख़र्च हो जाता है। अपना पेट काट-काट कर बच्चों की फीस दे रहा हूं। और तुम मुझे बच्चों की फीस गिनाते हो? लानत है तुम पर। और लानत है तुम्हारी इस नीयत पर।'

...और फिर एकाएक वह चुप होकर बैठ गया। प्रभा ने उसे देखा। एक बार चौंकी और चौंक कर डर गयी। वह जानती थी कि उसके भीतर कुछ उबल रहा है, किसी ज्वालामुखी की तरह। प्रतिपल विकृत होती बलराज के चेहरे की रेखायें उस ज्वालामुखी की गर्मी का एहसास करा रही थीं। लेकिन इस वक्त कुछ भी कहना आसान नहीं था उसके लिये। आसान कुछ था तो सिर्फ चुप्पी। जैसे और चुप्पियां फैली हैं चारों तरफ, वैसी ही एक चुप्पी। जो उसने अपने चेहरे पर ओढ़ ली—किसी सुरक्षा-कवच की तरह।

बड़े भैया का फोन आया था। मां से मिलना चाहते थे वह। बलराज ने प्रकट रूप में उन्हें नकारने की कोशिश की लेकिन बड़े भैया आख़िरकार आ ही गये। बलराज ने उनके आने को किंचित मात्र भी महत्त्व देना ठीक नहीं समझा था। एक कील थी जो गड़ी हुई थी उसके सीने में। लगातार एक चुभन...एक दर्द पैदा कर रही थी। इस दर्द को भूलना नहीं चाहता था वह। चाहता था कि वह कील हमेशा गड़ी रहे वहां। हर वक्त टीस देती रहे। ताकि किसी चीज़ का होना या न होना उसे भूले नहीं। किसी भी पीड़ा को वह विस्मृत न होने दे। विस्मृत होता भी कैसे? उसका अपना अंतराल उसे चैन से बैठने दे तब न। उसका अपना स्वभाव उसे ऐसा करने तो दे।

काफी देर तक मां के पास बैठकर बड़े भैया चले गये थे। उन्होंने एक बार सहज भाव से बलराज से बात करने की कोशिश भी की थी। किन्तु बलराज ही अनदेखा कर गया था उन्हें। बड़े भैया के प्रति...उनकी उपस्थिति के प्रति यह नकारभाव उसके अहम् को थोड़ी संतुष्टि अवश्य दे गया था। बड़े भैया ने भी महसूसा था इसे। बिना कोई भाव...बिना कोई प्रतिक्रिया व्यक्त किये वह चुपचाप चले गये थे। उनके जाने के बाद पीछे रह गया था कार का उठता हुआ गुबार।

...और बलराज एकाएक ठहाके लगाने लगा था—आसमान फोड़ ठहाके।

जितनी तीव्रता के साथ बलराज में बदलाव आया था, उससे प्रभा बहुत हैरान थी। सहमी हुई भी थी। वह कुछ, जो बलराज को मां से बांधे हुए था, चटक चुका था। उसके चटकने की आवाज़ बलराज ने भी सुनी थी और प्रभा ने भी। लेकिन बलराज चुप लगा गया था। प्रभा हैरान थी कि आख़िर संवेदनहीनता की यह स्थिति बलराज को कहां ले जायेगी। हो क्या गया है उसे? ज़िंदा एहसासों पर एकाएक कफन डालकर समाधिस्थ हो जाना। न हंसना...न ही रोना। प्रभा सिहर उठती थी यह सोच कर ही। और यह सिहरन उसके भीतर एक डर पैदा कर रही थी। एक अनदेखा...एक अनजाना डर।

इसी मन:स्थिति में न जाने किस बात पर तमतमाये बलराज ने एक दिन पूरे आवेग के साथ एक ज़ोरदार ठोकर मारी थी मां के कमरे के दरवाज़े पर। तेज़ आवाज़ हुई और बूढ़ा शरीर चीखने को हो आया। तन में शक्ति होती तो कदाचित चीख भी उठती।

आवाज़ सुन कर बदहवास प्रभा भागी-भागी वहां पहुंची थी। देखा, मां का कातर शरीर थर-थर कांप रहा था। भयातुर सहमी निगाहों से उसने बलराज को देखा। उसकी आंखें आक्रोश से जल रही थीं। इस सुलगते आक्रोश ने एक जंगल उगा दिया था घर में...एक निरंकुश साम्राज्य। चारों ओर कब्रिस्तान की सी मुर्दनी... स्याह अंधेरे, दिन के उजालों में भी वहां फैले रहते थे। उस जंगल में रहते हुए घर का हर सदस्य अपने आप में सहम गया था। प्रभा अब हमेशा चुप रहने लगी थी। बच्चे गुमसुम...उनकी हंसी गायब हो चुकी थी और उनकी मांगें नदारद। हर कोई बात करते भी डरता था क्योंकि इस जंगली साम्राज्य का अधिश्ठाता पत्थर का हो चुका था। पाशाण शरीर और पाशाण हृदय। कठोर और संवेदनहीन। उसकी यह संवेदनहीनता किसी एक क्षण का परिणाम नहीं थी शायद। लम्हा-दर-लम्हा और दिन-प्रतिदिन होने वाले घटनाक्रम की उत्पत्ति थी वह। सम्बन्धों के संग्राम ने ऐसी कटुता भर दी थी उसके भीतर कि उसके अंदर का आदमी एक अलग ही दुनिया का जीव बन गया था। उसके भीतर के सारे तंतु एक बारगी टूट कर बिखर गये थे। सिर्फ यही नहीं, उसके समूचे जीवन का ढांचा भी बिखर गया था। कुछ छीन लिये जाने का एहसास उसे बेतरह परेशान किये रहता। एक क्षण भी चैन से नहीं बैठने देता था। हमेशा दौड़ाये रहता, यहां से वहां...और वहां से यहां। नहीं मालूम कि यह दौड़ कहां ख़त्म होगी? कहां पहुंचायेगी उसे? कहीं पहुंचायेगी भी या नहीं? कोई पड़ाव है भी कहीं?

...भैया इस बीच एक बार फिर आये थे। अकेले ही। आते ही उन्होंने बिना किसी पूर्व भूमिका के घोशणा कर दी थी, "मैं बीजी को लेने आया हूं।"

पता नहीं क्यों, इस बार बलराज ने कोई प्रतिरोध नहीं किया था। बाद में बेशक वह बड़े भैया को गालियां बकता रहा था।

तीसरे ही दिन मां वापस लौट आयी थी। बड़े भैया स्वयं छोड़ गये थे। बलराज ऑफिस से लौटा तो मां के कमरे का दरवाजा खुला था। उसकी भौहें टेढ़ी हो गयीं।

"बड़े भैया आये थे क्या?"

"हां," एक संक्षिप्त सा उत्तर। इससे अधिक वह बोलना भी नहीं चाहती थी। बलराज भीतर ही भीतर बुझ गया। तीन दिन से वह राहत महसूस कर रहा था। किन्तु अब...?

मां के वापस लौट आने के अगले ही सप्ताह उसे कहीं से सूचना मिली थी कि वह मकान जिसे वह अक्सर दड़बा कहा करता था, मां ने बड़े भैया के नाम कर दिया था। सुनते ही शंका और चिन्ता के मिले-जुले भाव उसके चेहरे पर घिर आये थे। बलराज के चेहरे का रंग एकदम फक्क पड़ गया था।

सन्निपात की सी स्थिति में वह बैठा रह गया था। एकदम चेतनाशून्य। अचानक ही उसके होंठ कंपकंपाने लगे थे। वह भीतर ही भीतर रो पड़ना चाहता था।

...प्रभा भी एकदम सहम गयी। कातर निगाहों से उसने पति की ओर देखा। देखा...और सिहर उठी। बलराज के चेहरे पर आते अज़ीबो-गरीब उतार-चढ़ाव देख कर वह भीतर तक कांप गयी। उसकी मन:स्थिति का अनुमान लगा कर वह डर गयी कि कहीं वह पागल ही न हो जाये।

...और बलराज? वह तो जैसे वास्तव ही में पागल हो उठा था। वह अचानक ही पलंग से कूद कर नीचे आ गया। दौड़ कर उसने एक ज़बर्दस्त ठोकर मां के कमरे के जर्जर दरवाजे पर जमा दी। फिर दूसरी ठोकर...फिर तीसरी...और फिर लगातार ठोकरें दरवाजे पर पड़ती रहीं। वह विक्षिप्त हो उठा था शायद। मां एकदम सुन्न थी, प्रभा जड़वत् और बच्चे हतप्रभ। अपने पिता की यह हालत देख कर बेटा दीपक चीखता हुआ बाहर गली में भाग गया था। बेटी रचना डर के मारे मां के सीने से जा लगी थी।

शोर सुन कर आसपास के घरों की खिड़कियां एक के बाद एक खुलने लगीं। बलराज अभी भी दरवाजे पर ठोकरें मारे जा रहा था—अपना दायां पांव घायल व लहूलुहान होने के बावजूद। क्रोध अग्नि से उसके मुंह से लगातार झाग निकल रहा था—धाराप्रवाह गालियों के साथ।

इससे पूर्व कि कोई कुछ भी समझ पाता, बलराज ने झपट कर रचना को प्रभा से अलग खींच लिया था और घसीट लिया था प्रभा को मां के कमरे में। इस अप्रत्याशित हमले से प्रभा संभल भी न पाई थी कि बलराज ने उसके ब्लाऊज़ के टुकड़े कर डाले थे...और धकेल दिया था उसे मां की चारपाई पर। प्रभा पूरे वेग

और वजन के साथ उस बूढ़े शरीर से जा टकराई थी। बलराज वहशियाना अंदाज़ से चिल्ला रहा था-"कुत्ते की औलाद, हरामी के पिल्ले, तूने दिखा ही दी न अपनी औक़ात। इस कमरे के वास्ते? यह दड़बा भी छीन लिया तूने मुझसे?...और तू बुढ़िया, सालों साल अपनी जान फूंक कर तेरी सेवा की मैंने। इसका यही फल दिया है तूने मुझे? अब बता, मैं क्या करूं? कहां फेंकूं बच्चे अपने? कहां ले जाऊं उन्हें? कहां जायें हम? कब से मरता रहा हूं तेरे लिये, एहसानफ़रामोश बुढ़िया। तूने रत्ती-भर भी नहीं सोचा इनके लिये? शर्म नहीं आयी तुझे? देख, अब देख। नहीं आयी थी न शर्म तुझको? ले देख, अब मुझे भी शर्म नहीं आयेगी। बहुत इज्ज़त कर ली तेरी। अब देख तू दीदे फाड़-फाड़ कर।"

...और एक ही झटके से उसने प्रभा को पकड़ कर अपनी ओर खींचा। कटे वृक्ष की तरह प्रभा निढाल सी दूसरी ओर जा पड़ी। एक तेज़ चीख उसके हलक से निकली। वह फुर्ती से उठी और दरवाजे की ओर भागी। लेकिन बलराज ने उसे फिर वापस खींच लिया। वापस खींच कर उसके शरीर के शेश वस्त्र भी तार-तार कर उतार फेंके। प्रभा मादरजात नंगी खड़ी थी उसके सामने-रोती और अपने शरीर को ढांपने की असफल कोशिश करती।

...मां विस्फारित नेत्रों से देख रही थी यह सब। उसकी आंखें इस अप्रत्याशित... अकल्पित परिणाम से पत्थर हो चुकी थीं। वह चीखना चाहती थी लेकिन उसकी आवाज़ ने उसका साथ देना बंद कर दिया था।

पता नहीं कब का ज्वालामुखी दबा पड़ा था बलराज के अंदर। आज वह पूरे वेग के साथ फूट गया था। भस्म कर देना चाहता था यह वेग हर चीज़ को। बहाकर ले जाना चाहता था उस उबलते लावे में। पिछले कितने ही महीनों में बर्फ के जो पहाड़ उग आये थे बलराज के शरीर में...जिन्होंने उसके अंगों को सुन्न करके रख दिया था, उस लावे की गर्मी में पिघल-पिघल कर विस्फोट कर देना चाहते थे।

हर चीज़ आज भस्म हो रही थी। हर चीज़ स्याह। सब कुछ ज्वालामुखी के दहाने से फूटे लावे में दफन हो चुका था। सब कुछ।

काफी देर बार जब तूफान शांत होता दीख पड़ा तो किसी ने डरते-सहमते दरवाजे को हल्के से पैर के साथ धकेल कर देखा और उसका सर्वांग कांप उठा। बर्फ का वह पहाड़ ज्वालामुखी बन कर देखते ही देखते प्रभा के निढाल अधमरे शरीर में प्रवेश कर चुका था। और प्रभा एक कोने में उकड़ूं बैठी अपने जिस्म को समेटने, ढांपने की कोशिश करती फूट-फूट कर रो रही थी...एकदम निर्वस्त्र और लहूलुहान। और उसके पास ही खड़ा था बलराज-सर्वथा निर्वसन...अपने हाथों से अपने मुंह की झाग पोंछता...एक विद्रूप...विजेता हंसी उसके होठों पर थिरक रही थी।

एक दायरे का अन्त

डॉक्टर आनंद ने पांव सामने पड़ी मेज पर फैला दिये। धूप की चौंध से बचने के लिये रूमाल आंखों पर रख लिया। दिसम्बर की खिली धूप हर तरफ छितराई हुई थी। सामने क्यारियों में खिले गुलाब, अशोक के वृक्ष...और काक्सकुम के मुर्गे की कलगी की तरह फैले सुर्ख लाल रंग के फूलों ने वातावरण को मनमोहक बना दिया था।

डॉक्टर आनंद इन सबसे बेख़बर थे, अपने ही विचारों में खोये। सोच का एक सूक्ष्म तंत्र जैसे उनके मस्तिश्क की शिराओं को जकड़े हुए था जिसके ज़रा सा कसते ही नसें तनाव से चटखने को हो आतीं।

बैठे-बैठे अचानक उनके शरीर को एक झटका सा लगा और वह हड़बड़ा कर रह गये। नींद का एक झोंका उन्हें अपने साथ बहा ले गया था। अचानक हुई इस हड़बड़ाहट से मेज पर रखी चाय की प्याली एकाएक छलछला आयी थी। उन्हें बिल्कुल याद नहीं, कब उन्होंने चाय मंगवाई थी और कब बहादुर उनके सामने चाय रख गया था।

डॉक्टर आनंद ने हकबका कर अपने इर्द-गिर्द देखा। किसी को अपने आसपास न पाकर उन्हें राहत मिली थी। वह एकदम सीधे होकर कुर्सी पर बैठ गये। चिलमिलाती धूप से उनकी आंखें चुंधिया उठीं। उन्होंने झुक कर नीचे गिरा रूमाल उठाया और चश्मा उतार कर मेज पर रख दिया। आंखें मिचमिचा कर अपने चारों ओर दुबारा निगाह दौड़ाई।

चारों तरफ एक अजीब-सी शान्ति थी। कहीं कोई नहीं था, सिवाय शीला की आवाज़ के जो हवा में तैरती हुई उन तक पहुंच रही थी। शायद वह फोन पर किसी से बात कर रही थी।

डॉक्टर आनंद कुर्सी से उठ खड़े हुए। एक भरपूर अंगड़ाई ली और फिर अपने चारों ओर देखा—बेवज़ह। निगाहें सामने दरवाजे पर जा कर ठहर गयीं, जहां से निकल कर शीला उन्हीं की ओर आ रही थी। लाल छींटदार गाऊन में लिपटी, अपने बालों को संवारती हुई। दूर से ही उसने एक नपी-तुली मुस्कान डॉक्टर आनंद

की ओर फेंकी। डॉक्टर आनंद ने कोई प्रतिक्रिया व्यक्त नहीं की तो शीला के होंठ अपने आप में सिकुड़ कर रह गये। पास आकर वह चुपचाप उनके सामने वाली कुर्सी पर पसर गयी।

"अरे! आपने चाय नहीं पी अभी तक?"

"हां, यूं ही।" डॉक्टर आनंद ने अन्यमनस्क होकर संक्षिप्त सा उत्तर दिया।

"ख़ैर, कोई बात नहीं। मैं बहादुर को कॉफी के लिये बोल आयी हूं। लाता ही होगा।" शीला ने उबासी को रोकने की भरसक चेष्टा करते हुए कहा।

"फोन किसका था?" डॉक्टर आनंद ने अचानक पूछ लिया।

"मम्मी का।"

"क्या कह रही थीं?" डॉक्टर आनंद ने चश्मा पुनः अपनी आंखों पर चढ़ाते हुए पूछा।

"कुछ खास नहीं।"

शीला की निगाहें डॉक्टर आनंद के बिल्कुल कान के पास से होकर पीछे खड़े अशोक के वृक्ष में उलझ कर रह गयीं थीं।

"तुम शायद बताना नहीं चाहती।" डॉक्टर आनंद ने उसकी निगाहों को पकड़ने की कोशिश की।

"क्या? क्या नहीं बताना चाहती मैं?" उसने निगाहें पुनः डॉक्टर आनंद के चेहरे पर टिका दीं।

"वहीं, जो तुम छिपाने की कोशिश कर रही हो।"

"आप जानते हैं, मुझे किसी भी प्रकार का छिपाव पसंद नहीं।"

"फिर?"

"सुन कर आपको तकलीफ पहुंचेगी। इसीलिये...।"

"क्यों? जो कुछ हुआ, क्या उससे भी ज़्यादा तकलीफदेय है? फिर बता ही क्यों नहीं देती?" डॉक्टर आनंद ने दुबारा ज़ोर देते हुए कहा।

"आपके बारे में पूछ रही थीं। जानना चाहती थीं कि आपका प्रमोशन होने वाला था। क्या हुआ उसका?"

डॉक्टर आनंद अप्रत्याशित रूप से उठ खड़े हुए और हाथों को पीठ पीछे बांध कर विचारपूर्ण मुद्रा में चहलकदमी करने लगे।

"क्या हुआ उसका?" इस एक प्रश्न ने उनके मन को अस्थिर कर दिया था। भीतर से बहुत अव्यवस्थित। जिसे वेदना के तंतु कहें, वे भी हिल गये थे। दर्द का एक अत्यंत महीन किन्तु पीड़ादायक उभार उनके चेहरे की अस्पष्ट रेखाओं में दिखायी देने लगा था। ऐसा उभार, जिसे पकड़ पाना इतना आसान न था।

शीला भी उठ कर उनके पास आ गयी। उनके हाथ को अपने दोनों हाथों में लेकर एक बार सहलाया और बोली—

"मैं इसलिये नहीं बताना चाहती थी। जानती थी कि आपको दुःख पहुंचेगा। पहले ही आपने इतनी 'टेंशन' पाल रखी है। अब और...।"

"हां, शीला! मैं उसे भूल नहीं पा रहा। भूल सकता भी नहीं। और शायद भूलना चाहता भी नहीं। अब तुमसे कुछ छिपा थोड़े ही है। तुम तो यह भी जानती हो कि यह सब किसका किया-धरा है।"

"हां, जानती हूं। फिर भी तुम्हें थोड़ा सब्र से काम लेना चाहिये। अपने आपको थोड़ा समय दो। वक्त के साथ सब ठीक हो जायेगा।" शीला ने सांत्वनापूर्ण स्वर में कहा।

"क्या ख़ाक ठीक हो जायेगा? जिन्होंने यह सब किया है, वह...डॉक्टर सिन्हा और उनके आगे पीछे घूमने वाले, क्या वे सब अपना फैसला बदलेंगे?"

"नहीं बदलेंगे।...इसीलिये तो कहती हूं कि कोई 'टेंशन' मत पालो। जब कुछ हो ही नहीं सकता तो...।"

"चाहे कुछ न हो। फिर भी मैं उन्हें इस तरह बैठने नहीं दूंगा। मैं उन्हें कोर्ट में घसीटूंगा। और आख़िरी दम तक लड़ूंगा।"

"ठीक है, भई, लड़ लेना। लेकिन अभी तो आराम से बैठो।" शीला ने सायास मुस्कराने की कोशिश की।

डॉक्टर आनंद पुनः कुर्सी में धंस गये। सहजता किसी भी प्रकार वह बना नहीं पा रहे थे। शायद उनके लिये सहज होना ही इतना सहज नहीं था।

बहादुर कॉफी रख गया था -चुपचाप। बिना कोई शब्द बोले। डॉक्टर आनंद को उसकी यह आदत बहुत पसंद थी। वह अक्सर कम ही बोलता था। सिर्फ नपे-तुले शब्द।

बहादुर के जाते ही वातावरण एक बार फिर बोझिल हो उठा था। चुप्पियां जैसे उन दोनों के बीच पसर गयी थीं। शीला बोझिलता को झटक देने की कोशिश में असफल होकर चुप थी। और डॉक्टर आनंद के दिलो-दिमाग़ पर परिस्थितियों का बोझ था जिसके कारण वह चुप थे।

बहुत सवेरे हालांकि धुंध की परतें वातावरण में फैली थीं। अब खिली धूप में फैली थी उष्णता। उन्हें फिर भी ऐसा लग रहा था जैसे वातावरण में अभी भी धुंध की परतें छितराई हुई हैं। हवा में फैले आर्द्रता के कण अभी भी बोझिल होकर बूंद-बूंद उनके ऊपर गिर रहे हैं।

"सुनिए, क्यों न हम दो-चार दिन के लिये कीर्ति के पास हो आयें।" अंततः शीला ने ही साहस किया था उन चुम्बकीय चुप्पियों को तोड़ने का, "उसकी भी क्रिसमस की छुट्टियां आ रही हैं। वह भी खुश हो जायेगी और आपका भी मन थोड़ा हल्का हो जायेगा। क्या कहते हैं आप?"

"मन का बोझ इतनी जल्दी हल्का नहीं होता,शीला! वातावरण के बदलाव

से मन के भीतर थोड़े ही बदलाव आयेगा।" एक दीर्घ श्वास छोड़ते हुए डॉक्टर आनंद ने कहा।

"कोशिश से क्या कुछ सम्भव नहीं है? आप तो स्वयं डॉक्टर हैं। औरों के मन का इलाज करते हैं। अपने मरीजों को वातावरण बदलने की सलाह देते हैं। किसलिये? क्या सिर्फ झूठी तसल्लियां देते हैं आप? आप इतने निराश न हों। मैं अभी कीर्ति से बात करती हूं। और देहरादून की टिकटें बुक करवा देती हूं। आप अपना प्रोग्राम देख लीजिये।"

"नहीं, ऐसा कोई ख़ास प्रोग्राम तो नहीं है।" उन्होंने जैसे अपनी सहज स्वीकृति देते हुए कहा। कॉफी का खाली प्याला उन्होंने मेज पर रख दिया था।

"तो ठीक है। आज कुछ ज़रूरी शॉपिंग वग़ैरह कर लेते हैं। तीन दिन ही तो बचे हैं हमारे पास।" फिर शीला ने बहादुर को आवाज़ दी।

हमेशा की तरह बहादुर पहली ही आवाज़ पर दौड़ा आया। आकर अदब से झुक कर बोला,"जी, मेम साब?"

"बहादुर, राम सिंह से बोलो कि गाड़ी बाहर निकाले। और तुम साहब से पूछ लो। जो 'ड्रेस' इन्हें पहननी हो, निकाल कर रख दो।"

"जी, मेम साब।"...सिर झुका कर वह मुड़ने को ही था कि फिर शीला ने आवाज़ दी, "अरे! तुम भागे कहां जा रहे हो? पूरी बात तो सुन लो।"

"जी, मेम साब?" बहादुर अचकचा कर ठहर गया।

"आप कौन सी ड्रेस डालेंगे?" शीला ने आनंद से मुखातिब होते हुए पूछा।

"कोई भी चलेगी।"

"सुनो, बहादुर, ड्रेस निकाल कर कीर्ति बेबी को फोन लगाओ। मैं अभी आती हूं।"

जल्दी-जल्दी शीला ने कॉफी के दो घूंट भरे और उठ खड़ी हुई।

कार का पिछला दरवाजा खोल कर डॉक्टर आनंद बैठने को ही थे कि बहादुर दौड़ा-दौड़ा आया, "साब, आपका फोन है, साब!"

शीला ने झल्ला कर घड़ी की ओर देखा। फिर डॉक्टर आनंद को।

"अच्छा,मैं आ रहा हूं। वैसे किसका फोन है?"

"जी साब, कोई बंसल साब था।"

"बंसल?" उनके माथे पर त्यौरियां पड़ गयीं। कदम और भी तेज़ हो गये।

रिसीवर उठाते ही दूसरी ओर से एक भारी-भरकम स्वर सुनायी पड़ा, "गुड ऑफ्टर नून, डॉक्टर आनंद। बंसल दिस साइड। बंसल फ्रॉम क्लिककैम, सर!"

"गुड ऑफ्टर नून, मिस्टर बंसल। कहिये कैसे याद किया?"

"सर! मैं पर्सनली एक बार आपसे मिलना चाहता हूं।"

"बट व्हॉय, मि. बंसल? आप तो जानते हैं कि मैं किसी से भी घर पर नहीं मिलता।"

"यस, सर, ऑय नो इट, सर! ऑय एम सॉरी सर। लेकिन आप अगर थोड़ा सा वक्त निकाल सकें तो...।"

"सॉरी, मि. बंसल। इट इज़ नॉट पॉसिबल फॉर मी। मेरा जो उसूल है, मैं उसे तोड़ नहीं सकता। आप चाहें तो मुझे अस्पताल में मिल सकते हैं।"

क्षण भर फोन पर चुप्पी छा गयी। फिर सुनायी दिया, "ओ.के. सर! लेकिन किस वक्त, सर?"

"देखिये, मि. बंसल। मैं अभी कुछ दिन के लिए बाहर जा रहा हूं। होपफुली ऑय विल बी बैक ऑन ट्यूज़्डे नैक्स्ट। उसके बाद आप कभी भी मुझे मिल सकते हैं। लेकिन आने से पहले एक बार फोन कर लीजिएगा। थैंक यू।"

बिना किसी उत्तर की प्रतीक्षा किये डॉक्टर आनंद ने फोन वापस रख दिया।

"क्या कह रहा था?" आनंद के कार में बैठते ही शीला ने पूछा।

"यूं ही। बस मिलना चाहता था।" आनंद ने मुस्करा कर उसकी ओर देखा।

"यह बंसल आजकल आपके पीछे क्यों पड़ा है?"

सुनकर डॉक्टर आनंद अनायास ही मुस्करा पड़े। फिर बोले, "दरअसल बंसल जर्मनी से आयात होने वाली लेप्रोस्कोपी सर्जरी की मशीनों का एकमात्र भारतीय एजेंट है।"

"ओह, तो यह बात है।"

"जी, यही बात है। और इस साल अस्पताल में लगभग चार मशीनें मंगवाई जानी हैं। एक मशीन करीब सोलह या सत्रह लाख की है।"

"और बंसल चाहता है कि आप इन मशीनों की रिकमेंडेशन रिपोर्ट साइन कर दें।" शीला ने आनंद की बात पूरी करते हुए कहा।

"ठीक। और यह उसकी ड्यूटी भी है जिसे वह पूरी ईमानदारी से निभाने की कोशिश कर रहा है।"

"हां, वह तो देख ही रही हूं कि कितनी ईमानदारी से निभाने की कोशिश कर रहा है। ईमानदारी और वह भी हमारे इस तंत्र में!"

"क्यों? इसमें आश्चर्य की क्या बात है? जब तक इंसान ईमानदार नहीं है, कम से कम तब तक तो ये लोग ईमानदार हैं ही न।"

"और अगर इन्हें आप जैसा वास्तव में ईमानदार आदमी मिल जाये तो...?"

"तब इनकी ईमानदारी का स्वरूप बदल जाता है।"

"अगर वह इतना ही ईमानदार है तो आप उसे एक बार मिल क्यों नहीं लेते?"

"अरे, भई, मैं तो मना नहीं करता मिलने से। मिले...और ज़रूर मिले।

लेकिन घर पर नहीं, अस्पताल में। ख़ैर छोड़ो। यह बंसल इस वक्त हमारे बीच कहां से आ गया?...यह बताओ कि ख़रीदना क्या है?"

" कुछ तय नहीं है। देखते हैं, जो भी पसंद आ जाये।" शीला ने लापरवाही भरा उत्तर दिया और कार के बाहर देखने लगी।

डॉक्टर आनंद ने कमरे में प्रवेश करते ही कोट उतार कर एक ओर फेंक दिया और निढाल होकर पलंग पर लेट गये। शीला ने एक बार उनके विशाद भरे चेहरे को देखा। फिर उठ कर उनके पास आ गयी।

"क्या बात है? बहुत थके-थके लग रहे हैं आप?"

कोई उत्तर नहीं। शीला कुछ और कहना चाहती थी कि डॉक्टर आनंद ने उठकर फोन अपने पास खींच लिया और अपने लीगल एडवाइज़र प्रीतम सैनी को फोन मिलाया। दूसरी ओर एक महीन-सा स्वर सुनायी दिया, जिसमें उनकी आवाज़ पहचान लेने का आभास था—"जस्ट वन मिनट, सर।" और सैनी साहब की पी.ए. ने फुर्ती से फोन सैनी साहब को कनैक्ट कर दिया।

"सैनी साहब! डॉक्टर आनंद दिस साइड।"

"ओह, डॉक्टर साहब! कहिए कैसे हैं आप?" फिर उनके उत्तर की प्रतीक्षा किये बग़ैर ही बोल उठे, "डॉ. साहब, अभी शायद आपके केस को कुछ दिन और लगेंगे।"

"लेकिन, सैनी साहब...।"

"मैं जानता हूं, डॉक्टर साहब। लेकिन अभी तो कोर्ट की एन्क्वायरी भी पूरी होनी है। और आप तो जानते ही हैं अपनी न्याय प्रक्रिया का हाल। आदमी पूरा हो जाता है लेकिन एन्क्वायरी या केस पूरा नहीं होता।"

"तो क्या हमें भी पूरा करने का इरादा है, सैनी साहब?" और फिर एक ज़ोरदार ठहाका।

"अरे, नहीं डॉक्टर साहब। क्या बात कर रहे है आप? हमें शर्मिंदा कर रहे हैं। आप बेफिक्र रहिये। मैं अपने-आप सब सम्भाल लूंगा।"

"सैनी साहब! यह तो पता लगाइये कि एन्क्वायरी कौन कर रहा है?...और कैसा आदमी है?"

"डॉक्टर साहब, आदमी कैसा भी हो। आप अगर सच्चे हैं तो फैसला आपके विरुद्ध नहीं होगा। बस, इतना जानता हूं मैं तो।"

"सैनी साहब, आजकल न्याय पाने का रास्ता भी इतना न्यायपूर्ण नहीं रह गया है।"

"सो तो है। लेकिन आप चिन्ता न करें।"

"एक बात और, सैनी साहब। बंसल का फोन आया था।"

"कब?" अचानक सैनी साहब के स्वर में सतर्कता का पुट महसूस हुआ।

"परसों आया था।"

"फिर?"

"ज़्यादा बात तो नहीं हुई। मिलने को कह रहा था।'

"वो तो ठीक है। लेकिन एक बार आप उसे बुला तो लें। अपने यहां न सही, मेरे ऑफिस में बुला लें। देखें तो सही, कहता क्या है?"

"यह तो आप जानते ही हैं, सैनी साहब कि वह कहना क्या चाहता है। वह डॉक्टर सिन्हा का खास दोस्त है। उनका खास आदमी। वैसे मैंने उसे अस्पताल में मिलने से मना नहीं किया है। शायद बहुत जल्दी ही वह मिलने आये।"

"तो फिर ठीक है। आप मिल लेना। फिर देखेंगे।"

"ठीक है, सैनी साहब!" कह कर डॉक्टर आनंद ने फोन रखा ही था कि शीला ने पूछा-"क्या कहते हैं, सैनी साहब?"

"उन्होंने क्या कहना है? वही घिसी-पिटी बातें। कभी-कभी तो लगता है कि शायद मैं ही ग़लत हूं।...मैं अकेला ही। 'मिसफिट' हूं इस पूरे तंत्र में। हमारी व्यवस्था ही ऐसी है कि आदमी को भ्रष्ट होना ही पड़ता है। अब सैनी साहब हैं तो वह भी कहते हैं कि एक बार बंसल से मिल लूं। लेकिन क्यों? मुझे क्यों मिलना चाहिए उससे?"

"ख़ैर, मिलने या न मिलने की ज़रूरत तो एक अलग मुद्दा है। फिर भी मैं यही कहूंगी कि आपने डिपार्टमेंटल मामले को कोर्ट में ले जाकर शायद ठीक नहीं किया है।"

"क्यों, क्यों? क्यों ठीक नहीं किया मैंने?" अचानक ही डॉक्टर आनंद बिफर उठे—"क्या गुनाह कर दिया मैंने? एक ग़लत बात के विरुद्ध खड़े होना क्या गुनाह है? कोई चाहे मानता रहे इसे एक डिपार्टमेंटल मामला, मैं नहीं मानता। इस मामले से हर कोई जुड़ा है। मैं भी, तुम भी, ये इतने सारे मरीज भी और आम जनता भी, जो धक्के खाती हुई हमारे पास आती है इलाज के लिए। और भटकती रहती है कई-कई दिनों तक। क्या सब लोगों को मिल पाता है ढंग का इलाज? क्या इतनी सुविधायें, इतनी अत्याधुनिक मशीनें हैं हमारे पास, जो लोगों का धन और समय बचा सकें? जहां मशीने आती हैं वहां तो घूसखोरी चलती है।"

"लेकिन आपने तो डॉक्टर सिन्हा से पंगा ले ही लिया न। उसी का तो खामियाज़ा आपको भुगतना पड़ रहा है कि आप डिपार्टमेंट के सबसे सीनियर होते हुए भी डिपार्टमेंट के एचओडी बनने से रह गये।"

"हां, ऐसे ही मज़ाक उड़ाया जाता है कानून का। हैड बनने का टर्न तो मेरा ही था। बना दिया गया डॉक्टर सलहन को। मुझसे कहीं ज़्यादा जूनियर डॉक्टर को।

सिर्फ इसलिये कि वह एस.सी. है? लेकिन वह वास्तव में एस.सी. है ही कहां?... उसे तो ज़बरदस्ती एस.सी. बनाया गया है। अगर वह एक एस.सी. से शादी न करती तो हैड तो मुझे ही बनना था।"

"बनते ज़रूर लेकिन डॉक्टर सिन्हा की बात मानकर।"

"डॉक्टर सिन्हा की बात तो मैं किसी भी कीमत पर नहीं मानूंगा। न तब मानी थी और न अब मानूंगा। चाहे मुझे सुप्रीम कोर्ट तक ही क्यों न जाना पड़े।"

"लेकिन आनंद, इससे आपको क्या फ़र्क पड़ता है कि कौन सी मशीनें कहां से मंगवाई जाती हैं?"

"फ़र्क पड़ता है, शीला, फ़र्क पड़ता है। यह मरीजों के साथ धोखा है। एक विश्वासघात। आज लेप्रोस्कोपी सर्जरी की महंगी लेकिन आऊटडेटेड मशीनें विदेश से मंगवाई जा रही हैं जबकि उनसे अच्छी और कहीं सस्ती मशीनें हमें उपलब्ध हो सकती हैं। लेकिन यहां मरीज इतने महत्त्वपूर्ण नहीं हैं, जितने कि मध्यस्थ।"

"महत्त्वपूर्ण तो हर चीज़ अपने-अपने स्थान पर है ही। हम और आप उन्हें उनके स्थान से हिला नहीं सकते।"

"हिला सकते हैं अगर पूरी निश्ठा के साथ प्रयत्न किया जाये तो।"

"लेकिन आपने तो अपनी कुर्सी गंवा दी न। उनका क्या गया? वही मशीनें वे अब भी मंगवा लेंगे।"

"मशीनें मंगवा लेने से ही क्या होने वाला है? ऐसी हाइटैक सर्जरी मशीनों के लिये प्रशिक्षित डॉक्टर भी तो चाहियें।...और यह प्रशिक्षण लिया था दो वर्श पूर्व सिर्फ दो ही डॉक्टरों ने। एक मैंने और एक डॉक्टर सी. राजन ने, जो अब रिटायर हो चुके हैं।"

"तो क्या आप ब्लैकमेल करेंगें उन्हें?"

"कोई और होता तो शायद करता भी। लेकिन मैं एक लड़ाई लड़ रहा हूं मरीजों की ओर से।"

"तो आपने अपने आपको अभिमन्यु घोशित कर दिया है।" शीला ने मुस्करा कर कहा। कहीं एक तंज का आभास भी था उसकी आवाज़ में।

"नहीं, उससे कहीं आगे तक लड़ी जायेगी मेरी यह लड़ाई।"

सुनकर शीला के होंठ एक बार फिर फैल गये। डॉक्टर आनंद ने बहादुर को खाना लगाने को कहा और स्वयं बाथरूम की ओर बढ़ गये।

सारा सामान रखा जा चुका था। शीला व्यग्रता से बैठी डॉक्टर आनंद के आने का इंतज़ार कर रही थी कि अचानक फोन की घंटी बज उठी। बरामदे की सीढ़ियां उतरते डॉक्टर आनंद के कदम वहीं थम गये। किसका फोन होगा? सैनी साहब

का? कीर्ति का?...या बंसल साहब का? आखि़र कौन हो सकता है इस समय?

सिर झटक कर वह कार की ओर बढ़ गये। फिर कुछ सोचकर रुके। पता नहीं क्या मन में आया कि एकाएक वापस अंदर की ओर लपके फोन रिसीव करने।

"ओफ्फोह! अब छोड़िए न इस फोन को। जल्दी से चलिए अब। हम पहले ही लेट हो रहे हैं।" शीला ने वहीं से झल्लाते हुए कहा।

"आता हूं, आता हूं। बस, एक मिनट।" जाते-जाते उन्होंने कहा।

डॉक्टर आनंद जितनी तेजी से भीतर की ओर लपके थे, उससे कहीं अधिक तेजी से वापस लौट आये। वह लगभग दौड़ रहे थे। बरामदे से ही उनकी चिल्लाहट सुनायी पड़ रही थी, "रामसिंह! सामान नीचे उतारो।...और शीला! तुम टैक्सी पकड़ कर जल्दी से एयरपोर्ट पहुंचो। मैं तुम्हारे साथ नहीं जा पाऊंगा। जल्दी करो, रामसिंह। और टैक्सी का प्रबंध करो मेम साब के लिए। तुम एयरपोर्ट तक साथ चले जाना।"

"अरे, आखि़र हुआ क्या? इतने झल्लाए हुए क्यों हैं आप? क्या सैनी साहब का फोन था?

"नहीं, अस्पताल से था। एक एमरजेंसी केस आ गया है।"

"एमरजेंसी केस?" शीला एकदम फट पड़ी, "दूसरे डॉक्टर मर गये हैं क्या? मना कर दीजिए उन्हें। हमारी भी कोई पर्सनल लाइफ है या नहीं?"

"शीला! यह वक्त बहस का नहीं है। मेरा वहां जाना बहुत ज़रूरी है। तुम शीघ्रता से निकल चलो। समय मिला तो मैं भी आ जाऊंगा बाद में। लेकिन इस वक्त नहीं जा सकता। दे आर वेटिंग फॉर मी।"

"टु हैल्ल विद वेटिंग।" शीला ने भड़ाक से दरवाज़ा बंद कर दिया, "इतना मरते-खपते हैं आप अस्पताल के लिये। क्या देते हैं वे लोग आपको? सिर्फ़ उपेक्षा और तिरस्कार! वे डॉक्टर क्यों नहीं हैंडल करते इस केस को, जो तरक्की पाते हैं बिना टर्न के?"

"देखो, शीला। मैं अस्पताल के लिये नहीं मरता-खपता। मैं मरता हूं इन मरीजों के लिये और इस वक्त भी उन्हीं के लिये जा रहा हूं। मेरे मरीजों का सम्बन्ध मेरे अस्पताल या मेरी निजी ज़िन्दगी से नहीं है। अच्छा, तुम निकल चलो। और देखो, नाराज़ मत हो। मैं भी आ जाऊंगा। ओ.के.? अब ज़रा हंस कर दिखा दो।"

"आप आ चुके ज़रूर। कीर्ति पूछेगी तो?"

"तो कह देना...जो भी ठीक समझो। वह मेरी बेटी है। अपने पापा को समझती है।"

मुस्कराते हुए उन्होंने एक बार शीला को गालों पर हल्के से थपथपाया और फिर धर के अंदर चले गये

सात घंटे!...पूरे सात घंटे!...तनाव और पीड़ा से गुज़रते। एक-एक क्षण जैसे सदियों तक लम्बा खिंच रहा था। और पल-प्रतिपल बदल रहे थे हालात। कभी आशा तो कभी निराशा का गहन अंधकार।

डॉक्टर आनंद ने जब ऑपरेशन पूरा कर लेने के बाद अपने माथे पर छलक आया पसीना पोंछा तो एक स्मित मुस्कान भी उनके अधरों पर थिरक उठी थी। डॉक्टर गुलाटी, जो डॉक्टर आनंद को 'एसिस्ट' कर रहे थे, आश्चर्य और प्रशंसा भाव से उन्हें देख रहे थे।

संतोशपूर्ण ढंग से एक नज़र सब पर डाल कर और आवश्यक निर्देश देकर डॉक्टर आनंद वहां से सीधे अपने रूम में चले गये। दिमाग़ की नसें जैसे तनाव की अधिकता से चटख जाना चाहती थीं। अपने कमरे में जाकर डॉक्टर आनंद कुर्सी पर निढाल होकर बैठ गये। मानसिक थकान मस्तिश्क पर हावी हो रही थी।

डॉक्टर आनंद ने आंखें मूंद कर एकचित्त हो बड़े शांत भाव से अपने भीतर हो रहे मंथन को थम जाने दिया। पता नहीं कितनी देर वह इसी मुद्रा में बैठे रहते कि मिसेज़ मैथ्यूज़ ने आकर सूचना दी—'सर, डॉक्टर गोपीनाथ आपसे बात करना चाहते हैं।"

डॉक्टर गोपीनाथ यानि कि मेडिकल सुपरिन्टेंडेंट! डॉक्टर आनंद बिजली की सी फुर्ती से उठे और आगे बढ़ कर फोन उठाया-"गुड इवनिंग, सर!"

"गुड इवनिंग, आनंद! मुझे केस की रिपोर्ट मिली है। वैलडन, माई ब्वॉय, वैलडन! आज तुमने वह कर दिखाया है जो शायद ही कोई और कर पाता। ऑय एम प्राऊड ऑफ यू!"

"थैंक यू सर, थैंक यू वैरी मच।" इतना ही कह सके डॉक्टर आनंद।

तत्पश्चात् डॉ. गोपीनाथ ने केस की आवश्यक जानकारी उनसे प्राप्त की और पुनः प्रशंसा भाव में कुछ वाक्य कह कर फोन रख दिया।

सारी थकान, सारा तनाव दूर हो गया था एक ही झटके में। प्रशंसा के चंद शब्द सुन कर डॉक्टर गोपीनाथ के मुंह से वह स्वयं को बहुत तरोताज़ा महसूस कर रहे थे। उन्होंने मिसेज मैथ्यूज़ को कॉफी के लिए कहा और स्वयं हाथ-मुंह धोने बाथरूम की ओर बढ़ गये।

फोन बजा तो डॉक्टर आनंद ने बहादुर को बुलाने की बजाय खुद ही फोन उठाना बेहतर समझा, " डॉक्टर आनंद दिस साइड।"

"पापा!" दूसरी ओर कीर्ति का अति उत्साहित स्वर सुनायी दिया—"पापा, मैं कीर्ति बोल रही हूं। आप कैसे हैं, पापा?"

"मैं ठीक हूं, बेटे! तुम कैसी हो?"

"बिल्कुल ठीक हूं, पापा। और पापा, आप क्यों नहीं आये? मैं आपसे बहुत नाराज़ हूं। मम्मी भी। मैंने तो अपनी सब सहेलियों से कह दिया था कि आप आ रहे हैं। अब सारी की सारी मेरा मज़ाक उड़ा रही हैं।"

"सॉरी, बेटे, मैं आ नहीं सका। मम्मी ने तुम्हें बताया नहीं? एक एमरजेंसी केस आ गया था, बेटे।"

"ओह, पापा! आप आज ही आ जाइये न! कितना अच्छा लगेगा।"

"वह तो मैं जानता हूं। लेकिन, बेटे, मैं अभी आ नहीं सकता।"

"और हां, पापा। मम्मी ने आपकी प्रमोशन वाली बात बताई थी। इट इज़ वैरी पिटी, पापा! वैरी डिस्गस्टिंग! अच्छा, पापा! आप एक काम क्यों नहीं करते?"

"क्या बेटे?"

"व्हॉय डोंट यू सैट अप योर ऑन क्लिनिक पापा?"

अचानक ही जैसे आनंद के मस्तिश्क में कोई हाई पावर बल्ब जल उठा हो। अरे, यह बात मेरे दिमाग़ में क्यों नहीं आयी। न शीला के ही। मानना पड़ेगा कि नई जेनरेशन है बड़ी स्मार्ट।

"आप सुन रहे हैं न, पापा?" डॉक्टर आनंद को चुप पाकर कीर्ति ने दुबारा पूछा। वह जैसे तंद्रा से जागे। "मैं सुन रहा हूं, बेटे। तुम्हारी बात मुझे बहुत पसंद आयी है। मैं इस पर ग़ौर करूंगा। रियली यू आर जीनियस।"

"थैंक्स पापा। लेकिन आप आ कब रहे हैं? वी बोथ आर मिसिंग यू वैरी मच।"

"जल्दी ही आऊंगा, बेटे।...अच्छा, तुम्हारी मम्मी कहां है?"

"मम्मी अभी तो सो रही हैं। बहुत थक गयी हैं। आज हम खूब घूमे थे न। जगाऊं उन्हें?"

"नहीं-नहीं। उन्हें सोने दो। मैं फिर बात कर लूंगा। अच्छा, तुम यह तो बताओ कि तुमने इस बार गेम्स में नाम क्यों नहीं दिया?"

"मेरा दिल नहीं था, पापा।"

"ग़लत बात। तुम्हें अवश्य ही अपना नाम देना चाहिये।"

"आप कहते हैं तो दे दूंगी, पापा। लेकिन आप अपने क्लिनिक के बारे में ज़रूर सोचियेगा।"

"ओह श्योर!...अच्छा, बेटे! मैं कल तुम्हें फोन करूंगा। ओ.के., बॉय।"

"बॉय पापा! ऑय लव यू।"

फिर फोन कट गया। डॉक्टर आनंद टेलिफोन का चोंगा पकड़े कुछ देर सोचते खड़े रहे।...फिर उन्होंने डॉक्टर मनीश को फोन मिलाया, जिन्होंने कुछ समय पूर्व ही उन्हें पार्टनरशिप में क्लिनिक खोलने का सुझाव दिया था लेकिन तब डॉक्टर आनंद ने स्वयं ही मना कर दिया था।

"शुक्र है, आपको बंदे की याद तो आयी। कहिये, कैसे याद किया जनाब ने?"

"भई, तुमने कभी क्लिनिक खोलने की बात कही थी।"

"हां, तो?"

"मुझे तुम्हारा वह प्रस्ताव मंजूर है।"

"मुबारक हो, बंधु। चलो, कोई बात तो तुम्हारे भेजे में आयी। अब तुमने हां कर दी है न। अब देखो मेरा प्रबंध। सारा काम मैं अपने आप अरेंज कर लूंगा। तुम्हें सिर्फ मुहूर्त पर अपनी कुर्सी पर आकर बैठना है।" डॉक्टर मनीश ने जैसे खुशी से उछलते हुए कहा था।

"लेकिन मनीश, मेरी एक शर्त है।"

"मुझे मालूम है तुम्हारी शर्त, यार। तुम करना मरीजों की सेवा। बस? मुझे भी मरीजों को कोई लूटना नहीं है। यह काम तो दूसरे क्लिनिक पहले ही कर रहे हैं। बस, इतना है कि फिलहाल इन्वेस्टमेंट की एक उचित 'रिटर्न' मिलती रहे। कमाने के लिये तो सारी उम्र पड़ी है।"

"तो फिर ओ.के. समझूं?"

"अरे, इसमें कहने की क्या बात है?"

डॉक्टर मनीश से बात हो जाने के बाद डॉक्टर आनंद बहुत हल्का महसूस कर रहे थे। जैसे कई सदियों से उदास क्षणों का बोझ उनके दिमाग़ से उतर गया हो।

ट्रिब्यूनल का फ़ैसला आ गया था। हालांकि उन्हें पूरी उम्मीद थी कि फैसला उनके ही पक्ष में होगा। लेकिन जब अधिकारिक सूचना उन्हें मिली तो वह हक्के-बक्के रह गये थे। निढाल होकर कुर्सी में धंस गए। चाहते थे कि खूब फूट-फूट कर रोंयें ताकि मन का गुबार आंसुओं के साथ ही बह जाये।

डॉक्टर सलहन की पदोन्नति पर अब तो कानूनी मुहर लग चुकी थी। डॉक्टर आनंद ने इस पूरे घटनाक्रम पर दुबारा विचार किया तो उन्होंने अपने आपको किसी मकड़जाल में फंसे महसूस किया। और कुछ भी न कर पाने की असमर्थता ने उनके हौसले पस्त कर दिये थे। सोते-जागते उन्हें अपने इर्द-गिर्द एक अदृश्य दबाव महसूस होने लगता। वह इस दबाव से उत्पन्न पीड़ा से तड़प उठे थे।

और तब डॉक्टर सिन्हा का फोन आया था उनके पास,"डॉक्टर आनंद! मुझे बहुत अफसोस हुआ सुनकर। जो हुआ उसके लिये नहीं, बल्कि यह सब आपके साथ हुआ, इसलिये। लेकिन ट्रिब्यूनल का फ़ैसला तो हमें मानना ही पड़ेगा। मैं तो स्वयं यह चाहता था कि आप ही 'एचओडी' की कुर्सी पर बैठते।...क्योंकि आप तो डिपार्टमेंट की शान हैं।"

सुन कर डॉक्टर आनंद ने चुपचाप फोन वापस रख दिया था। वह जानते थे

कि दूसरी ओर डॉक्टर सिन्हा बड़े कुटिलतापूर्ण ढंग से मुस्करा रहे होंगे। बॉस्टर्ड कहीं के।

इस बात को काफी वक्त हो चुका था। कई बार उनका मन हुआ कि अभी, इसी समय ही अपना इस्तीफा लिख कर भिजवा दें। उन्हें एक फालतू चीज की तरह एक किनारे फेंक दिया गया था। कितना कुछ नहीं झेलना पड़ा था उन्हें। जिस केस में उन्होंने एक टांग पर खड़े-खड़े पूरे सात घंटे बिता दिये थे, जिस केस में उन्होंने अपना सब कुछ दांव पर लगा दिया था, यहां तक कि अपने दिन-रात भी। बीवी-बच्चों की नाराजगी भी झेली। वही केस अंतिम समय पर डॉक्टर सूद को सौंप दिया गया था। डॉक्टर आनंद भौंचक्के थे इस आकस्मिक आदेश से।

डॉ. गोपीनाथ, जिन्हें उन पर बहुत गर्व महसूस होता था, एकाएक तटस्थ हो गये थे। शायद डॉक्टर सिन्हा के पीछे खड़ी एक मजबूत लॉबी के कारण। उस लॉबी के ख़िलाफ़ जाने का मतलब था पूरे अस्पताल को एक अनिश्चितकालीन हड़ताल में झोंक देना। उसके पश्चात् अव्यवस्था और मरीजों के पलायन का एक अन्तहीन सिलसिला प्रारम्भ हो जाता। सैकड़ों-हज़ारों मरीजों के साथ कैसी त्रासदी होती यह!

उनकी अपनी निजी प्रतिश्ठा अथवा मजबूरी को कौन समझता? ये मरीज, जो दिन-रात उन्हें कोसते। या मीडिया के वे लोग, जिन्हें सिर्फ़ मरीजों या मृतकों की गिनती ही दिखायी देती है, उनके पीछे छिपे कारण नहीं। अथवा वे राजनेता जो अवसर को एक हथकंडे के रूप में प्रयोग करते। कौन जवाबदेय होता तब?

इस पूरे दृश्य को डॉक्टर आनंद ने एक बार फिर विचारपूर्ण मुद्रा से देखा। उन्हें कुछ समझ नहीं आ रहा था कि इस मकड़जाल को कैसे तोड़ें। और इधर डॉक्टर मनीश ने पूरे उत्साह से अपनी कोठी का एक हिस्सा क्लिनिक के रूप में परिवर्तित करने का काम भी शुरू कर दिया था। और जो लगभग अपनी पूर्णता की ओर ही पहुंच रहा था। लेकिन डॉक्टर आनंद को यही बात उन्हें परेशान किये हुए थी कि उनके अपने हिस्से का प्रबंध कैसे और कहां से होगा। इस परेशानी में वह यह भी भुला बैठे थे कि समय की धारा बड़े वेग से प्रवाहित होती है। ऐसा प्रवाह जो अपने साथ सब कुछ बहा ले जाने की क्षमता रखता है। और फिर डॉक्टर आनंद का अस्तित्व तो...।

डॉक्टर आनंद की कार पूरी रफ्तार से सड़क पर दौड़ रही थी। हवा में फैली ठंडक उनके चेहरे को बहुत सुकून पहुंचा रही थी। कार के आधे चढ़े शीशों से आती हवा उनके बालों को बार-बार बिखेर देती थी। अंधेरा घिरने को हो आया था। सड़क

एकदम सुनसान थी। इक्का-दुक्का वाहन ही सड़कों पर दिखायी दे रहे थे।

लाल बत्ती से बाईं ओर मुड़ते ही उनकी निगाह सीट पर पड़े बैग पर पड़ी तो वह चौंक उठे। विचारों के इस द्वंद्व में वह इस बैग को तो भूल ही गये थे। चार लाख रुपये के करेंसी नोटों से भरा बैग। चार लाख! सोचकर ही उन्हें दहशत होने लगी। अचानक ही उनके जिस्म में सनसनी सी दौड़ गयी।

चार लाख रुपये...अकेले वह...सुनसान सड़क और गहराता अंधेरा। एकाएक ही उन्हें लगा कि बाहर का अंधेरा उनके भीतर उतरने लगा है। और अंधेरे का विस्तार उनके शरीर ही नहीं उनके दिलो-दिमाग़ को भी जकड़ने लगा है।

आये दिन शहर में होने वाली लूटपाट की वारदातें उनके ज़ेहन में घूम गयीं। एक सिहरन सी उनकी रीढ़ में फैल गयी। शायद उन्होंने ग़लती कर दी थी। जब बंसल ने उनके साथ चलने को कहा था तो उन्होंने स्वयं ही मना कर दिया था। वास्तव में बंसल को साथ ले ही चलना चाहिये था। सैनी साहब भी चलने को तैयार थे। या फिर बंसल से ही कह देते तो वह यह बैग उनके घर पर ही छोड़ देता।

लेकिन अब क्या हो सकता था सिवाय इसके कि वह बाकी का सफर ख़ौफ़ और दहशत के साथ पूरा करे।

सड़क के दोनों ओर की बत्तियां जगमगा उठी थीं। बत्तियों ने पेड़ों की लंबी परछाइयों को सुनसान सड़क पर फैला दिया था। दूर तक देखने से ऐसा प्रतीत हो रहा था जैसे वह किसी लम्बी गुफा में प्रवेश कर रहे हों, जहां आगे का रास्ता तो दिखायी देता है लेकिन पीछे गहरा अंधेरा है। पीछे के रास्ते भी बंद हो चुके हैं। सिर्फ़ एक ही दिशा में बढ़ते जाना है। बिल्कुल अकेले खौफ खाए।

अचानक ही उन्होंने ब्रेक पर पांव का दबाव बढ़ा दिया। सूनी सड़क कर कार के पहिए चरमराए और कुछ दूरी तक फिसलने के पश्चात् रुक गये।

डॉक्टर आनंद ने वहीं से एक 'यू टर्न' लिया और कार को डॉक्टर मनीश के घर की दिशा में मोड़ दिया। जब वह डॉक्टर मनीश के बंगले के सामने जाकर रुके तो उन्होंने राहत की सांस ली। फिर घड़ी में समय देखा। आठ बजने में कुछ ही क्षण बाकी थे। सिर्फ़ आठ और इतना अंधेरा!

वापस लौटते हुए दस तो बज ही जायेंगे। सोचते हुए उन्होंने अपने आप में एक नामालूम-सी संतुष्टि का अनुभव किया। कम से कम अब तो वह अपने मरीजों के पास वापस लौट सकेंगे।...और घर लौट कर एक भरपूर नींद लेंगे।... एक निर्बाध और प्रगाढ़ नींद।

यहां प्रेतात्माएं रोती हैं

...और फिर अचानक ही एक तेज़ खड़—खड़-खड़-खड़।

लगता है जैसे कोई पुल है।...मैं चौंक कर आखें खोलता हूं। आंखों में अभी उनींदापन है। आधी नींद के बाद...और पूरी नींद के बीच का उनींदापन।

गाड़ी लगातार दौड़ रही है। अपनी पूरी रफ्तार के साथ। समय उससे भी तेज़ दौड़ रहा है।...और मेरा मस्तिश्क उन दोनों से तेज़।

मैंने अपनी आंखें मिचमिचाईं। बाहर देखा। बाहर अन्धेरा है। घुप्प अन्धेरा। पूरा अन्धेरा नहीं। भीतर अन्धेरे जैसा कुछ।

मेरे अपने अन्दर पसरा है एक साएं-साएं करता सन्नाटा। जैसे अन्धेरे और सन्नाटे का एक पूरा जंगल मेरे भीतर उग आया हो। दहकते—सुलगते विचारों का एक भयानक जंगल। क्या वह सच था?...या कोई सपना?...या सपने जैसा कोई सच?

मैं सोचता हूं। सोच कर सिर हिलाने लगता हूं। विचारों का वह जंगल मेरे पूरे चेहरे पर फैल जाता है। चेहरा छूता हूं तो कांटे जैसा कुछ चुभता है। मेरी उंगलियों के पोर उस चुभन से सुन्न हो गये हैं। अजीब सी झनझनाहट है वहां।

मैं अपने चेहरे को छू कर देखता हूं। लगता है चेहरा जैसे बेचेहरा हो गया है। अपने चेहरेनुमा होने का वहम छोड़ता हुआ।

मेरी पलकें उनींदेपन के कारण अभी भी बोझिल हो रही हैं। मेरे आस-पास फैले इन बोझिल, उदास क्षणों की तरह।

एक बार फिर उसका चेहरा मेरे सामने आ जाता है। करूणा में डूबा।...और चिन्ता में जकड़ा हुआ। उसकी यह चिन्ता इस बच्ची को लेकर है, जो इस समय मेरे सामने सोई हुई है। निश्चिन्त और मासूम...नींद में डूबी। बाहर की ज़हरीली हलचलों से एकदम बेख़बर। उसका नन्हा—सा शरीर धीरे-धीरे हिचकोले खा रहा है।

इस बच्ची के सम्बन्ध में सोच कर चिन्तित होते उसके चेहरे पर कोई भाव स्थिर नहीं रह पाता। पल-प्रतिपल वहां परिवर्तन होता रहता है। मैं इन लगातार बदलते भावों को एकदम से पढ. नहीं पाता। मैं हतप्रभ हो गया हूं। उसके बदले हुए हालात ने मुझे एकदम हतप्रभ कर दिया है। हतप्रभ.. और परेशान। जिला कारागार की

सींखचों के पीछे उसका होना ही मेरे लिये जितना अप्रत्याशित है, उतना अकल्पित भी। लेकिन यही सच है। हालांकि मुझे वहां देखते ही उसकी आखों में एक चमक उग आयी थी। लेकिन वह चमक कुछ ही क्षण वहां रही और फिर बुझ गयी। बुझे हुए चेहरे के पीछे उस चमक के उगने और फिर मिट जाने के कारणों को जान पाना मेरे लिये आसान नहीं है।

"यह सब हुआ कैसे?" मैंने हल्के से उसके हाथ को छुआ तो लगा कि वह कांप रहा है। उसने झट से अपना हाथ परे खींच लिया। जैसे हाथ का कम्पन्न सारी सच्चाई कह देगा।

अपनी हथेलियों से उसने अपना चेहरा ढंक लिया। मैंने असहाय ढंग से अपने सिर को हिलाया। मेरे चारों ओर हवा का एक दबाव है, जिसकी गर्मी में, मुझे लगा कि उसका चेहरा क़तरा-क़तरा पिघल कर उसकी हथेलियों में जमा हो रहा है।...मैं उन सींखचों को पकड़ कर वहीं खड़ा रहा। बिना एक भी शब्द बोले।

"कोई वकील किया?" देर तक चुप रहने के पश्चात् मरी हुई आवाज़ में मैंने पूछा तो इस बार उसने सीधी निगाह से मुझे देखा। उसका चेहरा भीगा हुआ है। उसने मेरे प्रश्न का कोई उत्तर नहीं दिया।

"जी, मैं ही इनका वकील हूं।" अपने पीछे कपड़ों की सरसराहट के बीच किसी की खरखराती आवाज़ सुनी मैंने। घूम कर देखा। मध्यम कद और मध्यम आयु का एक व्यक्ति अपने हाथों में फाइलों का एक छोटा सा पुलिंदा उठाए खड़ा था।

मुझे अपनी ओर देखते देख उसने अपनी पलकों को हल्के से झपकाया, थोड़ा सा झुक कर फिर सीधा हो गया। ठीक वैसे ही जैसे किसी कोर्ट में किसी जज के सामने खड़ा हो कर कह रहा हो—"यस मी लॉर्ड"। मैं तब भी असमंजस में था। शायद वह भी। वह शायद ज़्यादा। मैंने अपनी ओर से कोई पहल नहीं की उससे बात करने की।

"मुझे नामदेव कहते हैं।" अपने पुराने चश्मे को ऊपर सरकाते हुए वह बोला। मेरी कोई इच्छा नहीं थी उसे अपना परिचय देने की।

वह धीरे से चल कर मेरे सामने आकर खड़ा हो गया। एक बार अपनी कमीज के कॉलर को ठीक किया, हल्के से खांसा और फिर खरखराती आवाज़ में बोला—"आप शायद इनके मित्र हैं। आपको ही पत्र्ा लिखा था न इन्होंने। अच्छा हुआ आप आ गये। दरअसल, मैं बड़ी परेशानी में हूं। इनका वकील हूं लेकिन अभी तक इनसे सच्चाई का पता नहीं लगा सका। बहुत कोशिश की मैंने, बहुत ज़्यादा। कोशिश करके थक गया। लेकिन हारा नहीं। क्योंकि यह बहुत ज़रुरी हें हमारे पेशे में। आप मेरी बात समझ रहे हैं न? ..अच्छा, आप ही बताइए कि आप दाई और वकील से क्या छुपा सकते हैं?...छुपाते हैं तो क्यों? क्या भला होगा इससे?"

जिस रफ्तार से...और जिस व्यथा से वह बोल रहा था, इससे उसकी परेशानी मैं समझ सकता था। रो पड़ने के इलावा सारी बेबसी उसकी आवाज़ में थी। यह तो मेरे लिये भी एक अबूझ पहेली थी कि आख़िर हुआ क्या। .. और कैसे? और फिर जिस बच्ची को लेकर वह परेशान थी, वह है कौन?

मुझे उन परिस्थितियों की सच्चाई जानना भी बहुत आवश्यक था, जिनकी गिरफ़्त में उसने अपने ही जन्मदाता का कत्ल कर दिया था। इस क्रूर सच्चाई को मेरे लिये सहन करना भी बहुत कठिन था।

उसके वकील के कहने पर मैंने भी बहुत कोशिश की थी सच्चाई उससे जानने की लेकिन उसने शायद स्वयं को पत्थर की शक्ल में बदल लिया था। पत्थर भी ऐसा कि जिस पर किसी भी चोट का कोई असर नहीं हो रहा था। बस, रह-रह कर वह एक ही बात बड़बड़ाती थी—"मैं चाहती हूं कि यह बच्ची तुम्हारे पास सुरक्षित रहे।"

मेरे लिये यह बहुत दुविधाजनक स्थिति थी। प्रश्न उस बच्ची का नहीं था मेरे लिये। प्रश्न यह था कि इसे मेरा परिवार कैसे स्वीकार करेगा? मेरे दोनों बच्चे उसे कैसे स्वीकारेंगे?...और मेरी पत्नी? वह तो पहले ही चिढ़ती थी। जिस दिन उसका पत्र मिला था, पत्नी ने अजीब-सी निगाहों से मुझे घूरते हुए पूछा था—"उसी का है?"

पत्र पाकर मैं स्वयं बहुत हैरान था। घर पर पत्र डालने का अर्थ ही क्या था?...और फिर इतनी अचानक!...मुझे लगा कि मैं अब भी उसकी गिरफ़्त से आज़ाद नहीं हूं। चारों तरफ अभी भी उसके हाथ फैले हुए हैं। हिलता हूं तो एकाएक जकड़ लेते हैं मुझे। अपना सारा अपनापा भूल कर मैं उसके अदृश्य अस्तित्व में समाहित हो जाता हूं। भूल जाता हूं कि मेरी पत्नी सामने खड़ी घूर रही है मुझे।

मैं अचकचा जाता हूं। लगता है कि पत्नी की उंगलियों के नुकीले पोर मेरे चेहरे की लक़ीरों में कुछ खोजने का प्रयास कर रहे हैं, जो पत्र पाकर अचानक ही टेढ़ी-मेढ़ी हो गयी हैं। चेहरे की टेढ़ी-मेढ़ी लक़ीरों में कुछ खोज पाना सम्भव तो नहीं था क्योंकि पत्र मैंने भी अभी खोल कर पढ़ा नहीं था। पढ़ने के बाद ही शायद कुछ सामने आ सके।

मैं भीतर ही भीतर असहज हो उठता हूं। पत्नी चुप है। शायद कुछ पूछना चाहती है। मैं भी चुप हूं। शायद कुछ कहना चाहता हूं। लेकिन सिर को बड़े ही बेढब अन्दाज़ में हिला कर इतना ही कह पाता हूं—"हां"।

"तो?" वह झट से दूसरा प्रश्न दाग़ देती है। इस प्रश्नवाचक 'तो' का उत्तर मैं कैसे दे सकता हूं? और वह पूछ भी कैसे सकती है? शायद उसे लगता है कि इस पत्र का मज़मून मुझे मालूम ही होगा।

"तो क्या?" मेरी आवाज़ में थोड़ी तल्ख़ी आ जाती है, जो उन क्षणों में मुझे बहुत

निरर्थक जान पड़ती है। जैसे कोई अपराधी स्वयं को निरपराधी सिद्ध करने की कोशिश में बेवज़ह चिल्ला-चिल्ला कर अपनी सफाई पेश कर रहा हो।

"उसे तो पता है न कि तुम्हारा विवाह हो चुका है।" पत्नी का स्वर भी थोड़ा तल्ख़ हो उठता है। उसके होंठ भी थोड़े टेढ़े होकर एक ओर झुक जाते हैं।

"क्यों, तुम्हें नहीं पता कि उसे भी यह पता है?"

"तभी तो पूछती हूं। अब तुम क्या करोगे?"

"तुम मुझे पढ़ने भी दोगी या अपनी ही हांकती जाओगी? यह सब पूछने का मतलब क्या है तुम्हारा?" मैं अपनी सहनशीलता त्यागता सा लगता हूं। वह कुछ नहीं बोलती। खड़ी रहती है वहीं। मेरी शिराओं में जैसे लावा दौड़ने लगता है। एकदम तेज़ रफ्तार से। फिर एकाएक ठहर जाता है।

उसके वहां से हटने पर मैं पत्र खोलता हूं। एक डर अभी भी मेरी उंगलियों से चिपका है, जिसके कारण मैं अपने भीतर एक स्पष्ट कम्पन्न महसूस करता हूं।...पत्र समाप्त करते ही वह कम्पन्न एक ठण्डी लहर में परिवर्तित हो जाता है। सीधी...सोच भरी निगाहों से मैं खिड़की के बाहर देखता हूं। बाहर जैसे अंधड़ चल रहा है। सायं-सायं की यह आवाज़ तेज़ चलती उन हवाओं से ही है या ..?

"मुझे जाना होगा।" पत्र पढ़ कर मैं पत्नी के सामने जा खड़ा होता हूं। जैसे कोई अपराधी किसी न्यायाधीश के सामने खड़ा फैसला सुनाए जाने की प्रतीक्षा कर रहा हो। या फिर अपनी जमानत के लिये खुद ही पैरवी कर रहा हो।

"मैं जानती हूं कि तुमने यही कहना था।" वह व्यंग्य से कहती है।

पत्नी के चेहरे पर व्यंग्यात्मक खिंचाव देख कर मैं चुप रहता हूं। मुझे उन क्षणों में बहुत सुरक्षात्मक रूख अपनाना पड़ता है। और मैं क्या करता?

"तो तुम जाओगे?"

मैं कोई उत्तर नहीं देना चाहता। शायद दे भी नहीं सकता। कुछ प्रश्नों के उत्तर दिये भी नहीं जा सकते। इसलिये मैं हर चीज़ से बहुत उदासीन हो जाने का प्रयत्न करता हूं। मुझे स्वयं यह लगता है कि जैसे मैं किसी ढोंग को ओढ़ने की कोशिश कर रहा हूं।

मेरी इस ख़ामोशी से पत्नी की भौहें टेढ़ी हो जाती हैं। यह उसके भीतर ही भीतर आक्रामक हो उठने की निशानी है। मैं कोई बखेड़ा नहीं खड़ा करना चाहता। यह मेरी मजबूरी है।...और शायद यह उसका हक़। मैं किसी भी कीमत पर इस झमेले से दूर रहना चाहता हूं। इसलिये बिना कुछ कहे अपने छोटे बेटे को उठा कर घर से बाहर निकल जाता हूं।

मैं जानता हूं, मेरी पत्नी की निगाहें मेरी पीठ पर ही चिपकी होंगी। मुझसे अपने प्रश्न का जवाब मांगती। अभी तक जिस प्रश्न का जवाब मुझे नहीं मिला, उसे मैं किसी

और को कैसे बता सकता हूं?...अभी तो केस की सुनवाई भी बाक़ी है। उस नन्ही बच्ची का भविश्य भी उसी सुनवाई पर निर्भर है। बच्ची के संरक्षण का फैसला भी तो कोर्ट को ही करना है।

वकील के साथ परामर्श करके मैं वापस होटल लौट आया। बोझिल कदमों और उदास सोचों के साथ। थके हुए शरीर और बुझे हुए मन के साथ।

होटल लौट आने पर भी घटनाएं मन को बेचैन करती रहीं। बेचैनी जब हद से बढ़ने लगी तो मैं सिर पर गर्म टोपी और गले में मफ़लर डाल कर लोअर बाज़ार से होता हुआ बालूगंज की ओर पैदल ही चल पड़ा। क्यों? मैं नहीं जानता। एक खिंचाव था जो मुझे उस और लिये जा रहा था। उसके घर की तरफ़। यह जानते हुए भी कि वहां अब ऐसा कुछ नहीं है जिससे संतुष्टि प्राप्त की जा सके।

नीचे घुमावदार सड़क पर पहुंचते ही ठण्डी हवा का एक तेज़ झोंका मेरे चेहरे से आ टकराया। होटल से चलते हुए इतनी ठण्ड का एहसास नहीं हो रहा था। या तो यह चारों तरफ फैले पेड़ों की कतारों के कारण था या फिर मेरे खुले में आ पड़ने के कारण।

रात के सन्नाटे में अपनी ही पदचाप अपने पीछे किसी और के चलने का भ्रम पैदा करती है। यह भ्रम कभी-कभी डर भी पैदा करता है। कभी-कभार कोई वाहन वहां से गुज़रता तो इसकी घूमती हुई रोशनी अचानक सामने वाली चट्टान पर पड़ती और ग़ायब हो जाती। ऐसे में उस घुमावदार सड़क के दोनों ओर ऊंचे पेड़ों की कतारें डर को और बढ़ा देतीं।

एक चक्करदार मोड़ पर बनी पुलिया से गुज़रते हुए मुझे उसकी याद हो आयी। उस दिन, जब सर्दी अपने पूरे ज़ोर पर थी, मैने गर्म कपड़ों से खुद को भरपूर ढंक रखा था। उसने भूरे रंग का एक ओवरकोट डाल रखा था और अपने हाथ ओवरकोट की जेबों में ठूंस रखे थे।हमारी चाल इतनी धीमी थी कि उसे चलना तो कहा ही नहीं जा सकता था। यह शायद चलने...चलते रहने की कोशिश भर ही था।

हमारे एक तरफ पहाड़ी दीवार थी, जिस पर घास और छोटे-मोटे पौधों ने अपना अधिकार जमा रखा था। दीवार इतनी ऊंची तो अवश्य थी ही कि सिर उठा कर उसके ऊपरी सिरे को पकड़ने की कोशिश करो तो लगता कि अभी गिरी कि गिरी। ख़ौफ़ होता है उसे देखते हुए।

लेकिन जिस चीज से मुझे सबसे ज़्यादा खौफ़ महसूस हुआ, वह था उसके द्वारा यह रहस्योद्घाटन कि जिस घुमावदार मोड़ पर उस वक्त हम चल रहे थे, वहां अक्सर किसी प्रेतात्मा के दर्शन होते थे। कब और कैसे, इसका पूर्वानुमान किसी को नहीं होता था। अचानक, कभी भी वह किसी बिजली की कौंध की तरह महसूस होती और एक झपके के साथ ग़ायब हो जाती। किन्तु उसकी मौजूदगी से कहीं अधिक भयानक होती है उसके रोने की आवाज़ें। इतना स्पष्ट और इतना पास

होता उसका रोना कि लोग एकदम दहल जाते। यह हैरानगी की बात है कि उसने आज तक किसी को भी नुकसान नहीं पहुंचाया। कहते हैं कि यह किसी लड़की की प्रेतात्मा है जिसने कई वर्श पहले यहां से नीचे हजारों फुट गहरी खाइयों में कूद कर अपनी जान दे दी थी। कारण के लिये कई अलग-अलग कहानियां सुनने में आती हैं।

इस मोड़ पर पहुंचते ही मेरा तालू सूखने लगा। चौंकन्नी निगाहों से मैंने अपने आस-पास देखा और सिर्फ अन्धेरे को अपने आस-पास पाकर और भी सिकुड़ गया। मेरी आंखें एकदम स्थिर थीं। सिर्फ पुतलियां ही घूम रही थीं इधर-उधर।

शुक्र है कि वह मोड़ इतना लम्बा नहीं था। एक और राहत यह भी मिली कि मेरे पीछे ही तीन-चार युवकों का एक झुण्ड बातें करता और ठहाके लगाता चला आ रहा था। रह-रह कर उस ओर अन्धेरे में जुगनू चमकने का आभास होता। मैंने अनुमान लगाया कि वह सिगरेट का जलता हुआ कोई आख़िरी कोना था शायद।

उस जलती हुई सिगरेट के आख़िरी कोने को देख कर पता नहीं क्यों, मेरे मन में भी इच्छा हुई कि मुझे भी सिगरेट अपने पास रखनी चाहिए थी। खासकर इस ख़ौफ़नाक माहौल में। जलती सिगरेट का रोशन कोना दिल में एक तसल्ली पैदा कर रहा था। लेकिन मेरे साथ दिक्कत यह थी कि मैं सिगरेट पीता नहीं था। मेरे पीछे आने वाले युवक बहुत पीछे छूट गये थे। क्योंकि वे मस्ती करते हुए बहुत धीमी चाल से आ रहे थे। मैंने भी अपनी चाल धीमी कर दी। इसके बावजूद मेरी चाल उनकी अपेक्षा बहुत तेज थी।

बालूगंज में गोपाल मन्दिर वाली सड़क पर आते ही पांवों की गति असामान्य रूप से बढ़ गयी। इसी सड़क के मोड़ से घूमते ही नीचे की ओर जाती सीढ़ियां थीं। ऊबड़-खाबड़ इन सीढ़ियों पर चलना बहुत ख़तरनाक लगता था। कुछेक सीढ़ियों के पत्थर भी उखड़े हुए थे। डर लगता था कि उन पत्थरों के साथ कहीं हम भी न लुढ़क जायें। पता नहीं कैसे, वह घुप्प अन्धेरे में भी सधे क़दमों के साथ सीढ़ियां उतर जाती थी।

ये सीढ़ियां समाप्त होते ही उसके घर का बरामदा शुरू हो जाता था। सीढ़ियों के समाप्त होने और बरामदे के शुरू होने का पता ही नहीं चलता था। लगता था जैसे वह बरामदा ही एक बहुत बड़ी सीढ़ी था।

दोनों तरफ की दीवारों को छूते हुए बहुत सावधानी से मैं सीढ़ियां उतरने लगा। अन्तिम सीढ़ी पर आकर मैं रूक गया। मैंने झुक कर उस सीढ़ी को छूकर देखा। उस ठण्डी सीढ़ी में जैसे एक नरम एहसास बसा हुआ था। उसके कांपते होंठों का नरम एहसास। यह वही सीढ़ी थी, जहां एक दिन रात के अन्धेरे में उसने एकाएक उचक कर मुझे चूम लिया था और मैं उसके इस अप्रत्याशित व्यवहार से हतप्रभ, सन्तुलन खोकर नीचे लुढ़क चला था। उसने फुर्ती से मेरा हाथ पकड़ लिया था और मैंने दीवार को। वरना गिरता तो नीचे जाती छोटी सीढ़ियों से लुढ़कता

पता नहीं कहां जा पड़ता।

उस दिन को याद करते ही मेरे होंठों पर अपने आप एक मुस्कान खिंच आयी, जो थोड़ी ही दूरी पर लगे खम्भे की उदास, बेढब रोशनी में दिखायी पड़ते उसके मकान के दरवाज़े पर लगे ताले को देखते ही ग़ायब हो गयी थी। कितनी ही देर मैं उस ताले को देखता रहा। सोच और स्मृतियों का एक बवण्डर मेरे भीतर उमड़ने लगा था। दरवाजा लगभग जर्जर स्थिति में था, जिसे किसी भी हालत में रोका नहीं जा सकता था।

वहां खड़े हुए मुझे यह नहीं सूझ रहा था कि मैं वहां क्यों हूं। मैं शायद यह सोच भी नहीं रहा था।...या फिर सोचना ही नहीं चाहता था। मैं जैसे दिवास्वप्न की स्थिति में भटक रहा था। इतनी जल्दी मैंने इस दरवाज़े के जर्जर होने...दीवार का एक हिस्सा भरभरा जाने की कल्पना भी नहीं की थी। न कभी सोचा था कि हमेशा खुला रहने वाला वह दरवाज़ा कभी ताले में भी जकड़ा होगा।

लेकिन यह सब हुआ था। और इस सब ने मुझे बहुत उदास कर दिया था। बुझे हुए मन के साथ मैं वापस मुड़ चला। सिर झुकाए अभी तीसरी सीढ़ी भी तय नहीं कर पाया था कि तेजी से किसी के सीढ़ियां उतरने की आवाज़ सुनायी दी। मैं एकदम सतर्क हो गया। अपने गले में पड़े मफलर को मैंने नाक तक खींच लिया।

सीढ़ियां उतरने वाला इस अन्धेरे में भी इतनी तेजी से सीढ़ियां उतर रहा था। जैसे वह इसका अभ्यस्त रहा हो। वह व्यक्ति एक सरसरी सी नज़र मुझ पर डाल कर मेरे बिल्कुल पास से गुज़र गया। अन्धेरे में पहचान का कोई प्रश्न ही नहीं था। मैं निराश-सा सीढ़ियां चढ़ने लगा।

...और तभी किसी ने पीछे से मेरा नाम लेकर मुझे पुकारा। आवाज़ जानी-पहचानी थी। लगा कि यह स्वर पहले भी सुना हुआ है। चौंक कर मैंने पीछे देखा। पुकारने वाला तेजी से सीढ़ियां चढ़ कर मेरे सामने आ खड़ा हुआ। खम्भे की उदास रोशनी में मैंने उसे देखा। वह अनिल था—अनिल जॉन। उसका पड़ोसी और हमारा सांझा दोस्त।

मेरी बेचैनी लगातार मुझ पर दबाव डालती है। मैं परेशान हूं कि बार-बार ये पुल क्यों आ रहे हैं? क्यों दिमाग़ में हथौड़ों की तरह बजने लगती है उनके ऊपर से गुज़रने की तीखी आवाज़? खड़—खड़—खड़—खड़।

बेचैनी मेरे भीतर है। दौडती हुई रात के नि:शब्द सन्नाटे को बेधने की कोशिश बीच में ही टूटने लगती है और मैं एक बीमार और निढाल व्यक्ति की तरह सीट पर लुढ़क जाता हूं। रीढ़ में अचानक ही दर्द की एक लहर दौड़ने लगती है। मैं कसमसा कर रह जाता हूं। यह कसमसाहट किसी डरी-सहमी रूह की तरह हो

जाती है, जब मैं उस बच्ची को करवट बदलते देखता हूं।

मैं नहीं जानता, तब इसका जन्म हुआ था या नहीं। या शायद वह अपने होने की प्रक्रिया में थी, कह नहीं सकता। किसी सर्द दिन के घने कोहरे की तरह रहा होगा उसका होना। बहुत मुलायम। और बहुत ठण्डा।...लेकिन जिसको छूने का एहसास बिल्कुल नहीं हो पाता।

ऐसे ही शब्द थे अनिल के, जिनको मैं छूने की हिम्मत नहीं कर सकता था। लेकिन जो मुझे छूकर भीतर तक कंपा गये थे। आख़िर क्या कुछ होता रहा होगा उसके साथ? क्यों उसने कभी मुझे बताने की कोशिश नहीं की? किसी तीव्र मोड़ पर भटकती प्रेतात्मा की तरह उसका रोना किसी ने भी नहीं सुना होगा?

अनिल ने उस रात होटल के कमरे में मुझे बताया था कि उसके घर से अक्सर लड़ने-झगड़ने की आवाज़ें आती रहती हैं। शुरू-शुरू में तो आस-पास के लोग उत्सुकता और हैरानी के साथ इकट्ठे हो जाते थे। हैरानी इस बात को लेकर भी थी कि घर में दो ही तो प्राणी थे। एक वह और एक उसका पिता। फिर किस बात को लेकर उनके बीच झगड़ा होता होगा। झगड़ा भी ऐसा कि हाथापायी और नोंच-खसोंट की नौबत आ जाती। कई बार लोगों ने उसे तार-तार हो गये कपड़ों में देखा। मुसीबत यह थी कि वह कुछ बताती नहीं थी। उसके चेहरे पर भी हमेशा डर बना रहता।

उसका पिता कहता था कि उसका मानसिक सन्तुलन बिगड़ गया है। वह कुछ भी कर-कह सकती है। तभी तो वह इतनी उग्र हो उठती है कभी-कभी। वहां के स्थानीय डॉक्टर को भी दिखाया था। वह तो डॉक्टर के नाम से ही उग्र हो उठती थी। तब दो-तीन लोग मिल कर ही उसे काबू में कर पाते थे। जबकि वह बार-बार चिल्लाती रहती थी कि वह बिल्कुल ठीक है। उसे कुछ नहीं हुआ है। दिमाग तो उसके बाप का ख़राब हो गया है।

चूंकि यह सब आये दिन दोहराया जाने लगा था इसलिये लोगों ने भी इस ओर ध्यान देना बन्द कर दिया था। उन्हें भी यह विश्वास हो चला था कि वह वास्तव ही में मानसिक असन्तुलन की स्थिति से गुज़र रही है। उनकी इस अवधारणा को इस बात से भी बल मिला कि शयद अपनी मां की अकाल मृत्यु से उसे इतना गहरा आघात लगा है। जब तक उसकी मां जीवित थी, वह पूर्णतः स्वस्थ थी। किन्तु मां की मृत्यु के एक वर्श पश्चात् ही उसका व्यवहार ऐसा हो चला था।

अनिल चूंकि उसका पड़ोसी था और उसके नज़दीकी जानकारों में सबसे आत्मीय भी, इसलिये वह उसके घर जाता रहता। कई बार उसने भी प्रयत्न किया था उससे इसका कारण जानने का। तब भी वह एकदम चुप्पी साध गयी थी।

मैं वहां कभी-कभार ही जा पाता था। ऐसा नहीं था कि वहां मेरे जाने पर किसी तरह की कोई पाबन्दी थी। लेकिन मेरे वहां जाने पर उसका पिता पूरा समय

हमारे आस-पास ही मंडराता रहता था। उसकी शंकित दृष्टि मुझे हमेशा परेशान किये रहती। अब तो उसका बोलना भी बहुत कम हो गया था। सारा समय उसका चुप बने रहना मुझे भी सालता था। उसकी यह हालत मेरे किये बहुत तकलीफदेह थी। लेकिन मैं कर भी क्या सकता था? अब वह मुझसे मिलती तो एक ख़ास दूरी बनाए रखती। यहां तक कि मेरा उसे छू जाना भी उसे चौंका देता। यह जान लेने के पश्चात् कि वह सायास ही यह दूरी बनाए रखती थी, मुझे और भी चोट पहुंची थी।

एक दिन तो वह छूने भर से ही इस तरह छिटक कर दूर जा खड़ी हुई जैसे मैं कोई अछूत हूं। तब उसका सारा शरीर कांप रहा था। उसकी आवाज़ भी कांप रही थी। उसकी आवाज़ के कम्पन्न में डर जैसा कुछ था, जो शायद बहुत बारीक़ होने के कारण मेरी पकड़ में नहीं आ रहा था।

वह बारीक़ कम्पन्न वास्तव में था क्या? और क्यों था? यह मैं तब नहीं जान पाया।...आज जब सोचता हूं तो मुझे स्वयं पर गुस्सा आता है कि मैं कितना स्वार्थी होकर सोचता रहा। अपने आहत होने की बात तो मुझे हमेशा याद रही किन्तु उसके आहत होने को लेकर मेरे भीतर क्यों कुछ नहीं था? तब तो मैंने भी कितनी आसानी से दूसरे लोगों और उसके पिता की इस बात पर यक़ीन कर लिया था कि वह वास्तव ही में अपना मानसिक सन्तुलन खो चुकी है। काश! काश कि मैं उसकी आवाज़ में छिपे उस बारीक़ कम्पन्न को पकड़ पाता तो शायद, हां शायद, वह कुछ उसके साथ न हो पाता जो...। काश ऐसा हो पाता!

पता नही क्यों, किन्हीं कमज़ोर क्षणों के मजबूत दबावों में आकर मैं घर वापस चला आया था। मन में फिर कभी न लौटने का एक नपुंसक निर्णय लेकर। वहीं रूक जाता। रूक कर परिस्थितियों को पढ़ने, समझने का प्रयास करता तो उसके साथ इतना सब कुछ नहीं हो पाता। इतना घिनौना ! और इतने समय तक लगातार!

अपने होने...और सिर्फ़ अपने होने को लेकर हम आख़िर इतने चिन्तित क्यों रहते हैं? हमारी सोच के केन्द्र में हमेशा सिर्फ हम खुद ही क्यों होते हैं?...और भटकते रहते हैं एक ही दायरे में अपने स्वार्थ की बैसाखियां अपनी बगलों में दबाए।

मेरे साथ भी ऐसा ही हुआ था। मैंने एकाएक अपनी मां को उसकी पसन्द की लड़की से शादी के लिये 'हां' कह दी थी। मां खुश थी। मैं भी खुश था कि मैंने अपने निर्णय से उसकी चुप्पियों को बेजान कर दिया है। हालांकि अपनी पहली सन्तान होने तक भी मैं उसको भुला नहीं पाया। लौट-लौट कर मन उसकी ओर दौड़ता। बालूगंज की उसी सड़क की ओर जहां एक कोने में गोपाल मन्दिर है। जहां अक्सर कुछ देर के लिये ही सही, मैं अवश्य ठहरा करता था। अपनी तमाम नास्तिकता के बावजूद।...और उसी सड़क की ओर लौटता मन, जहां अक्सर किसी

प्रेतात्मा का कारूणिक रूदन सुनायी देता।

सच कहूं तो मेरा मन कभी वहां से अकेला नहीं लौटता था। मैं स्वयं भी होता था उसके साथ। क्योंकि मै होना चाहता था। सम्बन्धों के घेरे मेरे इस होने को जीवित बनाए रखते। कई बार तो मुझे लगता कि मैं स्वयं अपने साथ ढोंग कर रहा हूं। क्योंकि मैं बार-बार वहीं होता हूं, जहां होना नहीं चाहता।...और जहां होना चाहता हूं, वहां न होने का ढोंग करता हूं। मेरे मन का यह दोहरापन मेरे लिये बहुत कष्टकर था। उसके लिये पता नहीं कितना कष्टकर रहा होगा।

किन्तु इससे कहीं अधिक कष्टकर थी उसकी हालत। मैं कहूं या न कहूं ...मैं चाहूं या न चाहूं, उसके प्रति मेरा जो लगाव था, उसे मैं छिपा तो नहीं सकता था। छिपा भी लूं लेकिन मार तो नहीं सकता था। इसी से चिन्ता होती थी मुझे। चिन्ता यह भी थी कि अब लोगों ने उसे वाकई पागल मान लिया था। जहां कहीं भी वह जाती, लोगों की निगाहें उसका पीछा करतीं। उस पर बेहूदे फिकरे कसे जाते। वह चुपचाप सुनती और निकल जाती। लेकिन जब कई तरह के घिनौने प्रस्ताव उसके सामने रखे जाते तो वह बिफर उठती। उसका व्यवहार आक्रामक हो उठता। इस आक्रामकता से उसके पागलपन की बात और भी पुख़्ता हो जाती।

इस सबके बावजूद वह मेरे प्रति बिल्कुल उदासीन थी। यह उदासीनता भी मुझे ओढ़ी हुई लगती। लेकिन दूर बैठे स्थितियों का सही आकलन मैं नहीं कर सकता था। उसकी इस उदासीनता ने हमारे सम्बन्धों को बर्फ़ कर दिया था। सुन्न कर देने वाला वह ठन्डापन हमारे बीच इस क़दर बढ़ गया कि मुझे अपने भीतर के तमाम तन्तु मृत लगने लगे। कहीं कोई उद्वेलन नहीं। कोई प्रतिक्रिया नहीं। कोई संवेदना नहीं। कोई बात मेरे भीतर हलचल पैदा नहीं करती थी। न जिस्म में आग लगा देने वाले ये ताने कि "छोड़िए भी, आप भी किसके चक्कर में पड़े हैं। यह तो जमाने भर का गू खाती फिरती है। पता नहीं किस-किससे...।"

कोई और समय होता तो मैं यह बात कहने वाले को उठा कर पहाड़ी से नीचे फेंक देता। लेकिन जब अपना विश्वास ही हिल चुका हो तो किसी को क्या कहा जा सकता है। ऐसे में हर चीज़ वैसी ही दिखायी देती है, जैसी हम देखना चाहते हैं। दौड़ते हुए बादलों में बनती-बिगड़ती सैंकडों शक्लों की तरह।

अनिल भी इस सम्बन्ध में मेरी बहुत सहायता नहीं कर सकता था। सच वह भी नहीं जानता था। फिर भी एक बात वह हमेशा कहता—"नहीं, वह ऐसी नहीं हो सकती।"

मैं कुछ नहीं कह सकता था। मेरा विश्वास दरक चुका था। चाहता तो मैं भी यही था कि वह सब झूठ हो। किन्तु सच मेरे सामने अपने-आपको झुठलाने की कोशिश कर रहा था। और मुझे उसी पर यक़ीन हो चला था। सच और झूठ की इसी कशमकश में एक अरसा बीत गया।

इस दौरान पत्नी मेरे और उसके सम्बन्धों के बारे में सब कुछ जान चुकी थी। अपनी ओर से मैंने भी कभी कुछ छिपाने की कोशिश नहीं की। मेरी लाख कोशिशों के बावजूद वह मेरी स्मृतियों में बनी रही। नतीजतन, एक अदृश्य किस्म का तनाव मेरे और पत्नी के बीच बना रहा। अपने भीतर अपने-अपने तनावों को जीते हम एक-दूसरे को बेवकूफ बनाने की कोशिशों में लगे रहे। सम्बन्ध हमारे लिये महज़ एक ढोए जाने की चीज़ बन कर रह गये। हमने कभी भी उन्हें निभा कर या जीकर नहीं देखा। नतीज़तन, हमारे जिस्म ही हमारी फौरी ज़रुरत बने रहे। विकल्पहीन किसी मजबूरी की तरह। किन्हीं हादसों की शक्ल में हमारी दो सन्तानें हमारे सामने थीं। फिर भी यह एहसास हमेशा मेरे मन में बना रहा कि मैं अपने परिवार के प्रति पूर्णरूप से समर्पित नहीं हूं, जैसा कि मुझे होना चाहिए। इसके बावजूद सब कुछ घट रहा था। इसमें हमारी इच्छाओं का न कोई दखल था, न कोई महत्त्व।

मेरे लिये यह सब कुछ कहना या सोचना जितना आसान है, घटनाओं का घट जाना उतना ही मुश्किल और कल्पना से परे लगता है। जिला कारागार की उन ठण्डी और मजबूत सींखचों के पीछे उस पिघलते हुए चेहरे को देख कर अनायास ही यह अन्दाज़ा नहीं लगाया जा सकता कि इस पिघलन के पीछे का सच आख़िर है क्या।

मैं नामदेव से कई बार मिला। हर बार वह पहले से अधिक निराश दिखायी दिया। इससे मेरा निराश होना भी स्वाभाविक था। लेकिन मैं पस्त नहीं हुआ था। एक वचनबद्धता मेरे साथ थी, जो उदास-कमज़ोर क्षणों में भी मेरे हक़ में खड़ी होती थी। इसी से वह एक दिन टूट गयी और बिलख-बिलख कर कह उठी—"हां, हां, वह मेरी बेटी है। मेरी अपनी जाई।"

मुझे इसमें कोई आश्चर्य नहीं हुआ था। शायद किसी को भी नहीं होता यह सुन कर। लेकिन उस बच्ची का पिता कौन था? उसके पिता के ऑफिस में काम करने वाला धर्म सिंह तो नहीं, जिससे उसके पिता ने उसकी शादी करना तय कर दिया था। जो देर-सवेर उसके घर आता-जाता था। उसकी असहमति और विरोध के बावजूद। विरोध को लेकर उसका अपने पिता से झगड़ा मुमकिन था। किन्तु हत्या?

इस केस को लेकर नामदेव जितना चिन्तित था, उसके परिणाम को लेकर आशंकित भी। वह दो-एक बार मेरे होटल पर भी आकर मुझसे मिला था। देर रात तक हम सिर खपाते रहे थे। हमारे हाथ कुछ नहीं लग रहा था। कोई सिरा पकड़ में नहीं आ रहा था। अनिल की इस सूचना में भी हमें कोई आशा नहीं दिखायी दी कि धर्म सिंह जब-तब उसके पिता को पैसे देता रहता था। और उसका पिता धर्म सिंह को बदले में एक दिलासा। यह दिलासा जब उसे दम तोड़ती दिखायी दी तो धर्म सिंह ने एक दिन उसे अकेली देख कर उस पर हाथ डाल दिया। वह शेरनी की तरह बिफर उठी। और हाथापायी के दौरान उसने अचार का बड़ा मर्तबान धर्म सिंह के सिर पर दे मारा। लहुलुहान होकर वह वहीं गिर पडा। यह तो गनीमत रही

कि उसका पिता ऐन वक्त पर वहां आ पहुंचा और उसने धर्म सिंह को उठा कर अस्पताल पहुंचाया। इसका इल्ज़ाम भी उस 'पागल' लड़की के माथे पर मढ़ दिया गया। इससे निराश और हताश वह एक दिन अपने पिता के कार्यालय जा पहुंची और वहां खूब बखेड़ा खड़ा कर दिया। अपने पिता के सेक्षन इंचार्ज से उसने बात की तो सेक्षन इंचार्ज को एकबारगी लगा कि वह वास्तव में ही पागल है। पागल और ख़तरनाक। लेकिन उसकी ईमानदार, सूजी हुई आंखों में उसने सच्चाई का अंश देखा। किसी पहाड़ी नदी के उफान भरते पानी के स्वच्छ, निर्मल प्रवाह की तरह। उसने हौले से उसका कंपकंपाता हाथ थपथपा कर उसे सान्त्वना देने की कोशिश की।

...और उसी दिन से उसके घर से चीख़ने-चिल्लाने की आवाज़ें तेज से तेजतर होने लगीं। यह सिलसिला लगातार बढ़ता ही गया।

सब कुछ पहाड़ी बादलों की तरह उमड़-घुमड कर मेरे सामने आ रहा है। लगता है जैसे चारों ओर से बादलों ने हमला कर दिया हो। मैं एकदम घबरा जाता हूं। कंपकंपाती शाम के सरसराते हुए धुंधलके के समान। मेरी सोच फिर भी कहीं ठहर नहीं पाती।

एक दिन उसी ने अपने पांव के नर्म अंगूठे से ज़मीन को खुरचते हुए कहा था—"कुछ सोचने के लिये कहीं रूकना ही पड़ता है।"

ऐसा उसने क्यों और किस संदर्भ में कहा था, मुझे याद नहीं। आज दौड़ती हुई रेल की तेज धमक के बीच मैं सोचता हूं कि मैं कहां रूकूं। अपनी पत्नी के माथे पर पड़ती त्यौरियों के बीच, जहां मेरे लिये सिर्फ़ वक्र रेरवाओं का एक भटका देने वाला जंगल है?...या अदालत के उन सख़्त और ठण्डे बैंचों के बीच, जहां बैठ कर मैने इस दिल दहला देने वाले मुक़द्दमे का अन्तिम और बेरहम फैसला सुना था?...या नामदेव की उन निराश, उदास आंखों में, जिनमें कुछ ही दिन पूर्व एक विजयी चमक उगने की कोशिश कर रही थी?...या फिर उन पहाडों के बीच बिछी उस सड़क के तीखे मोड़ पर, जहां अक्सर किसी प्रेतात्मा का कारूणिक रूदन सुनायी देता है? ... या फिर धुन्ध की उस परत के बीच, जिसका स्पर्श मेरे सामने लेटी बच्ची के स्पर्श की तरह है, एकदम मुलायम, लेकिन जिसको छूने... छू पाने का एहसास बिल्कुल नहीं हो पाता? उनींदी आंखों में अभिशप्त लालसाओं का टूटा हुआ दायरा मैं अब भी महसूस करता हूं।...और महसूस करता हूं उस सुनसान मोड़ पर किसी प्रेतात्मा का कारूणिक रूदन। मुझे लगता है कि यह रूदन उसी का है, जिसे सुन कर मैं डर जाता हूं। डर कर एकदम सुन्न हो जाता हूं। मेरी तमाम इंद्रियां...मेरी सारी विचारशीलता सुन्न हो जाती है। लगता है जैसे कितने ही वर्शों से मैं उसका यह रूदन सुन रहा हूं।

मैं एकदम घबरा जाता हूं। घबरा कर उन दायरों के बारे में सोचने लगता

हूं, जो मेरे घर पहुंचते ही मुझे घेर लेंगे। देखेंगे हैरान और परेशान होकर उस बच्ची के अनाथपन को। उसकी मासूमियत...और उसकी मायूसियत को।

मैं नहीं जानता इस बच्ची के मेरे साथ होने का उन पर क्या असर होगा। नहीं जानता कि वे यह सब सह भी पायेंगे कि नहीं। बच्चे तो मासूम हैं, जो कहूंगा उसे सहज भाव से स्वीकार लेंगे। शायद उस बच्ची को भी। क्योंकि बच्चों में बड़ों का सा अस्वीकार का भाव नहीं होता।

किन्तु उनके प्रश्न? उनके प्रश्न तो वहीं बने रहेंगे। क्योंकि प्रश्न स्वीकार्यता-अस्वीकार्यता को नहीं जानते।

...और मेरी पत्नी? वह कैसे स्वीकारेगी यह सब? आख़िर कैसे?

...और मैं स्वयं?

शायद मैं तब भी सींखचों के पीछे खड़ा उसका निराश...चिन्तित चेहरा अपनी स्मृतियों में बनाए रखूंगा। तब तक, जब तक कि उसकी सज़ा पूरी नहीं हो जाती।

...किन्तु जो डर इस समय मुझे सबसे अधिक सता रहा है, वह यह कि इस पूरे सफर के दौरान बहुत ज़्यादा थक चुके शरीर और टूट चुके मन को सम्भालने की नाकाम कोशिश करते हुए क्या मैं उनसे यह कहने की हिम्मत जुटा पाऊंगा कि धुन्ध के नर्म और नाजुक स्पर्श की तरह मुलायम वह बच्ची दरअसल उसकी बेटी है?...और उसकी अपनी बहन भी?

आख़िरी दस्तक

रात बहुत गहरा चुकी थी। समय का पूरा पता तो न था केवल एक अनुमान ही था कि रात आधी तो हो चुकी थी। आंगन में खड़े वृक्ष दैत्यों की तरह सांय-सांय करते हुए हिल रहे थे। कभी इधर कभी उधर। उनकी ख़ौफ़नाक परछाइयां बाहर छितराये सन्नाटे को और भी भयानक बना रही थी। टिड्डियों-झींगुरों की मनहूस आवाजें अभी भी आ रही थीं। शेश सब शांत था -एकदम शांत।

तब वह गहरी नींद में थी, जब किसी ने उसके दरवाज़े की कुंडी खड़काई थी। दरवाज़े पर लगातार हो रही दस्तक सुन कर वह जाग गयी। जाग कर चौंक उठी और चौक कर डर गयी...फिर वही आवाज़ें। हर दूसरे-तीसरे दिन की तरह कुंडी के खड़कने का स्वर।

कई दफा उसने सोचा था कि बीजी से कहे। फिर पता नहीं, क्या सोच कर चुप हो रही थी। आख़िर शिकायत करती भी तो किसकी। इस जाल बुनते सन्नाटे की? या फुंफकारे मारते इन स्याह अंधेरों की? किसी शिकायत करती? सन्नाटा तो उसके अपने वजूद को भी जकड़े हुए है। अंधेरे तो उसके अपने भीतर भी पसरे पड़े हैं। परत-दर-परत।

यही दस्तक...बिल्कुल यही ठक-ठक उसने डेढ़ साल पहले भी सुनी थी। तब दस्तक देने वाला कोई और नहीं, खुद उसकी मनहूस किस्मत थी। जो एक दिन दबे पांव आयी थी उसके पास और उसके सुहागजड़े माथे की लकीरों पर चुपचाप दस्तक दी थी।

...तब शाम का धुंधलका अभी गांव में पूरी तरह पसरा भी न था कि पूरे गांव में कोहराम मच गया था। हर तरफ रोने की आवाज़ें सुनाई देने लगी थीं। गांव के बाहर कच्ची पगडंडियां, जहां से दलबीरे का ट्रैक्टर रोज़ शाम को वापस घर लौटता था। गांव की कच्ची सड़क के दोनों ओर खड़े नीम के हरे-भरे पेड़, जिनकी नरम-नरम टहनियां तोड़ कर दलबीरा बनाया करता था। गांव के वे कच्चे-पक्के मकान, जहां उसका आना-जाना था। जहां उसके दोस्तों का जमावड़ा होता। उसके आसमान

फोड़ ठहाके लगते थे...और ईंटों के खड़ंजों से बनी वह गली, जहां उसका ट्रैक्टर आकर रुकता था...और वह चौखट जिसको लांघने से पहले वह झुककर छूता था और उसके स्पर्श को माथे से छुआता था। और ये दिशायें...यह आसमान...यह खुश्बू से सराबोर हवा...सभी रो रहे थे उस दिन...दहाड़े मार-मार कर।

उसने किसी से सुना था कि ज़िन्दगी पहाड़ों सी बोझिल होती है। कि मुसीबतें पहाड़ों सी ऊंची होती हैं। कि रातें पहाड़ों सी लम्बी होती हैं। कि दर्द पहाड़ों सा फैला होता है।

सिर्फ सुना ही था उसने। कभी महसूस नहीं किया था। कभी सोचा भी नहीं था कि ज़िन्दगी उसे भी पहाड़ों सी बोझिल लगेगी। मुसीबतें पहाड़ों सी ऊंची महसूस होंगी। रातें पहाड़ों सी लम्बी हो जायेंगी...और दर्द मीलों फैल जायेगा... पहाड़ों की तरह।

कभी-कभी तो वह अपने रब्ब से नाराज़ होती कि उसने ये नामुराद पहाड़ बनाये ही क्यों? बनाये तो उनमें जीवन का सा विस्तार क्यों दिया? विस्तार दिया तो उनमें इंसानी ज़िन्दगी का एहसास क्यों उंडेला? उसने यह सब सोचा ही कहां था? पता ही नहीं था उसे तो।

...लेकिन जब दलबीरे की निश्प्राण देह उसकी दहलीज़ पर लाकर उतारी गयी तो उस एक ही क्षण में उसने पहाड़ों की ज़िन्दगी जी ली थी। वह पछाड़ खाकर बेहोश हो गयी थी। दोनों दुनिया से बेखबर...हर तरह के एहसास से परे।

अपनी मां को बेहोश होते देख, चौदह साल की डांग सी लंबी निर्मल ने मां को संभाला था। मृत्यु के दहशतनाक एहसास से लबालब उस एक ही क्षण ने निर्मल को जैसे ज़िन्दगी के होने और न होने के मायने समझा दिये थे...अचानक उठे अंधड़ ने कौन सा तूफान उसकी मां के सामने ला खड़ा किया था, वह जान गयी थी। वह जान गयी थी कि मां, जो बात-बात पर उसके बाप से बहस करती... कुढ़ती और लड़ती-झगड़ती थी...अपना और दूसरे लोगों का स्यापा किया करती थी, आज वही स्यापा उसके गले पड़ गया था।

बलवंत कौर, जिसे पूरा कुनबा 'बीजी' कहकर पुकारता था, दीदे फाड़-फाड़ कर अपने गबरू जवान बेटे की मुस्कराती लाश को एकटक देख रही थी। अपनी छाती पीट-पीट कर आकाश की ओर झरती आंखें से देखती, नीली छतरी वाले उस मालिक को सौ-सौ गालियां निकाल रही थी। उसका रोना आकाश को भी रुला देने वाला था। गांव भर की औरतें एक-एक कर उसके बैन में शामिल होती गयीं। सबकी मिली-जुली आवाजें...रोने के स्वर...कभी जमीन पर हाथ पटकती तो कभी अपनी छाती पर दुहत्थड़ मारती औरतें।

बलवंत कौर अभी भी विश्वास नहीं कर पा रही थी कि जो दलबीरा सारा-सारा दिन खेतों में जुटा रहता था, बोलियां गाता था...गांव की मुटियारों से मज़ाक

करता था...सबसे मिलता और हंसता था...सबके दु:ख-दर्द में शरीक होता था... आज उन्हीं से शरीका निकालेगा...श्शरीकों वाली औक़ात दिखा जायेगा।

वह तो अब भी यही समझती थी कि मौत का यह रुदन और कुछ नहीं, दलबीरे का कोई एक मज़ाक ही है। वह अपनी बूढ़ी मां को तंग कर रहा है। देखना, अभी कान पकड़ कर खीचूंगी तो कैसे चिल्लायेगा—'ओ मां! कितने जोर से कान खींचती है तू!...माफ कर दे मुझे। फिर ऐसा मज़ाक नहीं करूंगा...ला, अब फटाफट दो मिस्सी रोटियां उतार दे। मुझे बड़े ज़ोरों से भूख लगी है।'

उसे क्या पता था कि दलबीरा कोई मज़ाक नहीं कर रहा था। करेगा भी नहीं, पता नहीं कौन सी भूख थी जो उसे खा गयी थी...और जला गयी थी उसकी कोख को, जिसने शानो के माथे से सुहाग के निशान अपने खुरदरे अंगूठे से रगड़-रगड़ कर मिटा दिये थे। और जन्म-जन्म का रंडापा उसके गले मढ़ दिया था। हमेशा को रोने-कलपने के वास्ते।

...वह तो कहता था कि इस वैसाखी पर फसल कटेगी तो उसे दरबार साहब मत्था टिका लायेगा। अपनी शादी के बाद और निर्मल की पैदाइश के पश्चात् बहुत कम ही नसीब हुआ था उसे दरबार साहब में हाज़िरी देना। पिछले दो सालों से तो जा ही नहीं पाया था। कहता था...'शायद बाबे की मेहर अभी हुई नहीं। जिस दिन वह सिर पर हाथ रखेंगे, वह खुद-ब-खुद चला जायेगा।'

...कभी-कभी तो वह शानो से मज़ाक भी किया करता था। कहता था, 'शानो! लोग तुझे ही कहेंगे। ताने देंगे कि तूने दलबीरे को बांध लिया है अपने दुपट्टे से। अब भई, तेरे दुपट्टे से छूटूं तो बाबाजी के द्वारे जाऊं न।'

...और वही दलबीरा एकाएक उसके दुपट्टे को चीरकर उसकी कैद से आज़ाद हो गया था। पता नहीं, कहां जाकर मत्था टेका था उसने? अब तो दिन का भरा-पूरा उजाला भी सांय-सांय करता है। फुंफकारता है किसी फनियर नाग की तरह।

...जब पहली बार उसने दस्तक सुनी थी—अपनी बदकिस्मती की, जो बार-बार उसके माथे की लकीरों पर ठक-ठक कर रही थी।

एक दिन फिर वैसी ही ठक-ठक...ठक-ठक!

इस बार फिर दस्तक हो रही थी...फिर अंधेरी रात थी। आंगन में खड़े वृक्ष राक्षसों की तरह हिल रहे थे-कभी इधर, कभी उधर। और वह ठक-ठक की आवाज़ सुन कर नींद से जाग गयी थी। जाग कर चौंक उठी थी। चौंक कर डर गयी थी। अंधेरी रात की स्याह परतों को उसने आंखें फाड़-फाड़ कर बेंधने की कोशिश की थी। और दस्तक देने वाले को पहचानने की कोशिश की थी।

इस बार इंसानी रिश्तों के बीच फैलते ज़हर ने दस्तक दी थी।

इससे पहले कि वह कुछ सोच-समझ पाती, बीजी ने उसके बालों को पकड़ कर एक तेज़ झटका दिया था—'बोल, ये खेत...ये ज़मीन-जायदाद तेरी है

या हमारी? बोल? ये गठरी भर गहने तेरे हैं या हमारे? चुप क्यों है? बोलती क्यों नहीं? बोल? नहीं तो ज़िन्दगी भर निर्मल की शक्ल देने को तरसती रहेगी। ऐसी जगह काट कर फेंकूंगी कि ख़बर तक नहीं होगी।'

वह असमर्थ थी यह जानने में कि दारजी ने अपने पुरखों की ज़मीन-जायदाद तो शराब और ऐय्याशियों में गंवा दी थी...घर के सारे गहने अपने ऐब पूरे करने में बेच दिये थे। उसके खसम ने अगर अपनी मेहनत से दुबारा जायदाद खड़ी कर ली थे तो इसमें उसका क्या कसूर था? पता नहीं, दलबीरे को शायद अपनी मौत का पूर्वाभास हो गया था या अन्जाने में ही उसने अपनी सारी ज़मीन-जायदाद शानो के नाम कर दिये थे तो कौन सा गुनाह कर दिया था? अपनी औलाद के वास्ते ही तो किया था उसने...फिर ये जुल्म मुझ पर क्यों?

इस क्यों का जवाब किसी के पास नहीं था, न बीजी के पास...न दारजी के पास। न उसके पास। और न ही उसकी उजाड़ किस्मत के पास। उसे तो बस दीवारों से टकराना था। लहूलुहान होना था...लातें और घूंसे अपने जिस्म पर झेलने थे...और आख़िरकार निर्मल के मासूस चेहरे को देख कर कोई एक निर्णय लेना था-निर्मल या ज़ायदाद!

सोचने का वक्त नहीं था उसके पास। न समझने की ताकत ही थी। चुनना था किसी एक को।

...और उसने अंततः और स्वाभाविकतः निर्मल को चुना था।

और एक दिन फिर किसी ने दस्तक दी थी उसके दरवाज़े पर। इस दफा दस्तक देने वाला उसका देवर था-दलजीत। जिसे उसने एक बड़ी बहन और एक ममतामयी मां की तरह पाला था। लाड़-प्यार दिया था उसे। दलबीरे की टेढ़ी नजर से हमेशा बचाया था उसे। मुहल्ले भर से उसके आवारापन की खबरें घर पहुंचती तो एक वही थी, जो सीना तान कर सबका सामना करती थी और दलजीत को अपनी पीठ पीछे छिपा लेती थी।

उसी दलजीत ने एक दिन दरवाज़े पर दस्तक दी थी। आधी रात के वक्त।

'कौन है?' उसने धीरे से पुकारा था कि कहीं निर्मल जाग न जाये।

'मैं हूं, दलजीता।'

'क्या है?' उनींदी आवाज से पूछा था उसने।

'पानी की सुराही लेनी है, भरजाई। प्यास लगी थी। पानी ख़त्म हो गया है। तेरे पास होगा।'

'ठहर, खोलती हूं अभी।' उसने स्वाभाविक विश्वास के साथ कहा था... और किवाड़ खोल दिये थे।

किवाड़ क्या खोले थे, एक बार फिर अपनी बदकिस्मती का दरवाज़ा खोल दिया था।

दरवाज़ा खुलते ही दलजीत ने अंधेरे में उसे पकड़ कर एक ओर घसीट लिया था और टूट पड़ा था उस पर किसी वहशी की तरह। किस्मत के हाथों लुटी शानो 'ऊं-आं' ही करती रह गयी और दलजीत ने उसके पूरे शरीर को निचोड़ डाला था। वह चीख-चिल्ला भी नहीं पाई थी कि कहीं निर्मल न जाग जाये। अगर जाग जाती तो देखती उसका हश्र। पता नहीं, क्या का क्या अर्थ लेती वह? जवान होती औलाद और वह भी लड़की जात! वक्त से पहले शरीर-विज्ञान की हरकतें उसे क्या पाठ पढ़ातीं, वह नहीं जानती थी। लुटी-पिटी वह एक कोने में दुबकी रही।

...और दलजीत एक ही क्षण में पूरा मर्द बन गया था। फिर कई बार उसने उसके दरवाज़े पर दस्तक दी। बार-बार होती इन दस्तकों के बीच एक दिन उसके अपने शरीर ने दस्तक दी थी। इस दस्तक की तीव्रता महसूस क रवह बेतरह कसमसाई थी। ढीली चारपाई की रस्सियों का कसमसाना...उसके अपने शरीर से किसी चीज के चटखने की आवाज़...सब एक-दूसरे में गडमड हो गये थे।

अपनी देह की दस्तक से परेशान हो उठी थी वह। क्योंकि देह की भाशा सिर्फ देह ही समझ सकती थी। जिसका अपना कोई धर्म नहीं था। कोई ईमान नहीं था। कोई जात नहीं थी। वह तो सिर्फ अपने होने को ही जानती थी...पहचानती थी। फिर उसे नकारती कैसे?

उसने चुपचाप अपने कमरे के दरवाजे की कुंडी नीचे सरकाई। हौले से दरवाजे को खोलकर अपने शरीर को तिरछा कर बाहर निकल गयी थी। दरवाजे को पूर्ववत् बंद किया और अंधेरे में समा गयी थी-अंधेरे का हिस्सा बन कर।

अंधेरे में भी उसकी आंखें रास्ता पहचान रही थीं। उसके पांव और उसका दिमाग अपनी दिशा को टटोल सकते थे...अंधेरा होने के बावजूद उसके पांव, बिना किसी रुकावट के दलजीत की चारपाई के पास आकर रुक गये। कुछ क्षण वहीं रुक कर उसने अपनी उखड़ती सांसों को संयत करने की कोशिश की और फिर एकाएक अपने शरीर को दलजीत की चादर में पसर जाने दिया था।

लेकिन अपने कमरे में आकर दीवारों से अपना सिर पटक-पटक कर वह बेतहाशा रो पड़ी। यह क्या कर दिया था उसने? इतना बड़ा पाप? दलबीरे के साथ इतना बड़ा धोखा? फिर जैसे उसके अन्दर से आवाज़ आयी कि पाप और पुण्य कुछ नहीं होता। सिर्फ़ ज़िन्दगी का मक़सद मायने रखता है। और इस वक्त उसका मक़सद था अपनी ज़मीन को दरिंदों से बचाना। अपने गहने वहशियों से वापस लेना। एक बड़े मक़सद के लिये एक छोटे मक़सद को कुर्बान कर देना पाप नहीं था।

पाप क्या है और पुण्य क्या?...वह नहीं जानती थी। उसे कुछ पता नहीं था। उसके लिये दोनों बराबर थे। धर्म और अधर्म की परिभाशा कोई मायने नहीं रखती

थी उसके लिये। उनका कोई वजूद ही नहीं था।

फिर तो ऐसी दस्तकें रोज़-रोज़ सुनाई देने लगी थीं। कभी वह अंधेरे का हिस्सा बन कर अंधेरे में समा जाती तो कभी अंधेरा उसके कमरे में आ पसरता। दोनों एक-दूसरे से गुत्थमगुत्था हो जाते। लेकिन पाप और पुण्य के जिन्न उसका पीछा ही नहीं छोड़ रहे थे। एक दिन उसे समझ आ गया कि

...पाप होता तो उसे पश्चात्ताप भी अवश्य होता।

...पुण्य होता तो उसका हाथ पकड़ कर उसे रोक लेता।

...धर्म होता तो उसे रोशनी का रास्ता अवश्य दिखलाता।

...अधर्म होता तो उसे उसके अंत से रूबरू ज़रूर करता।

लेकिन ऐसा कुछ नहीं हुआ था। न पश्चाताप...न कोई ग्लानि। न कुछ ग़लत घटित होने का एहसास। यह सब तो बिल्कुल स्वाभाविक लगता था उसे। प्रकृति की कोख से पैदा हुआ जज़्बा। हर इंसान में जो मौजूद है। किसी में कम तो किसी में ज़्यादा। किसी दम्भ के अधीन वह अपनी देह से निकली गंध को कुचलना नहीं चाहती थी। उसने तो अपने आपको वक्त के हवाले कर दिया था। वही उसकी किस्मत लिखेगा। वही पढ़ेगा। और वही उसकी ज़िन्दगी का हिसाब-किताब रखेगा।

लेकिन वक्त का यह कौन सा चेहरा था? कैसी किस्मत थी उसकी जो उसके सामने पसरी पड़ी थी।

वह भैंसों को चारा खिलाने के बाद अभी सुस्ताने ही लगी थी कि दरवाजे के बीचों-बीच बीजी का शरीर आकर खड़ा हो गया था। वह न चाहते हुए भी चारपाई से उठ कर खड़ी हो गयी थी।

बलवंत कौर अपने शरीर के बोझ से त्रस्त...शरीर के जोड़ों से परेशान। अपनी जन्मदात्री को उसे पैदा करने का उलाहना देती हुई चारपाई पर बैठ गयी थी। निर्मल तब घर पर नहीं थी।

बलवंत कौर ने एक बार उसे देखा। वह असमंजस में थी। बातचीत कहां से शुरू करे? भूमिका क्या बांधे? कुछ समझ न आते देख उसने चारपाई के एक हिस्से को अपने हाथ से थपथपाते हुए कहा था-

'बैठ तू भी बैठ,' और स्वयं थोड़ा सा परे सरक गयी थी।

'नहीं, मैं यहीं ठीक हूं,' उसने स्पष्ट नकार दिया था।

'नाराज़ है?' उसने किंचित मुस्कराने का प्रयत्न किया था। लेकिन इस कोशिश ने उसके चेहरे को विकृत बना दिया था।

'मैं अब किसी से क्या नाराज़ हो सकती हूं, बीजी? मेरी नाराजगी सहने वाला अब कोई नहीं रहा। जो था, वह चला गया।'

'हां,' बलवंत कौर ने एक लंबी सांस खींची। उसे जैसे अपनी बात का सिरा अचानक ही मिल गया था—'मैं इसी वास्ते तेरे पास आयी थी। देख बेटा! ज़िन्दगी

है तो ऊंच-नीच भी लगी रहती है...और ज़िन्दगी है तो किसी तरह जीना भी है। अपने वास्ते न सही। बच्चों के वास्ते ही सही। दलबीरा आज ज़िंदा होता तो बात दूसरी थी...अब बात दूसरी है। मैं तो बेटा! सरा दिन तेरे ही बारे में सोचती रहती हूं।

'मेरे बारे में किसलिये, बीजी?' उसने दुपट्टा अपनी तर्जनी पर लपेटते हुए पूछा था।

'तेरे बारे में नही तो किसके बारे में सोचूं? जब भी निर्मल का चेहरा देखती हूं तेरा ख्याल आपे ही आ जाता है। अभी तेरी उम्र ही क्या है? तू अगर चाहे तो निर्मल का वक्त भी संवर सकता है।'

'मैं समझी नहीं, बीजी,' उसने उलझन भरी निगाहों से देखा था उसे।

'देख बेटा! तेरा दर्द मैं समझती हूं। अपने आदमी का होना ही बहुत बड़ी चीज़ होती है। कोई लाख करे दूसरे रिश्तों की बात लेकिन औरत अपना दुख दर्द अपने मर्द से ही बांट सकती है...तू अगर चाहे तो बलबीरा फिर से ज़िन्दा हो सकता है।'

'वह कैसे?' उसने आंखें फाड़ कर घोर आश्चर्य के साथ पूछा था। बलवंत कौर कुछ क्षण चुप रही। शायद हिम्मत संजो रही थी अपने अंदर। क्षण भर रुक कर उसने बड़े ही सपाट स्वर में कहा—'.अगर दलजीत तुझ पर चादर डाल दे तो।'

अचानक जैसे किसी ने उसके शरीर की नसों को तेज़ ब्लेड से काट दिया हो...या एक ही वार से उसकी नर्म नाजुक गर्दन धड़ से अलग कर दी हो, ऐसा ही लगा था उसे। सारे शरीर में जैसे बिजली-सी दौड़ गयी थी। दिमाग सुन्न हो गया था उसका।

'यह क्या कह रही हो, बीजी?' उसने तड़प कर पूछा था।

'क्यों? गलत क्या कह दिया मैंने?' बलवंत कौर ने माथे पर त्यौरियां डाल कर टेढ़ी निगाह से देखते हुए पूछा था।

'आप जानती हैं, बीजी कि उनकी जगह मैं किसी दूसरे को नहीं दे सकती।

'नहीं दे सकती? अचानक बलवंत कौर की आवाज़ में तलखी आ गयी। वह एकाएक चारपाई से उठ कर उसके सामने जा खड़ी हुई—'तो अपना यह तंदूर की आग सा जलता जिस्म दलजीते को क्यों दिया था? क्यों रात-रात को भागकर उसकी चादर में जा घुसड़ती है? दलबीरे ने तेरी यह आग ठंडी नहीं की थी क्या?'

'बीजी!' वह पीड़ा से चीख उठी, 'आपको पता भी है आप कह क्या रही हैं?...और किसके बारे में कह रही हैं? वह मेरा मर्द था तो आपका भी बेटा था। उसी के बारे में ऐसी बातें करते आपको शर्म आनी चाहिये।'

'क्यों? सारी शर्म का ठेका क्या मैंने ही ले रखा है? तू निखसमी, शर्म तुझे क्यों नहीं आती? अपना रंडापा देख और दलजीते की उमर देख। तेरे बच्चों के समान है वह तो।'

'हां, मेरे बच्चे के समान ही तो है वह,' उसने तड़प कर एक-एक शब्द

को चबाते हुए कहा था—'यह बात आपने उसे उस दिन क्यों न बताई जिस दिन उसने अपनी मां जैसी भाभी पर हाथ डाला था? तब उसे दलबीरे का ख्याल नहीं आया था?'

'वह मर्द है, मर्द ज़ात है। मर्दों से ऐसी ग़लतियां हो जाती हैं...और तभी तो वे मर्द हैं।'

'हां, तभी तो वे मर्द हैं। लेकिन अपनी मर्दानगी उसने कभी अपनी बहनों पर क्यों नहीं दिखाई? वे भी तो जवान हैं।'

'शानो,' बलवंत कौर जैसे तड़प उठी, 'ज़्यादा जुबान मत लड़ा मुझसे। वरना कल सुबह तक सारा गांव जान जायेगा कि...'

'सारे गांव को आप क्या बताओगी, बीजी, मैं बताऊंगी।'

'अरे, तू क्या बतायेगी, क्या बतायेगी तू किसी को?...तेरा भला ही तो करने चली थी मैं।'

'अपनी यह भलाई आप अपने पास रखो, बीजी!' और कोई ऐसी लड़की ढूंढ कर दिखा दो जो आपके बेटे से शादी करने को राज़ी हो। मैंने तो एक बार कह दिया है आपको कि मेरे दिल पर सिर्फ और सिर्फ दलबीरे का ही हक था... और अब भी है। रहा सवाल जिस्म का, तो उसका मुझे कोई अफसोस नहीं है। मेरा जिस्म तो एक मुरदा शरीर की तरह है। जिस पर कोई भी अपना हक जता सकता है लेकिन दिल...? उस पर तो किसी दूसरे मर्द की परछाईं भी मुझे मंजूर नहीं होगी।'

कहते-कहते उसकी गर्दन अचानक तन गयी। बलवंत कौर ने भी उसकी गर्दन के तनाव को महसूस किया और बड़बड़ाती, पैर पटकती बाहर चली गयी।

दिन-प्रतिदिन रिश्तों का बोझ उसके जिस्म...उसके दिल...और उसकी सोच पर बढ़ता ही जा रहा था। इन बोझिल होते रिश्तों को उसने कई बार चाहा कि एक बार झटक दे पूरी ताकत से। रेशा-रेशा अलग कर दे ताकि दुबारा उनके जुड़ने की सम्भावना न रहे। उनके न होने से उसे कोई रंज नहीं होगा। कम से कम इतनी पीड़ा तो नहीं देंगे। कितना दर्द उठता है, कितनी पीड़ा...जब इन रिश्तों के बीच जहरबुझी एक रेखा खींच दी जाती है। कितनी असहाय महसूस करती है वह तब!

...उस दिन सानी करते वक्त जब धूप बिल्कुल सिर पर चढ़ आयी थी उसने गली में किसी गाड़ी के रुकने की आवाज़ सुनी थी। तेजी से चलते हुए उसके हाथ एकाएक रुक गये थे। हथेली के पिछले हिस्से से माथे पर झूलती बालों की लट को पीछे धकेलती वह सीधी खड़ी हो गयी। आंखें दरवाजे की ओर ही देख रही थीं।

'शायद इकबाल सिंह आया है,' उसने मन ही मन सोचा था।

जब दरवाजे पर हल्की खड़खड़ाहट हुई तो उसे विश्वास हो गया कि वह इकबाल ही था। दरवाजे की झिरियों के बीच से इकबाल के सफेद कुर्ते की झलक साफ दिखाई दे रही थी।

'आ रही हूं।' पानी के टब में हाथ धोते हुए उसने खड़खड़ाहट का उत्तर दिया था।

दरवाज़ा खोलते ही इकबाल सामने खड़ा था, दरवाज़े से भी ऊंचे कद का महसूस होता। एक स्निग्ध मुस्कान उसके होंठों पर तैर रही थी। शानो की आंखें एकदम चमक उठी थीं। इकबाल दहलीज के परली तरफ खड़ा था। जैसे सोच रहा हो कि अंदर जाये या न जाये। शानो चुप, मुस्कराती हुई खड़ी थी उसके सामने- अंदर बुलाये, न बुलाये।

कुछ क्षण रुक कर शानो एक ओर हो गयी। इकबाल ने अंदर आकर एक निगाह चारों ओर दौड़ाई...शानो ने दरवाज़ा बंद कर दिया था।

'अंदर चल कर बैठो। मैं आती हूं अभी।'

इकबाल ने 'हां-हां, क्यों नहीं?' की मुद्रा में सिर हिला दिया था। इकबाल अभी मुड़ा ही था कि सामने बीजी दिखाई दी। बीजी की एकटक निगाहें उसी पर जमी थीं। इकबाल ने कुछ असहज सा महसूस किया उन आक्रोश भरी निगाहों का सामना करते हुए। वह ऐसे देख रही थी, जैसे उसका आना उन्हें नागवार गुजरा हो।

'सतश्री अकाल, बीजी!'

अंततः इकबाल ने ही तीस कदम दूर तक खिंच आये तनाव को कम करने का प्रयत्न किया था।

बीजी ने कोई उत्तर नहीं दिया था। सिर्फ घूरती भर रही उसे। सैकड़ों विचार... पुरानी सैकड़ों बातें उनके दिमाग़ में घूमने लगी थीं, 'यही वह शख्स है, यही आदमी जिसने कभी दलबीरे को पूरी तरह मेरा नहीं होने दिया था। बचपन से लेकर उसकी अकाल मृत्यु तक। दलबीरे और हमारे पूरे परिवार के बीच खड़ा यह छः फुट का ऊंचाशरीर। सिर्फ छः फुट ही नहीं बल्कि उससे भी कई गुना ऊंचा शरीर...खड़ा था किसी अभेद्य दीवार की तरह। इसी आदमी के कहने पर दलबीरे ने शानो से शादी के लिये हां कही थी। इसी के कहने पर दलबीरे ने नया ट्रैक्टर खरीदा था और मकान की मरम्मत के लिये रखा पैसा ट्रैक्टर में लगा दिया था...इसी शख्स की हिदायत पर उसने ज़मीन-गहने खरीदे थे और कर दिये थे शानो के नाम। हमें क्या मिला? हमारे हाथ तो कुछ न धरा उसने, बनाया कुछ तो अपना बनाया... यह सब दलबीरे ने इसी के कहने पर तो किया था। इस धूर्त, चालाक आदमी के कहने पर। अब क्या करने आया है यह यहां?...अब तो दलबीरा भी नहीं रहा। अब

यहां इसका क्या काम? क्या कोई नया गुल खिलायेगा यहां? उसका कंजरपना मैं बर्दाश्त नहीं करूंगी।

...बीजी खड़ी-खड़ी जैसे स्वयं ही बड़बड़ा रही थी। इकबाल का वहां होना उन्हें अखरने लगा था। दहशत होने लगी थी उन्हें, लेकिन इकबाल शान्त था, एकदम शान्त।

वह जानता था कि बीजी को उसका आना पसंद नहीं। वह तो दलबीरे को भी कई बार समझा चुकी थी कि इस शख्स का यहां आना ठीक नहीं। जब तक दलबीरा कुंआरा था, चल जाता था, लेकिन अब?

इकबाल तो शानो के घर में ब्याह कर आने के बाद भी आता था। यह उचित था क्या?...कभी-कभी दलबीरे की अनुपस्थिति में भी आता था...और उसकी ब्याहता के साथ घंटों गप्पे मारा करता था...बीजी को तो यह भी पसंद नहीं था कि दलबीरा मां-बाप की बात को हंसी में उड़ा दे। वह अक्सर हाथ झटक कर कहता था, 'बीजी! टाप भी न, बस...वह इकबाल है इकबाल। मेरा यार, मैं उसे बहुत अच्छी तरह जानता हूं।

'उसे जानता है तो कुछ और भी जानने की कोशिश कर, पुत्तर। वरना कल को यह दुनिया इतने बड़े-बड़े सवाल करेगी तुझसे।' बीजी ने अपनी दोनों बाहें हवा में फैला दी थीं।

'कैसे सवाल, बीजी?' दलबीरे ने बेपरवाही से पूछा था।

'अरे, तू तो बिल्कुल खोतों जैसी बातें करता है। क्या हो गया है तेरी मति को? मारी तो नहीं गयी?' वह झल्ला उठती।

'ओह, बीजी! आप भी कैसी बातें करती हो?'

'जो देख रही हूं, कह रही हूं, तू न माने तो इसमें मेरा क्या?'

...किंतु दलबीरा वही करता, जो उसे पसंद था। उसे अपने से कहीं ज्यादा भरोसा था अपने यार पर। उसी ने तो सिखाई थी ये दुनियादारी की बातें...और दुनिया के छल-प्रपंच का सामना करना।

...आज भी बीजी को विश्वास हो चला था कि उनके साथ अवश्य कोई छल होने वाला है। इकबाल का आना ही किसी अनिष्ट का सूचक था...लेकिन वह करे क्या?

उनके देखते-देखते इकबाल किवाड़ धकेल कर अंदर चला गया था...और बीजी बिजली की सी गति से वापस अपने कमरे में चली गयी थीं।

शिकंजवी का आखिरी घूंट पीकर गिलास उसने चारपाई के नीचे सरका दिया था।

और मूंछों पर हाथ फेरते हुए एक भरपूर निगाह पूरे कमरे में दौड़ाई थी। कितना अजीब लग रहा था उसे दलबीरे के बिना यह घर। उसका यार, जो उसकी ज़िन्दगी था। बल्कि ज़िन्दगी से भी बढ़ कर...और उसके जाते ही कैसे भरभरा कर गिर गया था यह घर!...और कैसे खंडहर हो रही थी उसकी भरजाई!

फिर उसने धीरे से शानो की ओर निगाह उठा कर कहा था,'भरजाई, तेरा संदेशा तो मुझे मिल गया था। मुझे पता था कि तेरी तरफ़ से बुलावा आयेगा जरूर। पर इतनी देर से आयेगा, सोचा नहीं था...इतनी देर तूने किसलिये लगा दी, भाभी? इतनी देर तक इन कंजरों ने कोई जुल्म नहीं ढाया होगा तुझ पर? कोई ज़्यादती नहीं की तेरे साथ?'

'जुल्म-ज़्यादतियां तो बड़ी हुईं है, वीरा! लेकिन मैं मजबूर थी।'

'मजबूर थी, किसलिये?' उसकी आवाज़ में तल्खी झलकने लगी थी', 'तेरी जुबान काट दी थी इन्होंने क्या? अब जो संदेशा भेजा तो यही पहले नहीं भिजवा सकती थी?...और फिर मेरे रहते मजबूर थी तू?'

'हां, अपनी किस्मत की मारी चुप थी मैं...अपनी किस्मत की मारी।' उसने अपने माथे पर हथेली मार कर कहा था।

'बस, इसी बात का डर था मुझे...तुम औरतें न, हर बात में अपने रब्ब और अपनी किस्मत को घसीट लाती हो,' इकबाल ने नाराज़ होकर कहा था।

'ख़ैर, छोड़ इन सब बातों को और यह बता कि अब क्या करना चाहिये? मैं तो निर्मल की सोच-सोच कर परेशान हो उठती हूं। आख़िर को उसका भी तो ब्याह करना है कि नहीं?'

'उसके ब्याह की तो तू चिंता न कर, भरजाई! बैठा है न मेरा भतीजा, लाखों की जायदाद का मालिक और व्यवहार का एकदम साधू। तू तो जानती ही है उसे... छोड़ निर्मल की चिन्ता। और वही कर, जो मैंने तुझसे कहा है। ज़मीन-जायदाद और गहने, सब वापस मिल जायेंगे तुझे।'

'न वीरा! न! ऐसा पाप मुझसे न करा।' शानो ने अपने कानों को हाथ लगा कर कहा था, 'अपने रब्ब को मुंह दिखाना है कि नहीं?'

'उफ! फिर तेरा रब्ब! तू समझती क्यों नहीं? भरजाई, इसमें कुछ बिगड़ने वाला नहीं। अपनी उम्र तूने जी ली। जब तक दलबीरा था, तेरा धर्म उसके साथ बंधा था। अब तेरा धर्म है निर्मल। वही तेरा ग्रंथ साहब है। उसी के सामने मत्था टेक अपना, उसके अलावा कोई धर्म नहीं तेरा।'

इकबाल की बात सुन कर शानो गहरी सोच में डूब गयी थी। यह तो तय था कि इकबाल की बात माने बिना उसका गंवाया वापस नहीं मिलने वाला था। लेकिन यह सब...?

...अचानक उसने एक निर्णय लिया था मन ही मन। और वह एक निश्चयात्मक

हंसी अपने होंठों पर ले आयी थी। इकबाल के होंठ भी उसकी मुस्कान देख कर फैल गये थे।

वह धुत्त नींद सो रहा था, जिस्म का पोर-पोर दु:ख रहा था। गहरी नींद का खुमार अभी बाकी था ही कि बीजी की आवाज़ उसे सुनाई दी।

'ओ, सुनते हो दलबीरे के बापू?...उठते क्यों नहीं? सूरज सिर पर चढ़ आया है...आज तुम्हें हो क्या गया है?'

लेकिन उसकी आवाज़ का असर सरदार संतोख सिंह पर नहीं हो रहा था। सिवाय इसके कि उसने नींद की बेहोशी में ही एक लंबी 'हूं' की और फिर करवट बदल कर सो गया। बीजी झल्ला उठीं। दौड़ कर सरदार संतोख सिंह के ऊपर से चादर खींच ली। 'उठते हो या नहीं? या बेहोशी की दवा खा ली है तुमने?...इतनी गहरी नींद तो तुम अपनी शादी की पहली रात भी नहीं सोये थे। उठो जल्दी...आज नम्बरदार के यहां भी तो जाना था तुमने।'

सरदार संतोख सिंह ने आंखें मिचमिचा कर बलवंत कौर को देखा। फिर सूरज की ओर...और फिर आंखें बंद कर ली थीं...और एकाएक उसके सामने रात का पूरा दृश्य किसी सुखद स्वप्न की भांति सजीव हो उठा था। उसके जिस्म की बूढ़ी हड्डियों में जैसे एकाएक कोई अश्वशक्ति दौड़ने लगी थी। फिर वह एक झटके से उठ कर बैठ गया। एक बार बलवंत कौर को देखा, फिर उसकी चोर निगाहें दलबीरे के कमरे की ओर उठ गयीं, जहां शानो कमरे के किवाड़ के साथ कान लगाये खड़ी थी।

सरदार संतोख सिंह ने एक बार फिर बलवंत कौर को देखा...हल्के से मुस्कराया...एक भरपूर अंगड़ाई ली...और फिर दुबारा पसर गया चारपाई पर। उसने बलवंत कौर के हाथों से चादर खींच कर अपने पूरे शरीर पर ओढ़ ली थी। बलवंत कौर नहीं देख पाई कि सरदार संतोख सिंह के होंठों पर अभी भी मुस्कान थिरक रही थी-भरपूर संतुष्टि से उपजी मुस्कान।

...बंद दरवाजे के पीछे खड़ी शानो एक बार फिर मुस्करा उठी। बलवंत कौर अभी भी बार-बार बड़बड़ा रही थी, 'पता नहीं आज तुम्हें क्या हो गया है? शानो ने अपने शरीर में उठते मीठे दर्द को बड़ी शिद्दत के साथ महसूस किया। हौले-हौले अपनी जांघों को दबा कर उस दर्द को उभारने की कोशिश की। बड़ा अच्छा लग रहा था उसे यह...और फिर उसने एक झटके से अपनी टांगों के जोड़ों पर अपना पूरा दबाव दिया। उसे अभी भी वहां किसी बूढ़े रिश्तों का लिजलिजा सा बोझ महसूस हो रहा था। जो धीरे-धीरे उसके पूरे शरीर में फैलता चला गया था।

अंततः उसने अपने सिर को तेजी से पीछे की ओर झटका। अब न उसके शरीर पर कोई दबाव था। न ही कोई दर्द...न नींद ही उसकी आंखों को बोझिल बना रही थी। एक ही झटके में भाग गयी थी कोसों दूर।

...और ठीक भी था यह। जिस गरीब की झोपड़ी में इक्कीस तौले सोना और लगभग दस किलो चांदी रखी हो, उसे नींद आ भी कैसे सकती थी?

ज़िन्दगी बनाम ज़िन्दगी

आसमान से टपकती किन्हीं उदास चुप्पियों के लिज़लिज़े टुकड़ों की तरह आत्महत्या का उसका यह निर्णय एकाएक उसके कन्धों पर आ गिरा था और उसे किसी लावारिस...गुमशुदा इन्सान की तरह सख्त...स्याह सड़क पर चस्पां हो जाने को मजबूर करने लगा था।

हां, वह आत्महत्या करना चाहती थी।...अपनी विखंडित...मासूम इच्छाओं को साथ लेकर। वह भी पूरी तैयारी के साथ। ताकि असफलता के किसी एक लम्हे के बीच उसे लुंज-पुंज हो कर न जीना पड़े। अपने आपको अपनी पीठ पर लादे। हमेशा के लिये अलविदा।

बेशक उसका यह निर्णायक फैसला एकाएक उस पर लद गया था। फिर भी वह उसका निजी निर्णय था। उसका अपना चुनाव, जिसे वह नकार नहीं सकती थी।

किन्तु रात के पसरे हुए अंधेरों में इधर से उधर मंडराते...पगलाए चमगादड़ों की तरह एक विचार एकाएक उसकी थकी आंखों के सामने उड़ता हुआ आता और फिर लुप्त हो जाता। बार-बार...और देर तक यह दोहराव चलता रहा।...और अंतत: उसने किसी स्थगित फैसले की तरह उसे उठा कर एक ओर रख दिया था-सुरक्षित...बिल्कुल अलग।

सबसे पहले रेल से कट कर मर जाने का निर्णय...फिर गले में साड़ी का फंदा बना कर पंखे के साथ झूल जाने का निर्णय...फिर कीटनाशक दवा निगल कर अपनी सांसों को अवरुद्ध कर देने का निर्णय...और अन्त में अपनी सोसायटी की 'अति सुरक्षित' व्यवस्था को धत्ता बता कर सातवीं मंज़िल से कूद कर अपनी जान दे देने का निर्णय। सब स्थगित हो गया था।

वह बच गयी थी। साफ बच गयी थी। क्योंकि ज़िंदगी और मौत के बीच का फासला मात्र इतना ही था कि जिस पर केवल सुई की एक नोंक ही टिकाई जा सकती थी। सिर्फ एक क्षण का निर्णय।...एक क्षण के हज़ारवें हिस्से का निर्णय। इधर या उधर। हां या न।

वह बच गयी। क्योंकि उसने सुई की नोंक पर ठहरे उस एक क्षण के हज़ारवें हिस्से से पार पा लिया था। अपने आपको उसकी मारक पहुंच से दूर... बहुत दूर कर लिया था।

वह आत्महत्या नहीं कर सकी। अब करेगी भी नहीं। बेशक उसका समय उसके विरुद्ध कितनी भी साज़िश क्यों न करे। जैसे ये अजनबी अन्धेरे, सूरज के ख़िलाफ़ कोई घिनौनी साज़िश रचते रहते हैं।

लेकिन वह करे क्या? रात जब वह बिस्तर पर सोने जाती है तो एकाएक ज्वारभाटा बन जाती है। समुद्र में उठते किसी बेरोक तूफान की तरह। उसे लगता है जैसे उसके चारों ओर समुद्र ही समुद्र है। अथाह फैलाव लिये। हर तरफ...हर जगह। दहाड़ें मारती लहरों का तेज प्रवाह। और उस प्रवाह से अपने आपको बचाती वह। हर रोज़ वही मंज़र।

ऐसा उसके साथ पहली बार नहीं हुआ था।...पहले भी हुआ। और पहले से पहले भी। शायद तब से, जब से वह धरती की कोख़ में एक बीज बन कर समा गयी थी।...और फिर खिली थी किसी खूबसूरत फूल की तरह।

तब...हां, तब शायद देखा हो उसके पिता ने। ..या शायद महसूसा हो उसकी मां ने।

नहीं, उन्होंने नहीं देखा था। न ही महसूस किया था। देखा होता तो आज वह ज्वारभाटा न बनती। उसके भीतर इतना उफान न होता। जैसे समुद्र में उफान उठता है पूणर्िमा के दिन...जब चांद अपने पूरे शबाब पर हो। तब उठती हैं लहरें समुद्र में खूब ऊंची-ऊंची। उसका समय चांद हो जाता जो उसके भीतर प्रवेश कर खूब ऊंची-ऊंची लहरें पैदा करता। बहुत ही खौफ़नाक। उस दिन समुद्र में जो फंसा, तहस-नहस हो गया। नावें...जहाज...मनुश्य...समुद्री जीव। सब कुछ। जो भी समुद्र के अन्दर है।...और जो भी समुद्र के बाहर है।

चांद की कलाएं पूर्ण होते ही होतीं सबसे अधिक आत्महत्याएं। डॉक्टर... वैज्ञानिक सब यही कहते हैं। विज्ञान की तमाम कसौटियां यही कहती हैं। विज्ञान... यानि पृथ्वी का सबसे बड़ा सच। कुछ के लिये भगवान। और कुछ के लिये भगवान के बाद सबसे बड़ा भगवान। आस्थाओं और अनास्थाओं का अन्वेशक।

वह भी इसे मानती है। क्योंकि उसने यह सब देखा है...महसूसा है और सहा है। यह देखना...महसूसना और सहना कोई और नहीं कर सकता।

समय के इन्हीं उलझे हुए रास्तों के बीच एक दिन स्कूल के अनुशासित दिनों से लेकर अब तक की स्वच्छंद ज़िंदगी की गवाह अनु को उसने बता दिया था। उसने सुना था...सुन कर अनसुना कर दिया था। उसके कहने...बताने का कोई असर नहीं। कोई प्रतिक्रिया नहीं। बस, एक मौन। तब उसने उसकी कुहनी पकड़

कर झिंझोड़ा था—'तू सुन रही है न?'

उसने सीधी निगाह से देखा था उसे। वह बिल्कुल खिड़की के पास खड़ी थी। खिड़की के बाहर थी एक सड़क...काली सड़क, जो उसकी पीठ तक आकर ख़त्म हो जाती थी। उस सड़क पर से गुज़रती थी कोई कार...हॉर्न देती हुई। कभी कोई सब्जी का ठेला...तेज़ आवाज़ में चिल्लाता। कभी कोई स्कूली लड़कियों का झुण्ड...एक-दूसरे से बतियाता...एक-दूसरे को धकियाता...और ठठा कर हंसता हुआ।

देर तक वह उसे देखती रही—सीधी आंखों से। वह सहम गयी। पता नहीं क्या था उसकी आंखों में?...एक उदासीनता?...या एक अनजाना, अनदेखा भाव?... या सहानुभूति?

वह डर गयी थी।...डर गयी थी उसकी आंखों में फैले उस सहमे हुए भाव से। नहीं जानती थी कि उसकी चुप्पियों का अर्थ क्या है।...या उसकी सहानुभूति कितनी दूर तक उसके साथ चल पायेगी। ..या वह और कितने दिन तक उसके साथ बनी रहेगी।

वह चुप थी। पाशाणयुग की किसी प्रस्तर प्रतिमा की तरह। स्थिर और चुप। कुछ नहीं बोली वह तब भी। लेकिन बोला था उसका चेहरा।...और तब जाना था कि वह इस ख़बर से हैरान हो न हो, परेशान ज़रूर है।

वह वहां से हिली...मुड़ी और खिड़की के बाहर देखने लगी। अब बाहर की सड़क सीधी उसके सीने पर आकर ख़त्म हो रही थी। कितना मुश्किल होता है इतना कुछ अपने सीने पर झेलना।

तभी अनु की आवाज़ उसे सुनायी दी थी...बहुत उदास आवाज़—'हां, मैं जानती हूं।'

'फिर?' -एक सिहरन उसके भीतर दौड़ गयी। सर्र से बाहर सड़क पर से गुज़र गयी किसी मोटरगाड़ी की तरह। उसे तसल्ली हुई कि वह उसकी बात जानती...समझती है।

'लेकिन मेरे कुछ कहने-समझने से क्या फ़र्क़ पड़ने वाला है।' फिर वही उदासीन स्वर। इस बार स्वर में हल्की सी आर्द्रता। शायद रोने से पहले की तैयारी।

'फर्क क्यों नहीं पड़ने वाला? तुम्ही तो हो वह पहली इन्सान जिसे सबसे पहले बताया है मैने। सबसे बड़ी बात है, अनु, कि मैं तुमसे यह सब कह सकी हूं। और तुम अकेली हो जो मुझे समझ सकती है।'

'लेकिन मैं डरती हूं।' वह एकाएक उसकी ओर पलटी। काली सड़क का कालापन उसके चेहरे पर भी उतर आया था।

'डरती हो? किससे?' उसने तीखे स्वर में पूछा था। उसकी आंखों में झांकने की हिम्मत वह तब भी नहीं जुटा सकी।

'तुझे खो देने का डर।' क्षण भर रुक कर उसने सोचा था...सोच कर कहा था।

'और जो मैंने अपने आपको खो दिया है वह?' उसने हल्के से उसके कन्धे को छुआ। कुछ इस नफ़ासत से कि कहीं छूने भर से मैला न हो जाये—'बताओ, मैं स्वयं...मेरी पूरी ज़िंदगी...और मेरे व्यक्तित्व का वह हिस्सा, जिसे वर्शों मैंने अपने भीतर सम्भाले रखा।...सम्भल कर जो जिया, सब कुछ क्षणों मे बदल गया।...वह सब मैं कैसे वापस लाऊं?'

कहते-कहते वह अचानक चुप हो गयी। लगा कि वह रो पड़ेगी। वह रोना नहीं चाहती थी। सो उसने चुप रह कर अपने होंठ भींच लिये।

'एक बार मिसेज़ शर्मा से बात कर देख।' अनु की आवाज़ में हल्का सा कम्पन्न था, जिसे उसने भी महसूस किया।

'एक बार फिर?' उसके भीतर की पीड़ा फिर उभर उठी।

'हां, एक बार फिर। इस बार नहीं तो फिर अगली बार। यह ऐसी समस्या है जिसे दूसरा कोई नहीं समझ सकता। मैं भी नहीं। तभी तो मैं डर रही हूं। शायद मैं बहुत स्वार्थी हो रही हूं। सिर्फ अपना ही डर दिखायी देता है मुझे। तुम्हारे डर को मैं नहीं देख पा रही।' अनु ने कहा।

'नहीं, अनु!' उसने बहुत भावुक हो कर कहा—'जितना तुम मुझे समझ सकती हो, दूसरा कोई नहीं।'

पता नहीं क्यों, जब अनु उसके साथ होती है तो वह बहुत बेफ़िक्र हो जाती है।..एकदम बेफ़िक्र। लेकिन आज नहीं।

इन दिनों उसे यही लगने लगा है कि वह सिर्फ रातों को ही जी पाती है। दिन के उजले टुकड़े उसके हिस्से में नहीं।...बस रात ही जीती है वह।...रात ही खाती है।...रात ही ओढ़ती, बिछाती है।...रात ही सांसों में खींचती है।...रात ही अपने पहलू में दबा कर सो जाती है।...शायद वह खुद भी रात हो गयी है। अन्धेरी और लम्बी रात।

ऐसी ही किसी रात की पनाह में उसने एक दिन निश्चय किया कि वह अपना सारा अपनापा मम्मी के सामने उंडेल देगी। शायद इसी से उसके सारे संशय दूर हो सकें। शायद इसी से वह ज्वारभाटे के उस भयानक उफान से पार पा सके। क्योंकि उसकी मां को भी कुछ-कुछ शक हो गया है। सिर्फ शक ही हुआ था, विश्वास नहीं। शक तो हर किसी को है। फिर चाहे उसके बड़े भैया हों या फिर उसकी मम्मी... या पापा.. या स्कूल के उसके साथी। सबकी निगाहों में एक अनजाना सा सन्देह हमेशा तैरता दिखायी देता है।...और इस सन्देह ने उसके भीतर एक भय पैदा कर

दिया है। वैसा ही भय जैसा अनु महसूस करती थी। कि कहीं वह उसे खो न दे। वही डर कि वह सबको न खो दे। कहीं ऐसा तो नहीं कि सब शायद इसीलिये चुप हैं कि सबको ही अपने-अपने डर ने डरा दिया है।

वह जानती है कि यह डर आज का नहीं है। वर्शों-वर्शों से उसके भीतर पल रहा है यह भय। अभी भी पल रहा है। जब से उसने खुद अपने आपको जाना।... अपने भीतर की उन सच्चाइयों को जाना जिसे अनु के सिवा कोई और नहीं जानता।

सालों-साल किसी से जुड़े रहने के बाद उससे अलग हो जाना कितना तकलीफदेय होता है! अपना घर-परिवार...अपने दोस्त...अपना समाज।...और अपने आप से अलग होना तो और भी तकलीफ देता है। अपना परिवेश...अपने बाहर-भीतर की दुनिया...और वे अपने दायरे जिनमें वह रहती है, किसी भटकते हुए बिन्दु की तरह। लगातार गोल-गोल घूमती हुई। जैसे सर्कस में मौत के कुएं का खेल। हर क्षण अपने दायरों से अलग हो कर दूर छिटक जाने का भय।

बचपन में उसके पापा कहते थे—'तू तो मेरी बेटी ही थी। पता नहीं कैसे बेटा बन गयी...पैदा तो बेटी ही हुई थी।'

वह नहीं जानती थी कि पापा क्या कह रहे थे। नहीं जानती थी कि पापा क्या कहना चाहते थे। जिस दिन उसने पहली बार अपने भीतर ज्वारभाटा महसूस किया, उस दिन, नहीं उस रात उसने महसूस किया कि पापा शायद ठीक ही कहते थे। बेशक उन्होंने यह बात अनजाने में ही की थी...या मज़ाक में। लेकिन यह मज़ाक...?

आज तो यह मज़ाक ही लगता हैं।...एक भद्दा मज़ाक। मम्मी को भी यही लगा था, जब एक दिन उसने उन्हें बताया था। उन्होंने कोई प्रतिक्रिया व्यक्त नहीं की थी। वह देखती रही थीं उसे। कुछ क्षण ठहर कर उसने फिर अपनी बात दोहराई थी।...इस बार उन्होंने सुन लिया था। लेक़िन उसकी ओर देखा नहीं, सूखे कपड़े तहा कर अलमारी में रखते हुए उन्होंने इतना कहा था—' तुम मज़ाक कर रही हो मुझसे?'

'नहीं यह सच है।' उसने अपनी आवाज़ में कम्पन्न साफ महसूस किया था। उन्होंने उसे देखा और फिर अलमारी के पास से हट गयी।

'मम्मी, आप सुन रही हैं न?' उसने फिर कहा। लगा कि आज नहीं कह पायी तो कभी नहीं कह पायेगी।

उसकी मम्मी रुकी नहीं। सीधी किचन में चली गयीं। वह रुआंसी हो उठी। कोई उसकी बात नहीं सुनना चाहता?...कोई भी नहीं? वह कब तक इस मज़ाक का दर्द झेलती रहेगी?

वह रो पड़ना चाहती थी।...लेकिन रो नहीं सकी। अपनी असमर्थता से

उसके भीतर गुस्से की एक लहर दौड़ गयी।...और खिड़की के पास पड़ा कांच का गिलास उठा कर उसने अलमारी पर दे मारा। वही अलमारी जिसे उसकी मम्मी अभी-अभी बन्द करके गयी थीं। 'छन्न' की तेज़ आवाज़ के साथ गिलास टूट कर फ़र्श पर बिखर गया। वह गुस्से से कांप रही थी।

'यह क्या बकवास है? ऐसा क्यों कर रही हो तुम?' उसकी मां ने तेज़ी से किचन से निकल कर उसके कमरे के दरवाज़े के बीचों-बीच खड़े होकर कहा था। उन्हें लगा कि यह उसका पागलपन है।...बेवज़ह का गुस्सा।

अगर यह उसका पागलपन था तो वह पागल थी। नहीं थी तो हो जायेगी।... हां, वह पागल हो जाना चाहती थी। अपने सारे होशो-हवास से परे। न वह ज्वारभाटे से पहले की 'वह' होना चाहती थी...न ही ज्वारभाटे के बाद की 'वह'। वह चाहती थी कि उसके इस पागलपन में उसके सच और उसके झूठ होने में कोई फर्क न रहे। वह झूठ को सच नहीं बना सकती थी। कोई भी नहीं बना सकता। वह सच को बदल नहीं सकती थी। कोई भी नहीं बदल सकता। बेशक उसके पापा कितना भी कहें कि 'तू थी तो हमारी बेटी, पता नहीं कैसे बेटा बन गयी।'

उसकी सच्चाई शायद तब भी एक सच थी, जब बचपन में वह बोला करती थी ' मैं खाऊंगी...मैं जाऊंगी...मैं सोऊंगी...। तब भी वह अपने मम्मी -पापा से हमेशा डांट खाती थी ' नहीं बेटे, ऐसा नहीं कहते। तुम एक लड़का हो। ..ए ब्वॉए।...लड़के ऐसे बोलते हैं 'मैं खाऊंगा...मैं जाऊंगा...मैं सोऊंगा...। जैसे तुम बोलते हो, ऐसे तो लड़कियां बोलती हैं। तुम कोई लड़की हो? नहीं न? फिर ऐसे क्यों बोलते हो?...गन्दी बात।'

...गन्दी बात? ' खाऊंगा 'को ' खाऊंगी 'कहने की उस आदत को वह बहुत पहले छोड़ चुकी थी।...लेकिन समय की झील में तैरती बर्फ़ की शिलाओं में जम चुके किसी एक क्षण की तरह वह आदत उसके भीतर आज भी जीवित है। और आज भी उसकी मम्मी उससे पूछती हैं—'यह क्या बकवास है?'

समय की झील में जमा हुआ वह क्षण तब भी सच था, अब भी सच है। यह सिर्फ बकवास नहीं है।...या गन्दी बात नहीं। मिसेज़ शर्मा उस क्षण की सच्चाई को पहचानती थीं। तभी उन्होंने उसे मम्मी-पापा को बुला लाने का आदेश दिया था। मिसेज़ शर्मा एक काउंसलर थीं।...एक टीचर भी।...और एक दोस्त भी।

तब वह उनके पैरों पर गिर पड़ी थी। उसने बहुत दुहाई दी थी कि वह सबकी नज़रों में गिर जायेगी।...अपने साथियों की निगाहों में भी।...अपनी टीचर्स की निगाहों में भी। एक शगूफा बन जायेगी वह।

मिसेज़ शर्मा ने वादा किया था कि वह यह बात किसी से नहीं कहेंगी। वह जानती थीं कि वह स्कूल का अन्तिम वर्श है। बोर्ड की परीक्षाएं। सच सामने आया तो शायद वह आगे पढ़ भी न पाये।...और जिन्दगी के युद्धस्थल में उसका वह एक

वर्श सबसे महत्त्वपूर्ण था। एक वर्श जो पूरी ज़िन्दगी का चेहरा बदल सकता था। काश! कि उसकी मम्मी भी मिसेज़ शर्मा हो सकतीं।

'तुम पापा से क्यों नहीं कहती?' एक दिन अनु ने कहा था।

'पापा से? कह सकूंगी उनसे? वह यह आघात सहन कर पायेंगे? मुझसे बहुत प्यार करते हैं वह।...और उन्होंने मुझसे जो अपेक्षाएं रखी हुई हैं, उनका क्या होगा? वह चाहते हैं कि मैं एयरफोर्स का एक बड़ा पायलट बनूं।'

'वह तो तुम अब भी बन सकती हो। लड़कियां अफसर नहीं बनतीं क्या?'

'लेकिन मैं सबकी निगाहों में लड़की नहीं हूं। तुम क्या सोचती हो कि इतना आसान होगा यह सब? जब वह मेरे बचपन की उस 'गन्दी बात' को सहन नहीं कर पाते थे तो अब वह इस सच्चाई को कैसे सहन करेंगे?...और मेरे भाई? वे बर्दाश्त करेंगे इसे?...जानती हो न, बचपन में जब वे मुझे क्रिकेट खेलने को कहते थे तो मैं नहीं जाती थी। क्योंकि मुझे पसन्द नहीं था वह सब। कितना झगड़ा होता था उनसे। कभी-कभी तो मैं उनसे पिट भी जाती थी। और सबसे बड़ी बात जो है, वह है समाज। वह क्या कहेगा?'

'समाज गया भाड़ में,' अनु अचानक तमतमा उठी थी 'इस समाज ने तुम्हें दिया ही क्या है? ..जब तुम्हारा समाज तुम्हें सहन करने को तैयार नहीं तो तुम क्यों सहन कर रही हो उसे? यह तुम्हारी ज़िन्दगी है...तुम्हारी निजी ज़िन्दगी। इसमें समाज को दख़ल देने का कोई हक़ नहीं।'

'लेकिन मेरे मम्मी-पापा जो इसी समाज का हिस्सा हैं। आख़िर रहना तो यहीं, इसी समाज में है।'

'तुम एक बात बताओ मुझे। .. तुम उस इंस्टीट्यूट में दो सालों से हो। यहां सबके सामने तुम एक लड़की के रूप में रह रही हो। यही तुम्हारी पहचान बन चुकी है। इसी पहचान ने तुम्हें पिछले साल बेस्ट डाक्यूमेंट्री फिल्म का एवार्ड भी दिलवाया था। पूरे इंस्टीट्यूट में तुम्हारी वाह-वाही हुई थी। फिल्म इंडस्ट्री के तमाम जाने-माने लोगों ने तुम्हें सराहा था।...और एक लड़की होने के नाते तुम्हारी तारीफ की थी। अब जब यही तुम्हारी पहचान बन चुकी है...और यही सच्चाई भी है तो तुम इस सच्चाई को अपने मम्मी-पापा से क्यों नहीं कह सकती? सबसे पहले तो तुम इस सच्चाई को स्वीकार करो।'

'नहीं, मैं नहीं कह सकती उन्हें ' उसने जैसे एक-एक शब्द को चबाते हुए कहा था 'क्योंकि मैं उन्हें खोना नहीं चाहती।'

'देखो, तुम्हारी ये बातें मेरी समझ में नहीं आतीं। पता नहीं तुम डरती किससे हो?...तुम वही हो, जो तुम हो। और तुम्हें वही बन कर रहना चाहिए।...रह भी रही हो। इस वक्त सब कुछ है तुम्हारे पास।...और आगे एक भविश्य भी है ..एक

शानदार भविश्य। कम से कम अपने भविश्य से खिलवाड़ मत करो। मेरी बात मानो और अपनी सच्चाई सामने आने दो।'

उसने अनु की बात सुनी। लेकिन कुछ कह नहीं पायी। उसके भीतर जो अंतर्द्वंद्व चल रहा था, उसे रोकना उसके वश में नहीं था। उसने हमेशा अपने स्कूली साथियों की इस तीखी आलोचना को सहा था कि वह लड़कियों की तरह क्यों अपने बाल बनाता है?...क्यों उसकी चाल में इतनी लोच है?...और उसमें लड़कियों की ही अदा क्यों है? .. उसकी आंखें...उसके होंठ...उसकी हंसी...सब कुछ लड़कियों जैसे ही हैं। उसके अपने सगे भाई भी यही कहते थे। वे तो अक्सर उससे झगड़ पड़ते थे कि वह लड़कों जैसे बन कर क्यों नहीं रहता। उनके दोस्त तक उसका मज़ाक उड़ाते थे। यही बातें शिकायत बन कर उसके पापा तक पहुंचती थीं।... और पापा से फिर उस तक।

इसमें वह क्या कर सकती थी? वह नहीं जानती थी कि उसके पापा उन बातों को किस तरह लेते थे।...गुस्सा ही होते होंगे। किन्तु उससे कुछ कह नहीं पाते थे। घर में सबसे ज़्यादा उससे ही प्यार करते थे। इस कुछ भी न कह पाने का कारण भी वह नहीं जानती थी। हो सकता है उसके बचपन में उन्होंने जो बात अनजाने में कही थी, वह बात उन्हें दुबारा याद हो आती हो। .. उस बात को सोच-सोच कर वह परेशान हो उठते हों।...या वह भी भीतर ही भीतर डर जाते हों।... हो सकता है वह भी इस खौफ़नाक सच्चाई को जानते हों लेकिन उसे स्वीकार न कर पाते हों। हो सकता है उनके भीतर भी किसी के खो जाने का डर उन्हें परेशान करता हो।

उनकी वह परेशानी उसे भी परेशानी में डाल देती है। अगर वह दूसरों की बात को झूठ मानते थे तो उस पर गुस्सा क्यों नहीं करते थे?...अगर वह उन बातों को सच मानते थे तो उससे बात क्यों नहीं करते थे? उसकी मम्मी ने क्यों नहीं कभी बात की उससे?...या उन्होंने उसके पापा से बात कर ली है?...उनके भीतर भी कोई डर बैठा है? ..सबके भीतर अपना-अपना डर समाया हुआ है? सब सच्चाई जानते थे फिर भी चुप थे? यह अजीब नहीं लगता था?...एक मज़ाक?

उनके इंस्टीट्यूट में अक्सर किसी न किसी फिल्ममेकर का आना-जाना लगा रहता था। कभी कोई निर्माता...कभी कोई डायरेक्टर।...या कभी टी. वी. चैनल वाले। उनके साथ वह भी दो-चार फिल्में बना चुकी थी। वे फिल्में पसन्द भी की गयी थीं। उसे यह स्वीकार करने में उसे कोई झिझक नहीं थी कि उनकी पसन्द के दो-चार लोगों में वह भी शुमार थी।

अनु के पापा भी चूंकि इसी इंडस्ट्री में थे, इसलिये उसकी जान-पहचान का

दायरा भी बहुत बड़ा था। उसके पापा एनिमेशन फिल्में बनाते थे।

उस दिन जब वे दोनों अपने कमरे में बैठे आराम कर रहे थे, अनु को देवेन्द्र पाराशर का फोन आया था। लगभग दस मिनट तक उसने पाराशर से बात की थी। बात समाप्त होने पर वह उठ बैठी थी और उसे भी उठने को कहा था। उसने उखड़े हुए मूड के साथ प्रश्नवाचक दृष्टि से उसे देखा था।

'पाराशर अभी दस मिनट में यहां पहुंच रहा है। सचदेवा साहब से उसने बात कर ली है। वह कोई फिल्म बनाना चाहता है। प्रोजेक्ट अच्छा है। डायरेक्षन तेरी रहेगी।...शायद तुझे एक्टिंग भी करनी पड़े।' अनु ने आख़िरी शब्द कहते—कहते मुस्करा कर उसकी ओर देखा।

'एक्टिंग और मैं? न, बाबा न। यह अपने वश की बात नहीं'।' उसने साफ हाथ खड़े कर दिये।

'...कोई बहुत बड़ा प्रोजेक्ट नहीं है।...मर नहीं।...पहले बात करेंगे, फिर कोई फैसला लेंगे। मैं तेरे साथ रहूंगी।'

...अपने नियत समय पर इंस्टीट्यूट के डायरेक्टर मि. ज्ञान सचदेवा का फोन आ गया था। यानि पाराशर भी पहुंच चुका था। वे दोनों पहले से ही तैयार थे।

नियत समय पर जब फिल्म टी.वी. पर चलनी शुरू हुई तो वह अनु के साथ स्क्रीनिंग हॉल में ही बैठी थी। बड़े पर्दे पर फिल्म देखते हुए उसका दिल पसलियों से बज रहा था। किसी अनहोनी की आशंका से उसके चेहरे का रंग उड़ा हुआ था। अनु ने कस कर उसका हाथ पकड़ा हुआ था।

अपने पापा को उसने पहले ही बता दिया था। पापा खूब उत्साहित थे सुन कर। उन्होंने वादा किया था कि वह किसी भी स्थिति में फिल्म अवश्य देखेंगे। दिन और समय उसने पहले ही बता दिया था। उसके पापा-मम्मी उसकी पहली फिल्में भी देख चुके थे।

ज़िन्दगी और ज़िन्दगी!

फिल्म शुरू होते ही कैमरा कई दिशाओं में घूमने लगा।...डॉ. रघुनन्दन ! देश के जाने-माने डॉक्टर जिन्होंने ऐसे कुछ केस शानदार तरीके से हल किये थे।...और डॉ. राजन पिल्लै! जाने-माने मनोचिकित्सक !...केरल की ओल्गा...जो किसी समय लड़का थी और अब एक लड़की की तरह सामान्य जीवन व्यतीत कर रही थी।...ओल्गा की मां...बूढ़ी और झुकी पीठ वाली, जिसके चेहरे की झुर्रियों से ही अपनी बेटी के लिये बहुत प्यार झलकता था।...और आत्मविश्वास भी।...गुरदीप...जो एक स्कूली छात्र था। डरा हुआ और सहमा-सहमा।...डॉ. रघुनन्दन के पूर्व

मरीज जिन पर उन्होंने सफलतापूर्वक कामयाबी की कहानी लिखी थी।

फिल्म चलती रही। कैमरा इधर-उधर के दृश्य पकड़ता रहा। कभी डॉ. रघुनन्दन...तो कभी गुरदीप।...कभी डॉ. राजन पिल्लै...तो कभी ओल्गा। कभी स्टूडियो...तो कभी अस्पताल।

...और जब कुछ देर बाद अचानक उन सबके बीच उसका चेहरा स्क्रीन पर दिखायी दिया तो उसने अपनी आंखें बन्द कर लीं। दोनों हाथों से अपना चेहरा ढांप लिया। अनु लगातार उसके चेहरे को देख रही थी। उसके होंठों पर एक स्मित हास्य दिखायी पड़ रहा था।...आत्मविश्वास से भरपूर।

...लेकिन वह कुछ भी नहीं देख रही थी। सिर्फ़ सुन रही थी।...सबकी आवाज़ें।...उन आवाज़ों में एक उसकी आवाज़।...एक आत्मस्वीकृति कि वह वास्तव में एक लड़का नहीं बल्कि एक लड़की है। कितना बड़ा झटका होगा यह उसके परिवार के लिये। वह नहीं जानती थी कि उसके बाद क्या होने वाला है। इसी आशंका से उसका दिल जैसे डूबा जा रहा था।...कहीं कोई अनहोनी न हो।... मम्मी...पापा...उसके दोनों भाई। कहीं कुछ...।

कुछ देर बाद उसके कानों ने भी जैसे सुनना बन्द कर दिया था। आंखें पहले से ही बन्द थीं। न कोई चेहरा...न कोई आवाज़। कोई आहट भी नहीं।

वह जैसे अपने भीतर ही कोई फिल्म देख रही थी। उसका बचपन...। उसके भाई...। क्रिकेट का मैदान...' अबे, चलता है कि नहीं खेलने?' स्कूल और स्कूल के उसके साथी...। साथियों की आंखों में एक प्रश्न—'यार, तू लड़का क्यों नहीं लगता? तू वो है क्या...वही?' और फिर हाथ का एक भद्दा सा इशारा।...मिसेज़ शर्मा—'मम्मी—पापा को बुला कर लाओ।'...मम्मी—'यह क्या बकवास है?'... अनु, दिलासा से उसका हाथ थपथपाती।...ओल्गा, एक लड़के से लड़की बनी... सारी दुनिया के प्रश्न झेलती...अपने आंसू पोंछती...फिर भी मुस्कराती हुई।...ओल्गा की मां...बार-बार आगे बढ़ कर अपनी बेटी का माथा चूमती हुई...और हिम्मत देती हुई—'तुम कुछ भी करने का लेकिन यह ज़िन्दगी नहीं छोड़ने का...इसको हमेशा बचा कर रखने का।'...और गुरदीप...उसकी तरह बचपन से एक लड़का लेकिन भीतर से एक लड़की...अब भी परेशानी में कि मां-बाप को बताए कैसे... बहुत डरा-सहमा—'मुझे बहुत डर लग रहा है। पता नहीं दोस्त क्या कहेंगे। मैं अपनी सामान्य ज़िन्दगी जी भी पाऊंगा कि नहीं। और शादी...?'...डॉ. रघुनन्दन—'मैंने ऐसे कई केस देखे हैं। यह एक सामान्य और प्राकृतिक है। कहने को असामान्य। बाहर से एक लड़का लेकिन भीतर से एक लड़की। ... या इसके उलट भी। जस्ट चेंज ऑफ हार्मोन्स। अब सिल्विया का उदाहरण लो। ... एक सेलिब्रिटी है। नेम-फेम सब कुछ है।...और एक सामान्य ज़िन्दगी।...अपने सिवा डरना किससे?'

हां, अपने सिवा डरना किससे?... लेकिन वह रात के अन्धेरों की शिकार।

अपने भीतर ज्वारभाटे का उफान लिये। ..एक ज़िन्दगी से दूसरी ज़िन्दगी की तरफ बढ़ती हुईं।...लगातार एक गोल दायरे के अन्दर भटकती हुईं।

...और अन्त में पापा। .. एकदम हैरान...और परेशान।...आंखों में आंसू और अविश्वास लिये। होंठ एकदम भिंचे हुए।...शरीर एकदम सुन्न। जैसे वहीं जड़ हो गये हों।...शायद यही सोचते हुए कि—'तूने मुझे कभी बताया नहीं। मुझ पर विश्वास नहीं किया।...तू तो मेरा बेटा था...। पता नहीं बेटी कैसे हो गयी?'

हम गुनाहगार

रिश्तों के इतने बड़े समन्दर के सामने मेरी हैसियत ही क्या थी? सो, मैंने अपने आपसे कोई शिकायत न करने का फैसला कर लिया था। न अपने आपसे...और न ही अपनी ज़ि.न्दगी से।

...लेकिन मेरे भीतर जो आग जल रही थी उसका मैं क्या करता? कहां छोड़ता उसे? किस समन्दर में फेंकता? किसे गुनाहगार ठहराता अपनी जिन्दगी के इस हश्र का? मैंने जिस समन्दर को शाम की लाल रोशनी में देखा था, उसका रंग लाल नहीं था। तपते हुए पीतल...और जलते हुए सूरज जैसा था वह। आंखें गढ़ा कर मैं उसे एकटक देखता तो आंखों में जलन होने लगती। जैसे सारा का सारा सूरज मेरी आंखों में आकर छिप गया हो।...जैसे उसकी आग मेरे भीतर सब कुछ पिघला रही हो।...जैसे उसकी जलन मुझे ख़ाक कर देने की कोशिश में हो। जैसे...।

कुछ कहने की हालत मेरी थी नहीं। हां, इतना ज़रूर पता था कि इसके पीछे मेरे खड़ूस बाप से बढ़कर तो कोई और हो ही नहीं सकता था।

खड़ूस बाप? सुनने में अजीब लगता है न !...और आप इसे मेरी बदतमीज़ी कह रहे हैं?...शुक्र है कि मैं अभी सिर्फ बदतमीज़ ही हूं।...और कुछ नहीं। खुदा मुझे और कुछ बनाए भी नहीं। बस, इतनी दरख़्वास्त ज़रुर करूंगा अल्लाह से कि मेरे हिस्से की इन्सानियत बराये मेहरबानी वह मुझे दे दे। इससे बढ़कर मैं कुछ मांग भी नहीं सकता।...और इससे बढ़कर वह कुछ दे भी नहीं सकता।

...फिर भी अपने बाप की नाजायज़ हरकतों को मैं कैसे नज़रंदाज़ कर सकता हूं, जिसने मेरे पूरे वजूद को ही नाजायज़ बना कर रख दिया था।...जिसने मेरी मां तक को नही बख्शा। न उसे अपनी बीवी समझा...न औरत जात। इन्सान तो वह उसे क्या समझता !...या मुझे ! जो उसकी हक़हलाल औलादों में से एक था।

इसकी वजह मै क्या कह सकता हूं? शायद कि मेरी मां बहुत कमज़ोर थी-एक औरत होने के नाते...या एक औरत होने के बावजूद।...एक अमीर आदमी की बीवी होने के बावजूद।...इसीलिये अपने बाप की नज़रों में मैं भी बहुत बड़ा गुनाहगार था

क्योंकि मैं ग़रीब मां की ग़रीब औलाद था।...ग़रीबी शायद मेरे बाप की निगाहों में बहुत बड़ा गुनाह थी। मेरी निगाहों में तो सबसे बड़ा गुनाह।...गुनाहगारियों की इस हिस्सेदारी से मेरे बाप ने अपने आपको हमेशा दूर ही रखा था...उसके जलते हुए दायरे से बाहर। वह इस शहर का बहुत बड़ा अमीर था...जन्मजात अमीर। इसका उसे बहुत अच्छी तरह एहसास था। अपनी इस खूबी पर वह इतराता भी रहता था।

...इतराती तो उसकी बाकी औलादें भी थीं, एक मुझे छोड़कर। क्योंकि वे अमीर बाप की अमीर औलादें थीं।...वह भी जन्मजात।

वैसे मैं उसे अपना बाप मानता ही नहीं था।...वह भी मुझे अपनी औलाद कहां मानता था।...यह तो इस बेरहम दुनिया में आकर आदमी ने अपने लिये कुछ सहूलियतें ईज़ाद कर ली हैं जिनकी ख़ामख़्याली में वह अक्सर खुश हो लेता है। वरना तो...।

हां, उसकी तीन औलादें थीं। एक उसकी बेटी, जो उसकी बाकी औलादों से छोटी थी। छोटी...लेकिन बड़ी ख़्वाहिशों के चलते उसका निकाह सबसे पहले हो गया था। वह सब यकायक हो गया था। क्यों? .मेरा रिश्ता मुझे कहने नहीं देता... इसलिये मैं कहना नहीं चाहता।...शायद उसकी बड़ी ख़्वाहिशों से मेरा बाप घबरा गया था।...या आधी-आधी रात को बाप की चौखट तक उतरते उसके लड़खड़ाते कदमों से।...या धुआं छोड़कर जाती लम्बी और चमकदार मोटरगाड़ियों से।...या लम्हा-दर-लम्हा धुंआ होती उसकी ज़िन्दगी से।...या ऊंची सोसायटी के ऊंचे उसूलों से।

मेरा बाप भी इन शौंकों का आदी था। पार्टियां...डांस...शराब...पराई औरतों की गलबांहियां...नशा...देर रात तक लड़खड़ाते कदमों से टैक्सी में लद जाना... और फिर घर आकर रेत के बोरे की तरह बिस्तर पर ढेर हो जाना।...इसका असर भी तो उसकी औलादों पर पड़ना ही था। और पड़ा भी।

बाकी औलादें दोनों लड़के थे। दोनों बरखुरदार। क्योंकि वे जन्मजात अमीर थे। और अपनी अमीरी किसी भी कीमत पर छोड़ना नहीं चाहते थे। बरखुरदार थे तभी तो उन्होने तब तक शादी नहीं की, जब तक कि उनके बाप ने उन्हें ऐसा करने का हुक्म नहीं सुनाया। समय ही कहां था उसके पास उनके बारे में सोचने का। वह तो अपनी ही मसरूफियत में गर्क था।...उसकी इस ग़ैर जिम्मेदाराना हरकत से वे दोनों भी परेशान थे। लेकिन कहते क्या? इसलिये उन्होंने इधर—उधर मुंह मारने की बेतरह कोशिश की। इस चक्कर में खूब पैसा भी उड़ाया।...उड़ाया क्योंकि पैसा जेब में था। न रोक थी न टोक। फिर भी वे दोनों खुश नहीं थे। वे भी सहूलियत चाहते थे। अपने मन मुताबिक। वे अपने मुंसिफ खुद होना चाहते थे।... लेकिन उनके फ़ैसलों पर उनका बाप कुण्डली मारे बैठा था।...पता नहीं कब तक बैठा रहता। यह तो उन दोनों की खुशनसीबी ही थी कि एक दिन अलसुबह नींद से जागकर उनके बाप ने उन्हें अपने दरबार में बुलाया और दनादन अपना हुक्म सुना

दिया...' निकाह कर लो।'...और उन बरखुरदारों ने यकबयक निकाह कर लिया।

बीवियां उनके बाप की पसंद की थीं, सो अमीर होना लाज़िमी था बल्कि पहली शर्त। यानि वे भी दुनिया के सबसे बड़े गुनाह से बची हुई थीं।...अब वे दोनों भी खुश थे। बेहद खुश।...साल बीता।...दो साल बीते। लेकिन औलादें उनके न हुईं। क्योंकि उनके बाप ने ऐसा कहा नहीं था।...यह फ़ैसला भी देर तक घर की दरो-दीवार पर लटका रहा...बेजान लाशों की तरह। किसी बेक़सूर कैदी के फै़सले की तरह। इससे रात को बिस्तरों पर बीवियां नाराज़ हो जातीं और अपने पुट्ठों पर हाथ तक न धरने देतीं। आखिर उनके साथ की लड़कियों के बाकायदा औलादें हो चुकी थीं।...और उनके घरों में जश्न भी। फिर वे क्यों पीछे रहें? क्यों न दुनियादारी के हक़ अदा करें?

लेकिन नादिरशाही हुक्म का वे क्या करतीं? सो, रात के अंधेरे में लड़ाइयां होने लगीं। पहले फुसफुसाहटों में।...फिर बाकायदा बुलन्द आवाज़ों में। जिसकी भनक उनके बाप को भी एक दिन हो गयी थी। तभी तो एक बार फिर दरबार लगा। हुक्म सुनाया गया...' औलादें। भई, औलादें पैदा करो और इस दोज़ख को जन्नत बनाओ। इन्सान बनो, इन्सान।...और इन्सान होने का हक़ अदा करो। अरे, नामुरादो ! दीदे फाड़—फाड़ कर मेरी तरफ क्या देखते हो? अब औलाद पैदा करने का नुस्ख़ा भी मुझसे मांगोगे क्या? दफा हो जाओ यहां से।'

और वे बरखुरदार वहां से दफा हो गये। अपने आपको दरवाज़ों के पीछे बंद कर बाप के हुक्म की तामील करने में मशगूल हो गये। चंद महीनों बाद ही उनकी बीवियों के पेट फूलने शुरु हो गये।...तो ये थीं उनकी बरखुरदारियां।

और मैं? मैं अपने बाप की निगाहों में दुनिया का सबसे निकम्मा और एहसानफ़रामोश इंसान था। हां, इन्सान...। सुना आपने? चलो, इंसानों की जमात में तो शामिल कर ही लिया गया था। बेशक मेरी मां न सही, मैं ही सही। इसके लिये मैं अपने बाप का एहसानमंद हूं। बेशक़ वह मुझे एहसानफ़रामोश मानता रहे।

...आप कहेंगे कि मैं कभी उसे 'उनका बाप' कहता हूं तो कभी 'अपना बाप'। हां, उसने अपने आपको दो हिस्सों में बांट लिया था। तभी तो उनका बाप कभी मेरे साथ उनकी तरह पेश नहीं आया। इसलिये मेरी बीवी, जिसे मैंने बेपनाह मुहब्बत की और फिर निकाह, वह भी मेरी गुनाहगारियों में हिस्सेदार बन गयी। यह मेरे खड़ूस बाप को कतई मंजूर नहीं था।...न पसंद ही था। यूं तो मेरा वजूद भी उसे पसंद नहीं था। मैं ग़रीब मां की ग़रीब औलाद जो था। वही मां जिसे मेरे बाप ने ताज़िंदगी अपने जूते की नोक पर रखा। उसकी पसंद—नापसंद को बिल्कुल दरकिनार करते हुए।

शायद वह गुनाह का ही कोई लम्हा रहा होगा, जब मेरे बाप ने अपना सब

कुछ मेरी मां के भीतर उलट दिया था। किसी उल्टी के मानिंद।...मेरी मां की रज़ामंदी के बग़ैर।...और उसकी सख्त बीमारी के बावजूद। यह ज़ना की ही एक शक्ल रही होगी। मैं जानता हूं, सब्र से लबरेज़ मेरी मां ने तब भी यही कहा होगा—'कबूल है...कबूल है...कबूल है।'

तब किसी मातम और मनहूसियत (जैसा कि मेरा बाप अक्सर मेरी मां को कहा करता था) की ताईं मैं पैदा हुआ था। यह उस लम्हे की ही बेहूदा तकदीर रही होगी जो बाद में चलकर मेरी भी किस्मत बनी, कि मेरे बाप और मेरी मां... और मेरे बीच जैसे कोई ज़हरीली हवा आकर ठहर गयी थी। यह हमारी, मेरी और मेरी मां की, गुनाहगारियों की शुरुआत थी। मैं नहीं जानता था कि यह सिलसिला कब और कहां जाकर ख़त्म होगा।...ख़त्म होगा भी या नहीं। मैं नहीं जानता था।... मेरी मां भी नहीं जानती थी।...न मेरा बाप ही जानता था। हम ग़रीबों की बेहूदा तकदीरों का जिम्मेदार।

ज़िंदगी के ऐसे सवालों के उत्तर ढूंढते-ढूंढते मेरी मां अल्लाह को प्यारी हो गयी। मेरे बाद उसे सिर्फ़ अल्लाह ने ही चाहा था। वह भी अपने अल्लाह से बेपनाह मुहब्बत करती थी लेकिन मुझसे थोड़ी कम। उसका कोख़जाया जो था मैं। कोख़जाये तो ख़ैर दूसरे भी थे लेकिन...। ख़ैर छोड़ो, मैं इस पचड़े में पड़ना ही नहीं चाहता। मेरी तो बस यही दुआ है कि अल्लाह मियां मेरी मां की रुह को जन्नत बख्शे।

जन्नत ! मुझे सोचकर ही हंसी आ रही है। जो औरत उम्र भर दोज़ख़ की आग में जलती रही हो, उसके इंतकाल के बाद उसकी रुह के लिये जन्नतनसीबी की यह कैसी दुआ थी?

सच कहूं तो मेरी मां किसी फरिश्ते से कम नहीं थी। मैंने अब तक किसी फरिश्ते को नहीं देखा था। मैंने बस अपनी मां को देखा था। किसी फरिश्ते को देखने की अब मेरी कोई हसरत भी नहीं थी। वह तो फरिश्तों से भी बढ़कर थी। उसने इतनी जलालत सहकर भी मेरे बाप को कभी कुछ नहीं कहा। कभी उसके मुंह से मेरे बाप के लिये बद्‌दुआ नहीं निकली क्योंकि वह सहना जानती थी।...क्योंकि वह सहकर चुप रहना जानती थी।...क्योंकि वह चुप रहकर जीना जानती थी।

इसी की तालीम उसने मुझे भी दी जिसे हमेशा मैंने अपने दिल में बनाये रखा। कुछ नहीं बोला। मेरे बोलने की कीमत शायद मेरे चुप रहने की कीमत से ज़्यादा ही होती।...मैं हर कीमत चुकाने के लिये तैयार था और चुकायी भी। उस दिन, जब मेरे बाप ने मुझे और मेरी बीवी को अपना नादिरशाही हुकम सुनाया था—'दफा हो जाओ यहां से। दुबारा कभी मेरे घर की तरफ रुख़ भी न करना। मैं तुम्हें इसी वक्त अपनी जायदाद से बेदख़ल करता हूं।'

मैं सुनकर चुप बना रहा। चुप रहकर दिल ही दिल में मुस्कराया—'अपनी जायदाद? किस जायदाद की बात आप करते हैं,श्शाद अली साहब? कौन सी

जायदाद है तुम्हारे पास? तुम तो खुद ही दुनिया के सबसे ग़रीब इंसान हो।...ग़रीब और बेग़ैरत।'

मैंने अपनी मां की एक अदद तस्वीर अपने सामान के साथ बांध ली। हां, मैं इसे सामान ही कहूंगा...आप बेशक इसे गुदड़ी कहें। बस, एक बिस्तर, कुछ कपड़े और चंद दूसरे ज़रुरी सामान। मेरी बीवी ने आख़िरी बार घर की दहलीज़ को छुआ। वह एकदम चुप थी। बिल्कुल मेरी मां की तरह। कभी-कभी तो मुझे लगता कि वह शायद मेरी मां ही थी।

हम वहां से बाहर आ गये। अब सारी दुनिया हमारे सामने थी।...और हमारा ईमान हमारे साथ था।

हम सीधे हक़ीम फकीरचंद के पास पहुंचे। हकीम फकीरचंद मेरे बाप के पुराने जानकार थे। बहुत नेकदिल इंसान। बस, नाम के ही फकीरचंद थे लेकिन दिल के बहुत अमीर। इस मुसीबत की घड़ी में हमें उनसे बड़ा मददगार कोई दिखायी नहीं दे रहा था। सो, हमने उनके यहीं पनाह ली।

हमारी आपबीती सुनकर वह सकते में आ गये। उदास चेहरे पर चिपकी आंखों से हमें देखते हुए उन्होने इतना ही कहा—'शाद अली से मुझे यह उम्मीद नहीं थी। पता नहीं वह तुम्हारे साथ ऐसा बर्ताव क्यों कर रहा है?'

फिर उन्होंने अपने आंखों के कोनों को रुमाल से पोंछते हुए हमें कहा—'खैर, तुम्हें फिक्र करने की कोई ज़रुरत नहीं। तुम दोनों मेरे बच्चों की तरह ही हो। जितने दिन तुम्हारा कहीं और बंदोबस्त नहीं कर देता, यहीं रहो। मैं अपने बेटे-बहू से कह दूंगा। वे अपना कमरा तुम्हारे लिये दुरुस्त कर देंगे और वे मेरे साथ वाले कमरे में रह लेंगे। कुछ दिन की दिक्कत तो रहेगी लेकिन सब ठीक हो जायेगा। तुम किसी भी तरह की फिक्र न करो।'

हम उनके शुक्रगुज़ार थे। कुछ दिनों बाद ही हमें दिल्ली के लिये कूच करना पड़ा। मेरी जिद्द थी कि हम दिल्ली रहेंगे। थोड़ी सी नाइत्तफाकी के बाद उन्होंने मान लिया और हकीम साहब का लिखा रुक्का लेकर हम दिल्ली आ गये। लखनऊ से दिल्ली तक का सफर...लगता था पता नहीं कितनी ज़िंदगियां एक साथ जी चुके हैं हम।...ज़िंदगी के कितने रंग देख लिये थे हमने।...और न जाने कितने देखने बाकी थे।

हकीम साहब ने चंदेक हज़ार रूपये ज़बरदस्ती हमें थमा दिये थे। हमारी बहुत ना—नुकुर के बावजूद। कहा था—'सबीना हमारी बहू है, पहली बार हमारे घर आयी है। इसके पैर शायद हमारे घर को और भी खुशहाल बना दें। ये पैसे मैं इसे ही दे रहा हूं। मुंह दिखायी ही समझो। किसी तरह की कोई परेशानी हो तो हमें बताना। वैसे तो रघुनाथ जी मेरे बहुत अज़ीज़ दोस्त हैं। किसी जमाने में दिल्ली में

हम साथ ही रहा करते थे। बहुत बढ़िया इन्सान हैं। मिलोगे तो जान ही जाओगे। हां, एक बात है। इससे शायद शाद अली को बहुत तकलीफ पहुंचेगी। वह ज़रुर मुझसे ख़फा होगा। पता नहीं नाराज़गी में वह क्या करे। ख़ैर, मैं देख लूंगा। तुम जाओ। मेरा आशीर्वाद तुम्हारे साथ है। तुम्हारी चाची होती तो तुम्हें किसी भी कीमत पर जाने नहीं देती। वैसे मेरा तो दिल था कि तुम सबीना बेटी को कुछ दिनों के लिये यहीं छोड़ जाते। जब तक तुम्हारा कोई ठीक ठाक बन्दोबस्त न हो जाये, वह यहीं रहे। दोनों बहूओं को एक-दूसरे का साथ हो ज़ायेगा।'

'आप कहते तो ठीक है, चचा जान ! लेकिन मुझे भी सबीना का साथ चाहिए।...अपना हौसला बनाये रखने के लिये।' सुनकर हकीम साहब खुलकर हंसे थे। हंसते हुए उनकी बड़ी-बड़ी मूंछे भी हिल रही थीं जैसे वे भी हंस रही हों।

'तो ठीक है। भगवान तुम्हारा भला करे।' हकीम साहब का गला भर्रा आया। उन्होंने आगे बढ़कर हम दोनों का माथा चूमा...सिर पर हाथ फेरा और दूसरी ओर मुंह करके रुमाल से अपना चश्मा पोंछने लगे। फिर वह बिना एक भी लफ्ज़ बोले तेज़ी से अपनी बैठक की ओर चले गये।

...तब मुझे अपने खड़ूस बाप की बहुत याद आयी।

यहां आकर भी हमारी स्थिति भिखारियों की सी ही थी। न बहुत पैसा था, न पैसे का जुगाड़। रहने को एक घर था। वह भी रघुनाथ जी के रहमो-करम से मिला। उनके मकान का एक हिस्सा हमारे पास था और दूसरा उन्होंने किराए पर चढ़ा रखा था जिससे कुछ आमदनी हो जाती थी उन्हें। बाकी वह पंडिताई करके गुज़ारे लायक कर ही लेते थे। परिवार था नहीं।

उन्होंने पहले दिन से ही हम से कभी किराया नहीं मांगा। जब जितना होता, दे देते। नहीं होता तो नहीं देते। उन्होंने खुद कभी तकाज़ा नहीं किया। इस बात का एहसास हमें शर्मिंदगी से भर देता था। ये हमारी जिंदगी के बड़ी ज़द्दोज़हद वाले दिन थे।

...इधर हम ज़िंदगी को पुचकारने में लगे थे और उधर ज़िंदगी हमें दुत्कारने में लगी थी। जैसे एक गुरिल्ला लड़ाई थी जो अनदेखे अनजाने के बीच लड़ी जा रही थी। शायद यह ज़िंदगी की जिद्द थी कि वह हमें उठने नहीं देगी और हमारा यह इरादा था कि हम उस के सामने घुटने नहीं टेकेंगे। देखते हैं कौन कितनी देर तक टिक पाता है।

डेढ़ साल...पूरे डेढ़ साल यह लड़ाई चली। ऐसा नहीं कि इस दौरान हमने चैन के दिन नहीं देखे। देखे, लेकिन बहुत थोड़े वक्त के लिये। जब रघुनाथ जी की मेहरबानी से सबीना को एक स्कूल में छोटे बच्चों को पढ़ाने की ज़िम्मेदारी मिली।...

जब उन्हीं की मदद से मुझे शराब के एक ठेके पर नौकरी मिल गयी। बारह घंटे की ड्यूटी। लेकिन तनख़्वाह ठीक ठाक थी।

अजीब इत्तफाक था कि सबीना बच्चों में इल्म की रोशनी बांट रही थी और मै लोगों में नशे का अंधेरा। लेकिन फिलहाल यह हमारे लिये काफी था। हमारे लिये ज़िंदा रहना बहुत ज़रुरी था। रफ्ता—रफ्ता ज़िंदगी यूं ही रेंगती रही। जब ज़रा लगा कि वह पटरी पर आने वाली है तभी उसने एकाएक फिर हम पर हमला किया और हमारी दोनों की नौकरियां जाती रहीं। सबीना जिस स्कूल में पढ़ाती थी वह एक सियासी पार्टी के पैसे से चलता था। जब स्कूल के ऊंचे ओहदों पर बैठे लोगों को यह भनक लगी कि उनके स्कूल में एक मुसलमान औरत बच्चों को पढ़ाती है तो उनकी त्यौरियां चढ़ गयीं। स्कूल के प्रिंसिपल से रिपोर्ट मांगी गयी और सबीना की नौकरी जाती रही।

मैं शराब के जिस ठेके पर काम करता था, वह एक मुहल्ले के बीचों बीच था। वहां आये दिन हंगामा होने लगा। मुहल्ले के लोगों ने धरना दिया, जुलूस निकाला और खूब ख़िलाफत हुई। यहां तक कि एक दिन तो दुकान पर बीस—पच्चीस लोंगों के हुजूम ने हल्ला बोल दिया। सामान तोड़ डाला। दुकान में काम करने वाले लोगों को मारा पीटा। मारपीट की वारदातें दो-एक बार पहले भी हो चुकी थीं। जब शोर शराबा बढ़ गया तो कोर्ट ने अपना हुकमनामा सुनाया—'यह मुहल्ला शरीफ़ लोगों के रहने के लिये है। शराब का ठेका यहां कतई नहीं चलाया जा सकता। इस से मुहल्ले में छेड़छाड़ और मारपीट की वारदातें होने का ख़तरा बना रहता है। लिहाज़ा इसे फौरन से पेश्तर बंद कर दिया जाये।'

यह वो शरीफ लोगों का मुहल्ला था जो बहुत पहले से ही मारकाट, चोरी चकारी, लूटपाट, जिस्मफरोशी और औरतों से जोर ज़बरदस्ती के लिये बदनाम था।

आमदनी के तमाम ज़रिए बंद होने के बाद फिर वही पुराने दिन लौट आये—बुरे और बेहद लम्बे। न सिर्फ दिन बल्कि रातें भी लम्बी हो गयीं-लम्बी और तकलीफदेय। पैसे की मोहताजी ऐसी कि रघुनाथ जी से उधारी हो गयी... उनके किराए के इलावा। यह मोहताजी दिनोंदिन बढ़ती गयी। यारी—दोस्ती यहां कोई ऐसी थी नहीं कि काम आती।

परेशानी और फाके की इस हालत में एक दिन सबीना ने बहुत थकी निगाहों से मेरी ओर देखा।...मैंने उसकी ओर। वह चुप थी। मैं भी चुप था। उसकी आंखों मे पानी जैसा कुछ साफ दिखायी दे रहा था। मेरी अपनी आंखों में भी उसकी आंखों का अक्स उतर आया था। उसकी आंखें कुछ बोलना चाहती थीं। मेरी आंखो में भी कुछ बोलने की—सी कुलबुलाहट थी। हम दोनों के बीच जैसे चुप्पियां पसरी हुई थीं।

'हकीम साहब से बात कर देखें।' बहुत देर बाद सबीना के मुंह से ये लफ्ज़ निकले। ठीक यही बात मै भी कहना चाह रहा था। पता नहीं कैसे, मेरे दिल की

हर बात वह जान जाती थी।

'लेकिन उनका पैसा फिर हम कहां से चुकाएंगे?'

'वह भी देखा जायेगा। अभी अल्लाह का करम हम पर इतना तो है ही कि एक वक्त की रोटी हमें मिल रही है। आप हिम्मत रखें। चौबीस घंटों में आधा वक्त रोशनी का होता है।'

मुसीबत की इस घड़ी में भी मेरे होंठों पर मुस्कुराहट की एक लक़ीर खिंच गयी। वह शायद मुझे भी अपने स्कूल का एक बच्चा समझ रही थी। यही उसकी सबसे बड़ी खूबी थी। तभी तो मैंने उस दिन हकीम साहब को कहा था कि मुझे भी सबीना का साथ चाहिये, अपना हौंसला बनाये रखने के लिये।

बहुत कशमकश के बाद मैंने हकीम साहब को फोन किया।

'तुम्हारे अब्बा आये थे एक दिन', हकीम साहब ने बताया 'खूब झगड़ कर गये मुझसे। तुम्हारी तकलीफों का ज़िक्र भी मैंने उनसे किया था। लेकिन पता नहीं शाद अली किस मिट्टी का बना है। कह रहा था कि एक दिन वह खुद घुटने टेकता मेरी दहलीज़ पर आयेगा और मैं उसे ठोकरें मार अपने यहां से दफा करूंगा। लेकिन बेटा तुम फिक्र मत करना। उस का ईमान वह देखे और तुम्हारा तुम।...और बोलो, किसी चीज की ज़रुरत तो नहीं?'

हकीम साहब ने मेरे बिना बोले ही सब कुछ जान लिया था। इस से इतना हुआ ही कि मेरी एक मुश्किल उन्होंने कम कर दी थी वरना मेरे लिये कुछ भी कहना बहुत मुश्किल होता।

'चचाजान ! कुछ पैसे चाहियें' मैंने शर्मसार होते हुए कहा। कैसी शर्मनाक बात है कि मैं अपने बाप के ज़िन्दा रहते हकीम साहब से पैसे मांग रहा था।... लानत है मुझ पर और लानत है मेरे बाप पर।

'बोलो बेटा।'

'तकरीबन बीस हजार', शर्मसारी और बेचारगी से मेरा पूरा ज़िस्म कांप रहा था। गले से आवाज़ ही नहीं निकल पा रही थी। यही हक़ अगर मेरे बाप ने मुझे दिये होते तो आज मेरी आवाज़ में उस हक़ की खनक साफ सुनायी देती।

'ठीक है, मैं तुम्हें अपने एक अज़ीज़ का पता देता हूं। वहीं रहते हैं दिल्ली में। कल जाकर उनसे पैसे ले लेना।'

कितनी आसानी से उन्होंने हमारी मुश्किल दूर कर दी थी...वहीं बैठे बैठे।... उन्होंने पता बताया और मैंने एक कागज़ पर उतार लिया। फिर उन्होंने हमारी ख़ैरियत पूछ कर फोन काट दिया। मैं जानता हूं, क्यों। वह न तो मुझसे 'शुक्रिया' लेना चाहते थे और न ही मेरा रोना सुन सकते थे।

...मुझे एक बार फिर अपने बाप की बहुत याद आयी।

हमारी मुसीबतें लगातार बढ़ती गयीं। बढ़ते-बढ़ते वे दलदल हो गयीं। उनसे निकलने के लिये हम जितने हाथ पैर मारते उतने और धंसते जाते। हमने अपनी ज़िन्दगी से चंद लम्हे मोहलत के मांगे, जो हमें मिल गये।...और कुछ दिनों के लिये हमारी सांसें बच गयीं।...लेकिन सबीना? सबीना नहीं बची। पता नहीं कौन सी बीमारी थी जो उसे खा गयी। मैं हक्का -बक्का देखता रह गया। मौत मेरे सामने से उसे उठा ले गयी। अल्लाह मियां के इस फ़ैसले पर मैं बहुत हैरान था। मुझे लगा कि मैं उस दिन बिल्कुल यतीम हो गया हूं। पहली दफा तब यतीम हुआ था जब अम्मी मुझे छोड़ गयीं थीं। अपने होशो-हवास में मैं उस दिन पहली बार ज़ार-ज़ार रोया था और दूसरी बार मैं सबीना के इन्तकाल पर फूट-फूट कर रोया था। तमाम रिश्तों... तमाम नातों का समन्दर मेरे लिये सूख चुका था।

इस हादसे ने मुझे पागल कर दिया। बदहवासी इस कदर मुझसे चिपकी कि मेरे सोचने समझने की ताकत जाती रही। अकेली उदास रातों की उदास तन्हाइयों में मुझे अपने बाप के वे लफ्ज़ याद आते—'एक दिन तुम एड़ियां रगड़ते मेरी दहलीज़ पर आओगे और मैं तुम्हें ठोकरें मार-मार कर अपने यहां से दफा करूंगा।' ये लफ्ज़ मेरे बाप ने हकीम साहब से कहे थे।

मैंने बहुत कोशिश की कि इस हादसे की ख़बर मेरे बाप को न हो। लेकिन वह भी मेरा बाप था। एक-एक लम्हे की ख़बर उसको थी। मैं कहां हूं, क्या करता हूं, क्या खाता पीता हूं, दिन में कितनी सांसें लेता हूं, सबकी ख़बर थी उसे। इससे मेरा दिमाग़ और भी ख़राब हो गया।

ऐसी ही नीम बेहोशी की हालत में एक दिन मैंने अपने दोनों भाइयों को अपने सामने खड़े पाया। मैं दीदे फाड़कर उन्हें देखता रहा। लगा कि यह ख़्वाब है। लगा कि यह वहम है लेकिन न तो वह कोई ख़्वाब था और न ही कोई वहम। बल्कि किसी ख़्वाब...किसी वहम से भी बड़ा सच था।

'चलो भाई ! हमारे साथ चलो 'उन्होंने कहा।

मैंने उनकी आवाज़ सुनी। उनकी आवाज़ में रहम की बजाय एक एहसान जताने का जज़्बा ज़्यादा था।

'क्यों भाई? घर के सारे नौकर काम छोड़ गये हैं क्या जो मेरी याद हो आयी?' मैंने तल्ख़ी से जवाब दिया।

'यह क्या कह रहे हो?' उन्होंने हैरानगी जताने की कोशिश की।

'और तुम्हारा बाप? उसके पास मातमपुरसी के लिये वक्त नहीं है?'

'उन्हें अफसोस है।'

'अफसोस? किस बात का अफसोस? मुझे पैदा करने का या मुझे ज़िंदा छोड़ देने का?'

'तुम जानते हो, वे जैसे हैं वैसे ही रहेंगे।'

'तो जाकर कह दो उसे भी कि मैं जैसा हूं वैसा ही रहूंगा।'

'भाई ! ज़िल्लत की ज़िन्दगी जीने से तो बेहतर है कि तुम हमारे साथ चलो।'

'...और ख़ैरात की ज़िंदगी जीने से तो बेहतर है मैं यहीं पड़ा रहूं।'

...और वे दोनों उलटे पैर वापस चले गये। जाते-जाते कहते भी गये—'तुम कभी नहीं सुधरोगे। याद रखना एक न एक दिन तुम्हें अब्बाजान के पास आना ही होगा।'

सुनकर मैं गुस्से से कांप उठा—'आती है मेरी जूती। एक दिन तुम्ही मेरे पांव पड़ोगे आकर। याद रखना और कह देना अपने बाप से।'

मुझे क्या इल्म था कि गुस्से में मेरी जुबान से निकले वे अल्फाज़ ऐसी शक्ल इख्तियार कर लेंगें कि उन्हें मेरे पास आना ही पड़ेगा। ज़िन्दगी शायद इसी का नाम है...। वरना मेरा मग़रूर बाप अपनी कमीनी औलादों के साथ आ पहुंचे?... और वह भी मेरी चौखट पर? मैं यकीन नहीं कर सकता था। किसी भी कीमत पर नहीं। मुझ जैसे गुंडे और लफंगे की दहलीज़ पर पैर रखने से पेश्तर उसने कितनी बार सोचा होगा !

हां, अब मैं एक गुंडा था। शहर भर के तमाम गुंडों, जुआरियों और स्मगलरों के साथ मेरा उठना बैठना था। ऐसे लोगों के साथ पीना पिलाना था जिनकी इस शहर पर बादशाहत कायम थी। दुनिया उनके नाम से थर्राती थी।...मैं राजू पंडित का शागिर्द बन चुका था। आये दिन पुलिस से सामना होना अब मेरे लिये आम बात थी। स्मगलरी के चक्कर में मैं दो बार हवालात की हवा भी खा चुका था लेकिन बहुत लंबी कैद में मैं कभी नहीं रहा। मेरे बारे में लोग अक्सर कहते थे कि मै एक अच्छा लड़का था...एक अच्छा इंसान...लेकिन भटक गया था।

मेरे हर अच्छे बुरे दिन की ख़बर रखने वाले मेरे बाप ने तब भी मुझे किसी तरह का सहारा नहीं दिया।...और अब वही मेरा बाप मेरी दहलीज़ पर खड़ा था, अपने चेहरे पर यतीमपना लिये हुए और अपने दोनों हाथ जोड़े हुए।

मैं हैरान था कि मेरे बाप के चेहरे पर हवाइयां उड़ रही थीं। एक ख़ास किस्म की बेचारगी उसने अपने चेहरे पर चिपका रखी थी। यही हाल उसकी बरखुरदार औलादों का भी था। शायद उन्हें ऐसा ही करने का हुक्म था।

वे सब हाथ जोड़े खड़े थे। उन्हें शायद मेरे हुक्म का इंतज़ार था। उनके मातमी चेहरे देखकर मुझे बहुत खुशी हो रही थी। बहुत-बहुत खुशी। अब वक्त मेरा था...और वे मेरे मुज़रिम। मैं किसी जल्दबाजी में नहीं था लेकिन वे शायद बहुत जल्दी में थे।

जब इंतज़ार की हद हो गयी तो मैंने जंगबहादुर को उन्हें बुला लाने को कहा। वे बाकायदा सज़ायाफ्ता कैदियों की मानिंद चुपचाप आकर एक तरफ खड़े

हो गये।...और मैं बाकायदा अपने दीवान पर अधलेटा बना रहा।

उन्हें देखते ही वे तमाम बातें एकाएक मेरे ज़ेहन में घूम गयीं जिनकी बदौलत आज मैं यहां था। शायद उनके ज़ेहन में भी वे तमाम बातें ज़िन्दा हो उठी होंगी...' एक दिन तुम एड़ियां रगड़ते मेरी दहलीज़ पर आओगे।'

'भाई ! अब्बा हुज़ूर के साथ...', वे दोनों कुछ कहते, इससे पहले ही मेरा बाप जार-ज़ार मेरे सामने रोने लगा -.' बेटा ! अल्लाह ने हमारे साथ बहुत बुरा किया। बहुत बुरा। यह शायद मेरे करमों की सज़ा है। मैंने तुम्हारे साथ बहुत बुरा सलूक किया। मेरा खुदा उसके लिये मुझे कभी माफ़ नहीं करेगा। मुझे मेरे किये की सज़ा मिल रही है। तभी तो मैं तुम्हारे पास आया हूं ताकि मैं अपने गुनाहों की माफ़ी तुमसे मांग सकूं और चैन की मौत मर सकूं।'

उसके रोने बिलखने में मुझे साफ मक्कारी दिखायी दे रही थी। मैं जानता था कि उसका यह रोना धोना किसी नौटंकी से कम नहीं है। सच और झूठ का फर्क करने की इतनी तमीज़ तो मुझे वक्त ने सिखा ही दी थी। बहुत जूतियां घिसी थी मैंने...बहुत जूतियां खाई थीं। तब कहीं जाकर मुझे अक्ल आयी थी। वरना हमेशा अपने दिल की बात सुन -मान कर मैं अपने आप को धोखा ही देता रहा और धोखा ही खाता रहा।

'बेटे ! फतह अली ने मेरे साथ बहुत धोखा किया। मेरा सारा कारोबार हड़प गया। मेरी सारी जायदाद खा गया।' मेरे बाप ने रोते गिड़गिड़ाते हुए मुझे बताया।

'मैं जानता हूं ', मैंने हल्के से कहा।

'तुम जानते हो?' वह हैरान होकर मेरा मुंह देखने लगा—'फिर तो यह भी जानते होगे कि बैंक ने मेरी दूसरी फैक्टरी भी ज़ब्त कर ली है। उसकी कुर्की भी होने वाली है।'

'हां, मैं यह भी जानता हूं।' मैने इत्मीनान से सिर हिलाते हुए कहा।

'यह भी जानते हो कि फतह अली अब मेरी पुश्तैनी हवेली भी हड़पने पर आमादा है?'

'यह भी जानता हूं।'

वे सब हैरानी से दीदे फाड़-फाड़ कर मुझे देख रहे थे। कुछ लम्हों तक तो उनसे कुछ भी बोलते न बना। थोड़ा सम्भले तो बोले—'इस सारे फसाद की जड़ ही फतह अली है। उसने मुझे बरबाद करके रख दिया। मुझे कहीं का नहीं छोड़ा।...अब मेरे पास कुछ भी बाक़ी नहीं रहा। न कारोबार...न जायदाद,' कह कर मेरा बाप घुटनों के बल मेरे दीवान के पास गिर गया। जिसे उसके बरखुरदार बेटों ने आगे बढ़ कर सम्भाला।

बिना रुके मेरा बाप रो रहा था।...रो रहा था और बोल रहा था। मैं चुपचाप सुन रहा थ। सुनकर मन ही मन हंस रहा था—'शाद अली साहब ! आप अगर

फतह अली की जवान बीवी को हड़पने की कोशिश करोगे तो वह चुप नहीं बैठेगा। रही बात जायदाद की...तो इसी जायदार की धौंस दी थी न तुमने मुझे ! अब कहां गयी तुम्हारी वह जायदाद?...कहां गयी जायदाद की अकड़?...अब क्यों मेरे सामने गिड़गिड़ा रहे हो?...और मुझसे रहम की भीख मांग रहे हो? मैंने तुमसे उसी दिन कहा था कि तुम तो खुद ही दुनिया के सबसे ग़रीब इंसान हो।...ग़रीब और बेग़ैरत।...हां, तुम तब भी ग़रीब और बेग़ैरत थे और आज भी ग़रीब और बेग़ैरत हो। अपने बुरे से बुरे दिनों में भी मैंने तुमसे किसी तरह की मदद की ख़्वाहिश नहीं रखी।...और एक तुम हो कि वक्त के एक ही थपेड़े ने तुम्हें मेरे सामने ला खड़ा किया...एक भिखारी की तरह। तुम में तो एक भिखारी होने की भी काबलियत नहीं है, शाद अली साहब !'

मैं लापरवाही से बैठा उसकी बातें सुन रहा था। वे हैरान थे कि उसकी बातों का, रोने कलपने का मुझ पर कोई असर क्यों नहीं हो रहा था। वाकई इस बात से तो मैं खुद हैरान था। फिर सोचा, मै आख़िर उसके साथ हमदर्दी जताता ही क्यों? क्यों मेरा दिल उसकी बातें सुनकर पिघल उठता? तुमने मेरे साथ इतनी ज़्यादती की। मैं तो चुप रह कर सह गया क्योंकि मैं ग़रीब मां की ग़रीब औलाद था। फतह अली क्यों सहेगा? अपने कारोबारी हिस्सेदार के साथ तुमने धोखा किया, उसकी बीवी को अपनी अय्याशी का ज़रिया बनाया तो वह अपनी मर्दानगी पर चोट कैसे बर्दाश्त करे? अब उसने मर्दानगी दिखायी तो रो क्यों रहे हो? जाओ और जाकर उन औरतों के पहलू में पनाह लो जिनके साथ तुम रंगरेलियां मनाते रहे हो।'

लेकिन नहीं...तुमने तो मेरे पास आना था...और तुम आये भी। क्योंकि अब मेरे पास पैसा है, ताकत है, राजू पंडित के साथ मेरा दोस्ताना है, ऐसा दोस्ताना जो तुम्हें तुम्हारी सारी मुश्किलों से निज़ात दिला सकता है।

मुझे इस कदर पत्थर दिल बना देख आख़िर उसके बेटों ने मेरे आगे हाथ जोड़ दिये—'भाईजान ! अब आप ही कुछ करिये। हमें बस आपका ही सहारा है। वरना हम पूरी तरह बर्बाद हो जायेंगे।'

हां,मै सोच सकता था। तुम्हें अपने लुटने...अपने बर्बाद हो जाने का ख़ौफ ही मेरे पास लेकर आया था। अपनी अय्याशियों से भी महरूम हो जाने का ख़ौफ था तुम्हें।

एक बार तो जी में आया कि कहूं—'एक बार...सिर्फ एक बार मेरी तरह ग़रीब होकर देखो। एक बार मेरी मां की तरह ग़रीब होकर देखो। एक बार मेरी बीवी की तरह ग़रीब होकर देखो। एक बार अपनी ज़मीन से उजड़ कर दर-दर की ठोकरें खाकर देखो। एक बार अपनी कंगाली से रूबरू होकर और उस कंगाली में खून के आंसू रोकर देखो। एक बार अपनी बाहों में अपनी बीमार बीवी को क़तरा क़तरा मरते देखो...उस मौत को अपने अंदर महसूस कर के देखो। तब तुम्हें इल्म

होगा कि ज़िंदगी के मायने क्या हैं?'

...लेकिन वे क्या जानते ज़िंदगी के मायने? इसलिये मैंने साफ मना कर दिया। मेरा बाप गिड़गिड़ाने लगा। उसके बेटे बिलखने लगे। मैं उठकर भीतर चला गया। जंग बहादुर को कहता गया कि इन्हें भेजकर गेट अच्छी तरह बंद कर दे।

मैंने शाम को राजू पंडित से मुलाकात की और सारा किस्सा कह सुनाया। राजू पंडित ने ध्यान से मुझे सुना।...उनके माथे पर चन्दन का तिलक खूब चमक रहा था।...उनके चेहरे पर रोज़ दो घन्टे अपने ईष्ट देवता की पूजा की चमक साफ दिखायी देती थी। यह उनका रोज़ का नियम था। उनके इस नियम को तोड़ने...या उसमें ख़लल डालने की हिम्मत कोई नहीं कर सकता था। हां, वह खुद भी नहीं।

...अपनी बात कह लेने के बाद मैं उनके उत्तर के इंतज़ार में था। वह अपनी आंखों को बंद कर ध्यानमुद्रा में बैठे थे। जैसे समाधिस्थ हो गये हों।

कुछेक लम्हों के बाद उन्होंने अपनी आंखें खोलीं। अपनी दोनों हथेलियों को आपस में रगड़ा और दोनों हथेलियां कटोरी की शक्ल में अपनी आंखों पर रखकर बैठे रहे। हथेलियों की गरमी पलकों पर महसूस की। फिर आंखें खोलीं और सीधी नज़रों से मेरी ओर देखा—'बेटा ! मैं तुम्हारे बाप को नहीं जानता। मैं इस दुनिया को जानता हूं। वह लेना जानती है, देना नहीं। तुम्हारा बाप इस वक्त अपनी जायदाद का एक बड़ा हिस्सा तुम्हें देने को तैयार है। लेकिन देगा, इसमें मुझे शक है।'

'नहीं, पंडित जी ! उसके बेटों ने मुझसे वादा किया है।'

'उनके वादों पर तुम्हें विश्वास है?'

'नहीं।'

'फिर मुझे क्यों विश्वास दिलाने की कोशिश कर रहे हो? पहले खुद विश्वास करो।'

'...।'

और वह उनका हिस्सेदार...?'

'वैसे बेहतर तो यही होगा कि वे आपस में ही सुलह कर लें। अपने बाप को समझाओ। उसके पास दौलत रहेगी तो ऐसी औरतें उसे बहुत मिल जायेंगी।'

'तो अपने बाप के बेटों से तसल्ली कर लूं?'-मैंने अपने दिल का शक़ ज़ाहिर किया।

'कर लो। लेकिन मिलेगा कुछ नहीं।...तुम शायद लालच में आ गये हो।'

'नहीं पंडित जी ! लालच करता तो मैं अपने बाप का घर कभी नहीं छोड़ता।'

'तो ठीक है। तुम कहते हो तो...। वैसे खून ख़राबा मुझे पसन्द नहीं है।... लेकिन अपना ध्यान रखना।' कहकर उन्होंने फिर अपनी आंखें बंद कर लीं। यानि

हमारी मुलाकात ख़त्म।

इस मुलाकात के चन्द दिनों बाद ही मेरे बाप के दोनों बेटे फिर नमूदार हुए। इस दफ़ा मेरा बाप साथ नहीं आया था। उन्होंनें एक बार फिर मुझे यकीन दिलाने की कोशिश की। मुझे यकीन नहीं हुआ।...फिर भी मैंने 'हां' कर दी। वे दोनों जैसे आसमान में उड़ने लगे। खुशी उनके नामुराद चेहरों से टपकने लगी।

'लेकिन एक शर्त है।'

मेरी आवाज़ सुनते ही उनके चेहरों पर हवाइयां उड़ने लगीं। उन्होंने एक दूसरे का मुंह देखा। फिर सवालिया नज़रों से मुझे देखा।

'इसमे जो भी ख़र्चा होगा, वह तुम्हें देना पड़ेगा।'

'यकीनन...। यकीनन...। लेकिन...?'

'ग्यारह लाख।'

'हमें मन्जूर है।'

और मुझसे तसल्ली लेकर वे वहां से चले गये। उनके जाने के बाद मैं देर तक बैठा सोचता रहा। पता नहीं मैं ठीक रास्ते पर जा रहा था या नहीं।

...तो आख़िर वही हुआ जो राजू पंडित ने मुझसे कहा था। हुबहू वही। उन्होंने मेरे कहने पर मेरे सामने ही बरेली फोन घुमा दिया था। एक दिन बरेली से कुछ लोग उनके यहां आये। देर तक पंडित जी से बातचीत की और फिर चले गये।

...उनके जाने के दो दिन बाद ही फतह अली ने मेरे बाप के घर जाकर उसके सामने अपने हथियार डाल दिये और उससे सुलह की पेशकश की।...मेरे बाप का सारा नुकसान वह भरने को तैयार हो गया।...अपनी बीवी से मेरे बाप के ताल्लुक़ात रखने पर भी उसे कोई एतराज़ नहीं था।...बैंक मैनेजर भी सुबह शाम मेरे बाप के घर हाज़िरी बजाने लगा था। इस सब की एक-एक ख़बर मुझे मिलती रही।

एक दिन मैंने अपने बाप के बरखुरदार बेटों को फोन किया...' वे ग्यारह लाख।'

'वे तुम्हें मिल जायेंगें, भाईजान ! फिक्र करने की ज़रूरत नहीं। इन दिनों अब्बाजान की तबीयत बहुत नासाज़ है।...उनके ठीक होते ही हम खुद तुम्हें फोन करेंगें।'

उनका फोन कभी नहीं आया। ग्यारह लाख भी नहीं मिले। बार-बार तकाज़े के बावजूद भी नहीं।...वे पैसे भी मैंने अपने पास से चुकाए।

'क्यों बेटा ! मैं न कहता था कि...' मेरी बात सुनकर एक दिन राजू पंडित खूब हंसे थे।

'कहो तो एक बार फिर बरेली फोन कर दूं।...जहां इतना गया, वहां थोड़ा

और सही।...सूद समेत वापस मिल जायेगा।'

'पंडित जी! जहां इतना गया, वहां थोड़ा और सही...आपको पता है मैं तो असल में यकीन रखता हूं।'

'तुम दिल से अब भी ग़रीब हो। अच्छा है ग़रीब ही बने रहो'—उनकी बात सुन कर मैं मायूस हो गया।...मेरे दिल में अभी भी मेरी अम्मी जान बैठी हुई थीं।...और सबीना भी।

...मेरे बाप की तबीयत दुबारा सम्भली ही नहीं। एक दिन वह भी चुपचाप चल बसा।...मैं जाना नहीं चाहता था। राजू पंडित ने कहा तो जाना पड़ा। शहर की इतनी अमीर हस्ती होने के बावजूद उसके जनाज़े मे शिरकत करने वालों की तादात बहुत कम थी। ज़िंदगी की कमाई यहां आकर पता चलती है।'

...तमाम रस्मों के बाद जब वे लोग फारिग हुए तो एक दिन मैंने उनसे कहा...' मेरे ग्यारह लाख।'

सुन कर वे बगलें झांकने लगे—'हमें अफ़सोस है कि हम उनसे पैसे नहीं ले सके। लेकिन...।'

'लेकिन क्या?...मैंने तो सुना है कि मरने से पहले वह बाकायदा जायदाद के हिस्से कर गया था।'

'हां। लेकिन...'

'मेरे नाम एक धेला भी नहीं करके गया।' मैंने गुस्से से उबलते हुए कहा था

'हां, अब्बा हुजूर कहते थे कि तुम एक अच्छे इंसान नहीं हो। तुम एक ज़रायमपेशा इंसान हो। उन्हें तुम्हारी ऐसी हरकतों पर सख़्त एतराज़ था।'

मैं ज़ोर से हंस पड़ा।...देर तक हंसता रहा। उन्हें समझ नहीं आया कि मैं हंस क्यों रहा था। मैं इतना हंसा...इतना हंसा कि मेरी आंखों के किनारे भी गीले हो गये।...जब मेरी हंसी थमी तो मैं खुद सोचने लगा कि मैं आख़िर हंसा क्यों था।

...और उस दिन मुझे अपने बाप की बहुत याद आयी।...पहले से बहुत ज़्यादा।

www.ingramcontent.com/pod-product-compliance
Lightning Source LLC
LaVergne TN
LVHW090402051026
849518LV00006B/2206